心存 月光

XIN CUN

YUEGUANG

著/刘金国

中国出版集团
现代出版社

**图书在版编目（CIP）数据**

心存月光 / 刘金国著. -- 北京 ：现代出版社，
2016.9

ISBN 978-7-5143-5418-8

Ⅰ．①心… Ⅱ．①刘… Ⅲ．①散文集－中国－当代
Ⅳ．①I267

中国版本图书馆CIP数据核字(2016)第234412号

## 心存月光

| | |
|---|---|
| 作　　者 | 刘金国 |
| 责任编辑 | 李　鹏 |
| 出版发行 | 现代出版社 |
| 地　　址 | 北京市安定门外安华里504号 |
| 邮政编码 | 100011 |
| 电　　话 | 010-64267325　010-64245264（兼传真） |
| 网　　址 | www.1980xd.com |
| 电子邮箱 | xiandai@vip.sina.com |
| 印　　刷 | 北京一鑫印务有限责任公司 |
| 开　　本 | 787×1092　1/16 |
| 印　　张 | 16 |
| 版　　次 | 2016年9月第1版　2022年7月第2次印刷 |
| 书　　号 | ISBN 978-7-5143-5418-8 |
| 定　　价 | 49.80元 |

# 自己的江湖（自序）

　　最初是有那么一个想法，找个名人或大家吹吹捧捧，自己那些散兵游勇或者野花般的文字，就成了文学，甚至成了艺术。或者，找个识货的人，庖丁解牛地剖析一番，做个阅读的向导。或者，弄一张或几张与文化大师们合照放在扉页，装点门面，也能粉饰一下。

　　后来一想，一切都是多余。虽然是俗人一个，但不是恶俗之人，也远未到达大俗的境界。无心插柳柳成荫，是不是风景都摆在那里，关键看风景的质地。既然如此，就不必攀龙附凤地去附庸风雅，低声下气地去求赏求赞，来烘烤自己的虚荣。写了这么多年，堆积那么多，良莠不齐，又有什么关系？不妨碍谁，不影响谁。

　　首先是娱己。

　　文字让自己精致。本人出身农家，打小耳闻目睹的都是山花野草、鸡鸣狗盗；学校毕业分配工作后在商业系统打拼几年，算是从商，整天学习如何精打细算求取涓滴微利；再后来行政，当了很长时间的基层干部，也有过上进或成就一番事业的梦想，这些成长的经历虽不是走上文学道路的理由，却成为熬出心灵鸡汤的原料。特别是到乡镇工作后，写文字是我打发业余时间最好的消遣。忽然有一天，发现自己开始越来越自信，自己和文字之路越走越宽，视角越来越好，看山是山，看水是水了。

　　文字让自己充实。看书、写字，写字、看书，看是为了写，写是为了看，那些在视线和手中跳动的文字才是让心灵充实的鸡汤。回过头来审视，有几千篇（首）、几百万字的文字积累，此生没有虚度。有这样多的文字作证，即使哪一天离开这个世界，这些文字还将继续替代自己活着。

　　文字让自己享受。每完成一篇作品，就像产下一个"孩子"。有时怀疑，这是自己敲打出来的东西吗？隔三岔五地生产，如同母鸡下蛋。反复把玩，很享受这种生产的快乐。就像攒钱一样，阅读自己的作品就如同数着自己赚取的钞票，开心且有成就感。这个比喻虽然有点俗套，但很形象。

　　其次是悦人。

能不能让读者高兴，这就要看读者的喜好。有很多人打电话或者发短信给我，说我的书写出生活的味道，能引起共鸣。临澧县教育局史彩云，读了我的中短篇小说集《一晃十年》，电话里约了我几次，说有触动，要和我分享感受。以前工作过的佘市桥镇有一长者叫刘鼎成，九十多岁，通读了我的第一本中短篇小说集《白娘》，专门来到我的办公室，要走了他没有读过的我写的另外几本书，说我的文章正能量，能够启迪教化人。我听后很高兴，不管是恭维，还是敷衍，至少有那么几个读者读过，并且体验到了阅读的快乐。

当然，还有网络和现实中很多朋友，编辑和传播我的文字，还写出评论文章来解读我的文字。有一个叫资琬的文友，我们虽在现实中没见过面，但她十年如一日地坚持，来读、点赞或评论我的每一篇文章，让我十分感动。如此看来，我的文字并非只发挥自娱自乐的功效，还有取悦人的意外之喜。

第三是流行。

要进入流行作家排行榜不容易，没有进入并不表示文字不流行。记得开始上网时，我把写的文字放在新浪博客或论坛，有的能上博客首页或置顶论坛。特别是论坛的帖子点击十万以上是经常的事，有的单篇上百万或千万点击的都有。我的博客是新浪 VIP 博客，当时每发一篇博文就会直通到论坛，自动生成论坛帖子。那时晚上玩论坛很疯狂，经常到凌晨两三点。现在微信公众号传播速度也很快，一放上去，全世界都知道了。精力有限，我没有申请公众号，但有很多微信公众号平台经常分享我的文字，比如"博风雅颂"等，让我的文字插上翅膀。

我曾在一首诗中调侃自己的作品，会在隔三代以后流行，也许真会。有不少人辗转托人要去我的作品，说要给孩子作文当范文。记得当年读初中、高中阶段时，我的作文就经常当成范文在班上朗读，没想到现在还在发挥同样作用。有市场就能流行，即使范围小、时间短，不能广播，但只要有稍稍影响，也是流行，也能让写作者欣慰。

写作于我而言，应该算是为自己打造一个文字江湖。没有刻意想去发表或者评奖，求名求利，而是通这样日积月累的方式，把一个文字仓库，或者梦工场，或者王国，或者江湖弄得风生水起。

有人说看一个人的文学功底看散文。《心存月光》是我最近十余年的散文选集，大多是随手之作，没有用心构造和打磨，却都是我深爱的"孩子"。看不看得出功底，我不保证，但如果想要读出一颗虔诚和执着的赤子之心，我却可以打包票。

自己的江湖水深水浅，自己当然知道，你若想来试，欢迎。

2016年10月7日于瘦云斋

# 目 录
## CONTENTS

## 一

## 二

## 三

# 四

# 五

# 六

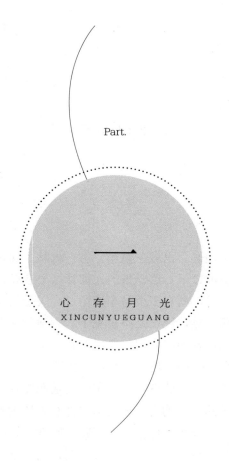

Part.

一

心 存 月 光
XINCUNYUEGUANG

　　我的眼前立刻出现一种幻觉，阿黑眯着眼在别墅主人准备
的小居住房前晒太阳，偶尔的一个动静，阿黑便警惕地立直身
子，竖起耳朵倾听，然后给主人发出信号。更多的时候，阿黑
会像一名忠实的哨兵，在院子里神气活现地走来走去，保卫着
新主人家的安全。

# 栓马岗

栓马岗自然是一个地名。出城三里半，有一柳林，穿过柳林后，就可以见到二三十户人家散落在山坡之下。这一带的人都管这个旮旯儿叫栓马岗。

有多少马在此停留过，就有多少马车停留过。关于马车，曾经成为中国几千年传统的、主要的运输工具，现在是不多见了。为啥？现在谁还用那古老的运输工具，飞机、火车不说，普遍的农用三轮、四轮车，大货、小货车占据农村主要运输市场，最不济还有手扶拖拉机，谁还用马拉车？

可是，谁能否认马车时代的辉煌，马车的运输职能曾经发挥了不可替代的作用，成为推动历史前进的巨大动力。说这话也许有人认为我在夸大马车的作用和历史地位，其实压根儿没夸张。你想，在瓦特发明动力之前，马车是不是主要运输工具。科学技术发展让我们迅速进入现代文明，而有能源动力的历史不过百多年，在此之前，都是动物，包括马和人在拉车。这样解释你就明白了，历史在很长一段时间里是靠马拉动的。

在二十世纪七八十年代，广袤的农村尚在普遍使用马拉车。年龄在四十岁左右的人都是见证，栓马岗更是见证。栓马岗拴马也拴人，王老吉和他的马及马车就是最突出的代表。

王老吉不是饮料，那时也不生产这个品牌的饮料。那时农村最普遍的饮料是粗叶茶，大片大片茶叶，泡得既醇也酽又浓的茶水，扯起喉咙灌，相当解渴。王老吉就爱这口儿，他认为酒可以不喝，但无茶绝对不可。尽管二十世纪七十年代末期已经在栓马岗出现了第一台手扶拖拉机，但王老吉的马车和马到二十世纪八十年代中期还在发挥生力军作用。王老吉五十多岁，脸上的皱纹可以写中国编年史，一笑眼睛就眯成一条缝，仿佛像一个狙击手，对着目标。他手上的老茧一层又一层，能够耐极寒和耐火烧，据说，有一次他成功地从沸腾的油锅里捞起一根油条而没有被烫伤。朝王老吉这只扬鞭的手看过之后，便可想象他端坐在马车上打马奔驰的神奇。

栓马岗上有一条古马车道，古道刚好从岗顶穿过，在岗顶的路边有一商店，是用木板构造的，屋顶清一色的小青瓦。商店旁边还有一偏屋，摆放有三五张桌子，供路人喝茶或打牌娱乐。商店前面是一片松树林，有两人合围那般粗的，也有新近补植补栽的。这些松树很早就用来拴马，栓马岗的名字也与这片松树林关联。

栓马岗最大的一次马车聚集应该是在 1936 年 11 月，据说有一百五十辆。这次马车聚集把整个栓马岗的砂石路全部铺满，一溜一字排开如同长龙，说不出的威风。此次聚集是游击队组织秋粮为八路军运输冬天的后勤补给，运输队伍行进到栓马岗时，遭到日军飞机的猛烈轰炸，炸死了五十六匹马和四十五名马夫。这个在县志中有记载，现在栓马岗都有烈士纪念碑。不过，被青草淹没了，曾经有人倡议建立马夫烈士纪念馆，也只是说说，没有付诸实施。在风雨之夜，常常可以听到马嘶长鸣，据说，那是马和马夫的魂灵不得安息。

栓马岗第二次马车的聚集是在 1986 年，当时有三十辆马车为王老吉结婚充当婚车。那些车把式们比王老吉更兴奋，在马老吉的三间茅草屋里闹腾到半夜。新娘子似乎有点弱智或者精神失常，看着大伙多数时候只是傻笑。几天前王老吉赶马车去县城时，在半路遇到她拦车，当时看到她脏兮兮的，又累又饿的样子，王老吉就停车捎上了她，谁知道上车后的她不再下车，赶也赶不走。一同去的马车夫逗他，让他带回家去做老婆，这个女子便拍手称好。四十岁没近过女色的王老吉看了看，这女子看起来虽不正常，人却年轻，模样也端正，竟然有些动心，真的就带回了家。王老吉认真地给女子梳洗，清洗过的女子看起来不过二十多岁，丰乳肥臀，风韵犹存。这让没近过女色的王老吉狂喜，立马找到村里长者请求见证结婚。对于王老吉的这场婚礼，村子里的人普遍不看好，认为这样的女子是无法做长久夫妻的。不过鉴于一生单身的王老吉的确可怜，大伙也就认可了这桩荒唐的婚事。于是，就有了远方近邻车把式们的这次聚集。王老吉自然欢天喜地。他每天都要认真地清洗这位被王老吉称为马妹的女子的每一寸肌肤，然后，小心翼翼抱上床，一次又一次在她身上耕耘，终于成功地尝试、完成、享受到了男人的成人之举。唯一遗憾的是，不管王老吉怎样爱抚和投入，马妹都似乎视若不见，或者与己无关地把玩头发、蚊帐之类的物件，好像不是在做人生最快乐的事情，这多少让王老吉有点沮丧。结婚不到七天，马妹就失踪。王老吉不可能不做事，在出去跑运输一天后匆匆赶回家，就发现她不见了，找遍了方圆十里地，只找到屋前拴马树上系着的一条红头巾，那是王老吉特意在结婚前一天给她买的。王老吉疯了似的发动车把式们寻找，三天下来，一无所获。自此，王老吉重新恢复了单身汉生活，那个神秘女子再也没出现在王老吉的生活中。

恢复单身生活的王老吉慢慢成为拴马岗茶舍最长久的客人。一天跑运输回来，必然会来到茶楼泡上一杯浓茶，慢慢品茶和打发时间。然后，在夜色渐浓之时，从拴马树上解下马绳，牵着老马一前一后回家。在每次将马系到马厩时，总会和老马说一会儿话，回味与马妹的点点滴滴，仿佛那是王老吉最辉煌的人生巅峰。这匹跟了王老吉十多年的老马似乎听得懂，听到王老吉动情之处，竟然也淌下眼泪。

这样的日子持续到二十世纪九十年代初，马车的生意越来越不好做了，机动车越来越多，动力取代畜力是发展的必然。王老吉的同行们纷纷解甲归田或者改行另就他业，只有王老吉和他的老马还在苦苦支撑。拴马树上便只剩下王老吉的这匹老马，显得形影相吊，不胜孤单。业务的清淡使王老吉颓废，茶馆里品茶之余，他爱上了麻将。有时一天下来跑来的收入便全部贡献在了麻将桌上。

1995年中秋节前两天，王老吉就在拴马岗的茶馆里泡上了麻将，年近六十的王老吉现在一看到麻将眼睛就发光。他把老马系到拴马树上后，就迫不及待地上阵，根本不再管老马的死活。老马在秋天的拴马树上看远处茶馆里的灯火、听茶馆里的喧闹声，又饥又渴，没有人理它，就连旧主人王老吉出来几次小解，也没朝这方望一下。老马近来看人和物越来越模糊，每次在拴马岗上停留，都感觉身前身后尽是昔日的旧伙伴。老马的恍惚让老马有船到码头车到站的悲怆感。

三天，王老吉真够厉害的，居然连续作战三天三夜。粗心的王老吉拴马绳留得短，老马只能站着，三天没有进水进食的老马终于倒下了，像一堵墙般地塌了下来。茶馆老板出来小解时刚好看到了这个情节。王老吉赶过来时，老马的头还吊着，奄奄一息的老马眼睛里淌下了泪水。

王老吉搂着老马的头大声喊天，眼泪也就跟着流了下来。

茶馆老板和几个牌友帮忙，把老马抬上了板车。一辈子拉板车的老马，终于被板车拉了。王老吉拉着老马，在中秋节的圆夜深一脚浅一脚朝家里走去，嘴里不停地唤着老马的名字……

第二天，人们发现，王老吉和老马并排躺在马厩里，人和马都没了呼吸。好心的人们把他们合葬在了拴马岗上。

随着最后一个马夫和最后一匹马的消失，拴马岗开始变得名不副实。

2012-08-25

# 文文的天空

"奶奶,快来看,大灰狼来了!"文文的声音显得夸张。

奶奶放下手中的锅铲,从厨房来到大门口。文文就从台阶上站了起来,指着天空的云朵给奶奶看。奶奶眯着眼睛看了一会儿,没看出啥名堂,她还是点了点头,说:"文文真聪明,看出像大灰狼来了。"

奶奶进屋后,天渐渐暗下来,文文继续坐在台阶上看天。"二四八月看巧云,是一件赏心悦目的快事。"谁说的别管,春天的江南多是梅雨季节,云卷云舒,排兵布阵,什么时候抬头,都可以在天空读到巧云的故事。八岁的文文最喜欢做的一件事就是看天上的巧云,做完作业,就会趴在窗台上透过窗户玻璃看天空,有时,看着看着,就会趴在窗台上睡着了。奶奶有着忙不完的家务,当然不会管他,醒了又会接着看。有时,他也会坐在台阶上看,甚至跑进春天的田野里看。那些农田刚刚耕耘,红花草被犁耙翻卷过来的肥沃的泥土覆盖、发酵,散发出一种淡淡的气味。奶奶曾经告诉他,这就是泥土的气息。文文喜欢站在田园泥土的气息中看天,不怕脖子望得酸疼。因为他坚信,某一刻,他一定可以看到一列神奇的火车从南天开过来。

奶奶说过,什么时候看到天空有一列火车驶过,爸爸妈妈就回来。

文文已经有好久没有看到爸爸和妈妈了。究竟有多久,文文自己也不知道,今年春节没看到,去年春节也没看到。文文有时候很委屈,都记不得爸爸妈妈的模样了,是不是不要文文了呢?文文看天时,就多了一分期待,渴望看到头顶有飞驰而来的列车。

文文相信奶奶的话,在文文的世界里,除了偶尔回味妈妈温暖的怀抱之外,就是奶奶了。因为很久很久以来,在这三间平房之中,只有奶奶和他两个人。奶奶帮自己洗衣做饭,陪自己吃饭睡觉,还给自己讲狼外婆的故事。

每天放学回来后，文文最喜欢做的一件事，就是放羊。牵着奶奶的大山羊，行走在长满青草的山坡上很神奇。文文给奶奶的大山羊命名为大毛哥。有时候，文文会在山坡上和大毛哥比拼一下手劲。文文两手抓住大毛哥的犄角，使劲地抵，脸憋得通红。大毛哥当然不示弱，拼命抵挡。大多时候，文文都以两脚朝天失败而告终。文文躺在草坡上休息，大毛哥就会来到他身边，用嘴唇亲吻他的脸。文文拽着大毛哥的犄角爬起来，甚至骑在大毛哥的身上，大毛哥不生气，陪着文文开心地疯。

这个村庄终究是要荒芜的，文文和奶奶常常行走在村庄之中，除了偶尔碰到差不多的老人和小孩外，视线之处，大多是锁门闭户的院落和长满杂草的禾场。奶奶有时忍不住叹息，这田种不下去了。文文就勇敢地表示，长大了帮奶奶种田。奶奶嗔怪道：傻，只有傻子还在乡下种田。"都不种田，吃什么？"文文好奇地问。奶奶没好气地说：谁种都可以，文文不行，文文要念大学做城里人。文文想问，是不是跟爸爸妈妈一样长期在外打工不归？话到嘴边又咽了回去，因为他看到奶奶很生气。

最让文文难过的一件事，就是有一天文文让奶奶担心了。那一天放学回家，文文走着走着就离开伙伴落单了。翻过一个山头时，突然就有一只野兔出现在视野中。文文开心极了，他跟着野兔赶了好长一段路，野兔就没入草丛中了。跑累了的文文靠在一颗大石头上休息，看西天火烧云。看着看着，就看到一列火车从南天空轰隆隆地开过来了，文文兴奋地跟着火车奔跑，火车呼啦地从头顶开过，也没停下来，文文拼命朝家里跑，他相信爸爸和妈妈一定在家里等他。可是，他的脚老迈不动，后面好像有人拉着。文文十分着急，一急就出了一大身汗。文文睁开眼，原来是个梦。西天的太阳换成月亮，文文揉了揉眼睛，才发现自己不知怎么就睡着了，不知睡了多长时间。文文想到奶奶一定急死了，连忙往家赶。果然，奶奶在学校和家里的路上已经找了三个来回，正蹲在家门口的台阶上哭泣。看到文文回来，奶奶把文文搂在怀里，浑身都在发抖。

自那以后，文文再也不敢贪玩了，一放学就回家，帮奶奶洗菜、做家务，甚至帮助奶奶做力所能及的农活，相当于一个半大的劳力。祖孙俩一天天挨着日子，日子就这样不疾不徐地过来了。

今天文文放学后，就没着急做作业，一直坐在台阶上看天空。放学时，他看到邻村二黑的爸爸回家了，并开着小车来学校接他，见面后，他的爸爸搂着他使劲地亲了一口。想到这个场景，文文心里就涌出一股酸酸的味道。文文想，啥时候爸爸也能来学校接我？文文坚信，只要自己坚守，一定可以看到天空的火车经

过，那时，爸爸和妈妈就可以回家了。

奶奶做完晚饭出来喊文文时，文文手撑着头睡着了，脸孔尚朝着天空。奶奶摇醒文文，文文梦呓般地问了一句，火车来了吗？

奶奶摇了摇头，深深地叹了一口气。

2012-08-25

# 阿 黑

　　那说啥？子不嫌母丑，狗不嫌家贫。这话说了几千年，一夜之间就让看家狗阿黑给颠覆了。阿黑的行为，让狗的这个群体忠实度大打折扣。看来，一些传统的观念开始经不起时间的检验了。

　　最近去了一趟乡下，终于得知了阿黑的最新消息。阿黑的失踪并不是被摆上城里或者乡下人的餐桌，就在年三十，竟然大摇大摆地回家了，回家过年，玩消失的阿黑原来让家人虚惊一场。

　　阿黑是我三姐家的一条普通公狗，黑色，不过三岁。阿黑身上长过癞子，所以有几块很苍白的斑，夹杂在黑毛之间，倒显出几分个性。阿黑我见过几次，从来没见它对我露出过半分狰狞，只有摇尾乞怜。有时我琢磨，狗其实很通人性的，它一定知道我与主人的关系，所以，对我表现的唯有友善。

　　就在春节前我回乡下到了三姐家，突然就得知阿黑失踪了，这让我十分的嘘唏。我想起几年前家狗小毛失踪后的那种惊慌失措，我和家人找了几乎大半个小城。最后竟然赖在一个屠夫的摊担前，用十分肯定的语气说笼子里关着的是家狗小毛，还打来110报警。结果从笼子里放出来的，并不是我家小毛，害得自己赶紧掏出两百元赔偿人家的生意损失。

　　除了嘘唏，没有更好的宽慰办法。大家的一致意见是，一定被鸡鸣狗盗之徒算计了去，说不准已经上了谁家的灶头，此刻变成了腊狗肉。我也认为是。除了此种推测，还会有啥？三姐很难过，她发誓说这个春节不吃狗肉，以此祭奠那为美食献身的阿黑。

　　没有想到阿黑在失踪半月之后，竟然奇迹般出现在大年夜的三姐家，十分欣慰地在三姐膝前蹭来蹭去，像一衣锦还乡的游子，表现出极大的依恋。三姐那种失而复得的喜悦自然无以言表，弄来了一大盘大肉大鱼让阿黑尽情享用。三姐夫

在外打工，三姐的儿子在南海当兵，三姐本人在乡下纺织厂上班，所以对阿黑照顾常常不周，饥一餐饱一餐的，阿黑看起来一直有那种营养不良的感觉。三姐这次的施舍很阔绰，阿黑似乎对三姐的恩赐并没有表现多大的热情。这对比以往看来很饥饿的阿黑简直判若两"人"。

阿黑的回归被认为是春节期间最令人欢欣鼓舞的大事，被三姐一家津津乐道。大姐、二姐在第一时间就电话分享到了这种喜悦。这种喜悦还未散去，阿黑再次失踪了。在二姐家一起守岁之后的阿黑，上午出了家门，就不辞而别，再也没有回来。三姐给阿黑准备的中餐、晚餐原封未动。初二、初三、初四一连几天，三姐每晚都会在屋前屋后，几里路的范围唤阿黑，没有回应。到初五时，阿黑被证实，的确已经离家出走。

我给三姐家拜年时，三姐和三姐夫气愤地说，阿黑一定找到了更好的人家，攀高枝去了。我点了点头，说，谁也别怪，阿黑的出走与你家平时的粗心与忽略有关，阿黑的新家一定对它呵护备至，让它流连忘返。于是三姐恨恨地骂道，死阿黑，这个背信弃义的东西，真不是东西。

我的眼前立刻出现一种幻觉，阿黑眯着眼在别墅主人准备的小居住房前晒太阳，偶尔的一个动静，阿黑便警惕地立直身子，竖起耳朵倾听，然后给主人发出信号。更多的时候，阿黑会像一名忠实的哨兵，在院子里神气活现地走来走去，保卫着新主人家的安全。

回城后我反复思考，不能怪阿黑，不是阿黑变了，是这世道变了，阿黑是在与时俱进。

2012-01-28

# 沙和尚之死

四十岁之前，我对死亡的概念比较模糊；四十岁之后，对死亡就有了一些肤浅的认识。四十岁之前，自己和同龄人都能健康地活着，总觉得死亡相对遥远，几乎没有正视它。四十岁之后，便有了同龄人开始离开这个世界，忽然觉得死亡无时无刻都潜伏在人的周围。我的所谓肤浅的认识只是一些伤感，就好比悲秋，或者对一片落叶的叹息。人的生命很宝贵，人的生命更脆弱，一场病，或者一次意外，轻易就可以夺走一个人的生命。

沙和尚死亡的时间应该是 2012 年 8 月的最后一天的午夜，二十多天过去了，他就像一只鸟或者一只昆虫的消逝，很快就从人们心目中淡忘。我就奇怪，人为什么那么健忘，轻易可以在极短的时间内忘掉在自己身边生活了多年的同类？我有时候深度思考，人应该怎样给自己在这个世界留下痕迹？答案还是困惑，大多数的人，就像地球上大多数其他生灵一样，挥一挥衣袖，不带走一片云彩。

一个人生，一个人死，或者一个人能否留下痕迹，这些都不重要。人的生命本来就是一个过程，重要的是，有情感的人们对待死亡的态度，其实比利器更能痛彻心扉。

沙和尚与《西游记》无关，只因他从小喜欢理光头，便有了这个诨名，真名叶草垛反而被人叫得少了。如果我的父亲尚在人世，沙和尚也许不至于早死。可惜一年前，我的父亲已经作古。我那一辈子与人为善、曾当过村支部书记的父亲，面对沙和尚的痛苦一定不会袖手旁观的。沙和尚在八月的最后一天的那个夜晚，绝望地求助了几家农户之后，倒在春生姐姐家的台阶上，在春生的注视下，不到一根烟的工夫，咽下了最后一口气。

在村民的潜意识里，根本没有想到沙和尚会在那个午夜死亡。因为一直以

来，沙和尚嗜酒如命，常常用工业酒精兑水喝，再加上因为早年离异，精神间隙失常，所以，夜深人静时，面对沙和尚的求救，几乎所有的村民都认为他在发酒疯或者犯了疯病，便都无一例外地选择了漠视和拒绝开门。

沙和尚其人，曾做过我的一篇小小说里面的主人翁——草垛的原型，不妨原文摘录于此，从侧面窥探他的人生轨迹。

# 乡下小人物系列之一 草垛

草垛不是一堆草，他是一个人名。他娘在生产队劳作时，突然喊肚子疼，村里的姐妹知道草垛娘要生了，不慌不忙地把草垛娘扶到草垛上，草垛娘裤子还没有完全褪下来，草垛就掉了出来，哇哇的哭声好响，五里之外都可以听见。那个冬天很饥饿，草垛娘就给草垛磨黄豆汤喝，居然熬了过来。

草垛三岁时和一只野狗抢一块牛骨头，被野狗拖着走了二里之地，差点掉进池塘淹死，终于从野狗嘴里夺回了牛骨头。这件事情让草垛很得意，在草垛十二岁到十五岁这个年龄阶段被经常提起。那时我和草垛给生产队放鸭，经常脱得光溜溜钻进池塘里洗澡。有一次，我和他从山塘爬上岸，浑身上下都叮满了密密麻麻的蚂蟥。我们互相给对方拍打对方身上的蚂蟥，蚂蟥便在阳光下纷纷脱落。草垛很骄傲地说，我三岁就能大战野狼，小小蚂蟥岂奈我何？草垛把野狗说成野狼，自然是为了给自己添加英雄气概。我只是竖起大拇指，不加更正。

草垛和我基本上共同度过了童年和少年的时光，那时候天很蓝，空气新鲜。我们特别喜欢一早一晚的放牛生活，晨钟暮鼓，那些长满鲜花和躲藏野兔的山林简直是乡下孩子的天堂。草垛乡下的活儿什么都会做，而且做得很出色，使牛打耙，春播夏种，天然是个好里手，书却读成了一团糟。和草垛同了一年级后，就不再是同学，我初中毕业后，草垛基本上还在小学混，等我上到高中，草垛就回家种田，当我读大学时，草垛就完成了娶妻生子的人生大事。草垛的老婆叫格兰，比草垛小两岁，嫁给草垛时只有十七岁。格兰长得贼好看，像一株山野的茶花，清新可人，可以让草垛一天不吃不喝地趴在她身上折腾。结婚一年不到，就生下了女儿。所以，在我为生计拼命奔波时，草垛就让自己的人生发出了最绚丽的光芒。

因为草垛有了自己的幸福生活，很快，我就差不多把草垛忘了。若干年后我回到乡下，草垛刚从精神病院出来，说话有点语无伦次，手有些颤抖。听说草垛老婆早就跟人家跑了，草垛早就很坚决地和格兰离了婚，女儿在读完初中后就出外打工，不再回来看草垛。现在的草垛就像乡下旷野形影相吊的野狗，分外孤独。这让我十分的诧异，人生变化无常，好端端的一个家庭，咋就折腾成这样？

通常，遇到草垛，我会给草垛送上一支香烟，草垛放在嘴边闻闻，有些迷茫地问，很贵吧？我说，不贵，你抽。我给草垛送上火，草垛手抖着好不容易点上，猛吸一口，吞进肚里半天才让余烟吐出，那种陶醉的模样，好多天后都在我的脑海定格。那时，我的父亲还在，他给我讲了很多有关草垛的故事，让我嘘唏感叹了半天。

二十世纪九十年代中期，有理想的农村青年不甘心固守那一亩二分地，纷纷南下去沿海打工。似乎有不少打工族在外面掘得了第一桶金，有的还返乡创业。草垛和格兰自然也加入了南下打工族的行业，和同村的五毛一道去到东莞。

并不是每个打工者都能幸运地从蓝领干到白领，草垛和五毛虽然同在一家针织厂，却不如五毛干得好。五毛干到了工班长，比草垛工资高了一倍多，草垛还是一线工人。草垛不满意这种现状，跳了两次槽，越跳越不理想，便很不情愿地返回了家。格兰留在工厂继续打工，却和五毛双宿双栖在一起了。草垛听说这样的事情后，十万火急地把格兰叫回村里，格兰没办法，只好回到村子。草垛审问格兰有没有和五毛在一起，格兰鄙夷地回答，我是那样的人？草垛便不再让格兰外出打工了。

在外花了心的格兰哪还有心思种地？草垛的伯父是退休的煤炭工人，每月有一千多元退休金，很喜欢这个漂亮的侄媳。收拾得漂漂亮亮的格兰便拉着伯父成天坐茶馆打牌，打工积攒的钱也就流水似的花光了。喜欢喝酒和抽烟的草垛，终于有一天断炊了，找格兰要钱。格兰手头也不活泛，扔下两百元后对草垛说，再不出去打工，别说孩子读书，就连自身吃饭都成大问题了。草垛想了想，只好让格兰再次南下，只是规定不准再进五毛的工厂。格兰爽快地答应了，很快在福建泉州联系到一家制鞋厂，月收入可达到两千多元。格兰在泉州打工的日子持续了三年，每月，草垛可以收到格兰固定的一千元汇款，足够草垛和孩子开销。有一天，草垛突然觉得有些不对劲儿，格兰是不是在工厂打工？一旦怀疑，便寝食不安，终于买了去福建的车票，在泉州下车后，他来到格兰打工的工厂，哪有格兰的人影子？气急败坏的草垛拨通了格兰的电话。电话里，格兰轻言细语地解释，工厂的活计没做了，现在帮人家带孩子，每月一千八百元，比工厂轻松。草垛责怪格兰没早告诉他，格兰解释，还不是怕草垛胡思乱想地担心。格兰对草垛说，你等着，我半个小时后来工厂接你。格兰来到草垛面前时，花枝招展的格兰完全是城里人的装束，弄得草垛不敢相认。等格兰把草垛带到带孩子的那户人家，那家主人刚好出差。主人家环境不错，家里现代化家具一应俱全，条件好得不得了。草垛看到格兰如同自家人一般出入主人家，带着别人的儿子比自个的还亲热，就气不打一处来，就坚决地要求格兰回家。格兰没法，央求草垛先回，自己待主人出差完随后就回来。

再次回来后的格兰更没有做农活的心思，除了打牌赶集逛街，便是睡觉。白天睡觉，晚上坐茶馆。终于有一天，草垛发现格兰竟然和伯父睡在了一张床上。虽然穿着内衣内裤，但毕竟一个是伯父，一个是侄媳，像什么样？格兰若无其事地说，打了通宵牌，一个六十多岁的老头和一个二十多岁的女人可能会做坏事？草垛满腹狐疑，一肚子火没处发泄。回到家里，搬起结婚时的那台黑白电视机，砸在了大门边的青石板上。草垛拖着格兰来到棉花地锄草，越想越不对劲儿。他一脚踹倒了格兰，铺天盖地一顿拳脚之后，揪着格兰交代奸情。格兰冷漠地看着草垛，说，你不配做一个男人，我和伯父很早就睡在一起了，还有五毛，同居了两年，还有泉州带的那个孩子，是我和老板生的，你老婆成天只会做偷人养汉一件事，你想咋的？被怒火中烧的草垛拿起锄头砸向了格兰的头。

格兰没有死，幸亏草垛送治得及时，在医院里缝了十七针。出了院，草垛主动离婚，格兰没有提出刑事起诉。离婚后，格兰去了泉州，再也没有回来过一次，也没有和女儿联系过。

这是草垛和格兰的大致情况，尽是捕风捉影，没加考证的。不过，后来有人证实，格兰是给一台商当二奶，所带那孩子真是她和台商所生。格兰在泉州幸福而寂寞地生活着，再没有想起过草垛和女儿。至于草垛，失去了美丽的妻子之后，非常后悔和自责，当初锄头偏一点就要了格兰的命，自己咋就那么狠心？想去泉州找格兰，鼓不起勇气。抽烟喝酒成了他的嗜好，借酒浇愁愁更愁，很快在烟酒的侵蚀中失去了斗志，一度精神失常。草垛的父母双亡，只有一个哥哥在远方工作，赶过来把他送进精神病院住了一段时间，才稍稍好转。

我后来反复问父亲，格兰当时赌气说的那些话，和伯父、和五毛、和台商的那些事是真的吗？父亲点点头，又摇摇头，叹道，造孽。

前不久，我回乡下终于碰到草垛，草垛已四十开外，一脸络腮胡，看起来像个糟老头儿。我扔给他一包烟后，草垛主动和我说起他的格兰。草垛说，格兰说的自己的那些事是哄人的，格兰绝对是爱草垛的。

草垛的话可信？可信不可信并不重要，只要草垛活得心灵充实就行。

我塑造的这个草垛，几乎就是现实版的沙和尚。沙和尚命运和我们这个时代密切关联，如果把他的时代提前或者推迟十年或者更长，他的命运一定会改写，他的家庭生活也一定不会如此动荡和跳跃。现实中的沙和尚有一个哥、一个姐，还有一个妹，条件都算不上好。沙和尚病了，其哥和姐会送他去医院治疗一下，次数多了，也就有些厌倦了。大多数时，基本上一个人在三间小屋里过着穷困潦倒的生活。

我和沙和尚同年，小时候一同上学、一同放牛、一同赶鸭，甚至一同偷过别人家的菜瓜，只不过后来我外出求学就业，他落在农村务农。妻女离开他后，沙和尚染上酒瘾。他除了栽种自己的三亩田地糊口外，靠自己给人帮工找点酒钱来过酒瘾。我从来没有想到过他会早死，在刚刚四十出头的一枝花的年龄就离开了人世。我很震惊，在九月的第一天，在忙碌的工作间隙，匆匆赶回家，认认真真地给他磕了三个头。亡者为大，我要用大礼来表达我对他离世的悲伤。

我在三姐的叙述中了解了他死亡的大概情况。村子里大多是老人、妇女和小孩，除了沙和尚自己，几乎没有成年男人。沙和尚应该最早求救于三姐，当时，我三姐和老母亲已经入睡，他拼命敲堂屋的大门，我三姐在里屋问他做什么，他疯言疯语道："我家里坐着一满屋人，他们逼着我喝迷魂汤，我好不容易逃出来。三姐，你开门，我要借宿，在你家过一夜。"

三姐听到他如此胡说八道，自然不敢开门，要他去别处借宿。沙和尚改到他婶娘家求救，央求给他找医生治病，说是胸口痛。沙和尚把门敲开了，两个年近八十的老人哪敢让他进屋，费了好大的工夫才把他用拐杖轰走。接着，沙和尚又敲了几家的门，无一例外都是拒绝开门。最后来到春生姐家，他几乎用尽力气拍门，喊救命。春生姐家就娘俩，春生姐抱着孩子吓得大气不敢吭，偷偷地给弟弟春生打电话，让他立马过来轰走沙和尚。打了五遍电话，在外打工的春生才赶回来，看到沙和尚还在拍打春生姐的大门，慢慢地手松了，身子软了下来，蜷缩着倒在了春生姐家的台阶上。

春生坐在旁边点了一根烟，边抽边看着沙和尚痉挛地抖动身子。在春生扔掉烟头时，沙和尚抬起头朝夜色深深的黑暗望了一眼，便慢慢将头放在了水泥地板上，一动不动。

据说，春生在抽烟的当口给村民小组的组长打过电话，组长说，死不了，他的家里人不管，我也管不了。

还据说，几天前，沙和尚央求人给他姐打电话接他去治疗，他姐拒绝得很干脆，以后别给她打电话，死了也不打。据此，村里人也不敢再给他家人打电话了。

于是，沙和尚在几乎没有治疗的情况下，慢慢地痛苦地死掉了。

第二天，村里人在帮忙收敛沙和尚的尸体时，发现他的上半身是乌黑的，应该是中毒所致。头天，沙和尚给自己和他人的晚稻打了一整天农药，加上晚上又喝了不下半斤白酒，是酒精中毒还是农药中毒？也许皆而有之。

如果中间有一个被求救的人拨打了120电话，如果他的亲人能够及时出现，如果早一点发现他是中毒，如果……这些假设有一项成立，沙和尚都不会死。但假设永远只是假设，所以，沙和尚不得不死掉了。

沙和尚在那个初秋的午夜，最后一眼望这个世界时，他在想什么？不得而知。

或许那刻，沙和尚总结自己生命时得出了一个结论，来到这个世界是一场深刻的错误。

2012-09-22

# 父亲的呼唤

那时，我还在西双版纳的丛林深处，看天空干净的白云和白云下参天的大树，还有在树下数不清的热带植被和野生动物。那时的心情很悠然，在植物园的索道上，和同伴们快乐地在一起，领略冬天里的夏天。阳光飞过来，轻轻地抓住几缕，贴在心口。风把云送进嘴里，又从嘴里溢出来，就像是吃过一串冰激凌，如释重放的感觉荡气回肠。那一刻是休闲和写意的，自由的思绪没有负担。

恩娘……

我突然听到了一声叹息。这种声音很刺耳，仿佛从野象谷幽远的河床而来，从忽明忽暗遥远的童年而来，从村子细巷深处的古井而来。这种声音很熟悉，一滴一滴溅湿心情，那些柔软的情绪有如被淋雨的翅膀，渐渐沉重起来。这是一种亲情的呼唤，如同行万里路之后的疲惫；这是一种脆弱的呼唤，沉睡千年之后的苏醒。

那是父亲的声音，一声又一声，把我从西双版纳的热情里唤出来，把我从彩云之南的浪漫里拽出来，从天空之中落进现实，靠近父亲，走进父亲的声音里。

常德没有下雨，我恍若在滂沱的雨声里走进了这个古老而年轻的城市，走进了父亲的目光。从医院拥挤的人群和拥挤的目光里，我读到了父亲的等待和等待的目光。我知道父亲尽管此刻是那么孱弱，但绝对不会放弃，他一定多么希望听到来自儿子的鼓励和安慰。我说，不到最后一刻，决不轻言放弃。

恩娘……守在父亲身边，我聆听他的呼唤。我看清了父亲无奈里的执着，我读懂了父亲绝望里的希望。

在我的记忆里，父亲不似现在这般脆弱。他是一株挺拔的树，可以遮风挡雨；他是一座明亮的灯塔，可以指引方向；他是一只强壮的骆驼，可以负重穿越沙漠；他甚至是一头矫健的牛，吃进去的是草，挤出来的是牛奶和血……

　　父亲出生于 1938 年正月二十七日，家里穷，打从生下来就被送了人。父亲的命运和整个中华民族的命运休戚相关，整个童年父亲跟着养父母躲日寇，从县城躲到乡下，后来在乡下安了营扎了寨。因为父亲是贫雇农出身，根红苗正，所以很早就在大队当村干部，当过民兵营长，当过支部书记。在我有记忆开始，父亲就有开不完的会，县里的、公社的、大队的、生产队的；会议的形式也多种多样，有三级干部会、抓革命促生产会、批判会等。父亲被挨斗时我没看到，但父亲批斗人的场景我记得很清楚。我看到过多次激动人心的场面，特别是有一次批判徐校长的会上，徐校长胸前挂着反革命分子的牌子，父亲在台上举着拳头领喊口号，底下的群众在下面回应，那场面十分壮观。那时，我对父亲充满了景仰。但有一点弄不明白，就是父亲在台上表现对坏分子疾恶如仇，私下里关系却又好得不得了，甚至我看见他和徐校长称兄道弟。

　　那是父亲的缺点，也是优点。作为一个基层大队干部，服从是基本的组织原则。这不论在哪个朝代或者执政组织，这个原则是必需的，否则就会根基不稳。我后来看到了很多文章，批评"文化大革命"，批评说违心话、做违心事的人，我觉得有一点应该特别指出，那些错不在忠实执行路线的基层组织或者基层组织负责人身上。

　　父亲政治上的又红又专并没有给他的七个儿女带来多大的实惠，在我有记忆开始就吃不饱穿不暖。父亲白天管大队的事，夜晚或者农闲季节就管家里的事，带着我们打柴摸鱼，对付寒冷和肚子。除大哥大姐外，我记忆中的衣服从来没有一件没有补丁的，大多是穿哥姐剩下的，肚子倒是没饿很多，但灰萝卜饭、红薯饭都不好吃，特别是灰萝卜饭难以下咽。所以更多的时候愿意喝照得清人影的糖精稀粥，虽然一转身就饿。父亲言传身教着我们，在与饥饿、寒冷、疾病的斗争中，我们一天天长大，后来居然可以作为半个劳力出工。十一二岁帮组里割麦插禾，后来又帮生产队赶鸭子，每天竟然可以挣到不少集体工分，尽管没有改变家庭每年集体分配超支的命运。联产承包责任制后，生产积极性提高了，劳动强度更大，父亲带着我们这帮从十岁到十八九岁的孩子，在十多亩责任田里摸爬翻滚，宛如一个孩子王。那时的月下劳作很辛苦，我最不爱的活计是分拣茶籽和棉花，边劳动还要边和蚊虫瞌睡作斗争。现在回忆起来，感觉早年劳累都是快乐的记忆，为什么觉得乡下的月亮美好？原来这种感觉就是年少时期贮存下来的。

　　印象最深的还是父亲的永久牌自行车。二十世纪七十年代，父亲的自行车是公社配备的，从村头走过，那丁零零的叫声，可以唤醒一个村庄的好奇。我的父亲就是用这样一辆破旧的自行车，激起我一个时代的虚荣。那时，只要听到自行

车的铃声，毫无疑问就是父亲到了，他用有声的行动，提醒我们他的存在。其实他提不提醒，我们都知道他的存在，那时，只要听到村里的广播在响，他那熟悉的声音就会传到我的耳膜。该浸种谷了，该割麦插禾了。这些都是村子里正当的日常事务。真正的自行车用途还是对我们这帮孩子的影响，我们的每一寸骨节的生长都是与这辆永久牌自行车密切关联。在对待孩子学习的问题上很开明，只要愿意，可以读到不想读为止。父亲说，知识是人的品牌，无知的人丑陋。到二十世纪八十年代初，大姐小学毕业后在家务农，大哥高中毕业去了边疆当兵，剩下的五个孩子一溜全在学校。父亲更多的时候是一名运输工，源源不断地从母亲手里接过给养，送到我们手上，整个运送的过程应该骑破了三辆以上这样的永久牌自行车。在我最初的博文《成长的故事》中记录过这样一个场景：我的父亲来了，就在我教室对面的学生寝室台阶边。他用他那辆已有十多年历史的老永久牌自行车，给我拉来了一大袋米。我首先看到他支好自行车的支架，吃力地把米袋放下，又费力地把米袋抱起，然后一步、一步、又一步挪到台阶边，努力想举到台阶上，没成，米袋落在了地下。他并没有放弃，再次躬下身躯，双手紧握米袋的两头，停顿了 10 秒钟，骤然发力，一口气举上了台阶，我不忍再看……当我转过头来再看父亲时，父亲已放好了米袋，倚着墙坐着，点上了旱烟。我再也无法集中精力听讲，只盼早早下课，可时间老和我做对，15 分钟，我居然感觉好像已过了一个世纪……当我喘着粗气跑到父亲身边时，父亲已然睡着了，我不忍叫醒老父亲。我看到了父亲衣领上汗渍凝成的盐粒，脸上的皱纹有着刀刻般整齐，眼角还散拉着一丝微笑，拿着旱烟的手举着，最后一缕轻烟还在空中袅袅地飘荡……

　　父亲是那种典型忠厚善良的人，对孩子较为严厉。那种严厉中的慈爱会让你忍俊不禁地收敛野性，去做一个听话的孩子。寒暑假时自然帮助父亲忙农活，有一次暑假，我插秧时和妹妹争吵，把妹妹惹得哇哇大哭。不仅如此，还把妹妹推倒在泥田里。父亲气极了，拿起一根竹棍，向在田里插秧的我铺天盖地打来，只见水花四溅，我自然惊吓得哭天喊地。母亲本来在家里做饭，听到田里的哭喊声着急地跑来，铺天盖地给父亲一顿好骂。孩子们自然吓得大气不敢出，低着头在田里插秧。其实，他们哪里知道，虽然父亲的竹棍高高举起，根本没有落在他儿子的身上，只不过打得泥水乱飞虚张声势而已。

　　父亲一度用他的自信树起了一个村庄的自信。走进村子，上了岁数的村民没有不认识他的，父亲带着他们修公路、修水库、造梯田，走过了二十世纪中下叶那个饥饿和多难的年代。父亲用自己的品德教育感染村民，带领村民建设村庄，

赢得了全村人的敬重。

父亲早在二十世纪八十年代中就从村主干的位置上退下来了，继续当一个种地的农民。后来，我也当过乡镇的党政主要负责人，也做过形形色色村干部的思想工作，似我父亲那样良好心态的还真是少有。我父亲对待退职的态度可以用现在较为时髦的两个字形容：淡定。父亲退下来后，从来没对组织提过任何要求，新世纪后每个月5元的退职金好像还是组织主动给他的。

恩娘……

父亲的病是结脑炎，一下子让他瘦掉了三十多斤，要恢复估计很慢，医生说要用至少两个月的药才见效。守护着他，连续三天三夜，父亲彻夜地、时而清醒时而昏迷地叫着这个名字，让我十分的费解。据我所知他的恩娘在生下他后就把他送给了别人，应该不是叫她吧？父亲的养母在二十世纪六十年代就过了世，难道是叫她？还有一种可能，父亲把自己的一生交给了组织，也许是叫她？

不管是叫谁，一生坚强的父亲此刻应该是最脆弱的时候。一声恩娘，一声叹息，那是对生命的呼唤、对亲情的呼唤、对爱的呼唤……

美丽的白衣天使不停地在房间穿梭，到处是她们忙碌的身影。父亲终于安静了片刻，我看着点滴一滴一滴地滴进父亲的身体，也一点一点地敲打在我心上。

这个时候，父亲不用呼唤，我也会守护在他身边。

2010-12-11于常德市人民医院

# 春天的怀想

春天来了，从这个春天开始，我的父亲不在了。今天距离父亲离去的日子刚好三十三天，想起父亲，我的心好痛。

## 鸡公车

农村运输载重物品的独轮车乡下人称之为"鸡公车"，轮子起先是木制的，后来条件好了才换成充气的橡皮轮胎。小时候印象非常深刻的是，喜欢坐在父亲的独轮车上被父亲推着走，那种"吱呀"的声响在乡间的旷野总能激起我的神气。有时候我会站立在车上，双手撑在车梁上，嘴里吆喝着"驾"，犹如凯旋的将军。

在我刚刚上小学不久，应该是七八岁光景，春寒料峭的季节，我得了一场病。那晚我无法入睡，只觉得四肢无力，基本上父亲通宵都在抱我。父亲的胸膛很宽广，他的胸脯尽管靠得充实，却无法改变疾病带给我的痛苦。天不亮，父亲就推出了他的"鸡公车"，细心地铺上棉被，然后把我抱上车，我俩便行进在朦胧的晨曦中，向那十多公里外的公社卫生院进发。几乎都是上坡路，父亲推着我很吃力，不一会儿，我就感觉到了父亲的喘气声，然后可以清楚看见汗水沿着父亲的脸颊淌了下来。我曾试图跳下车自己走，父亲很坚决地制止了。

在一个又长又陡的山坡下，父亲停下了车，把我抱下来，放在草地上，叮嘱我别动。我看着父亲推着空车上到坡顶，放好车后又折转身下来，直奔向我。我试图站起来，没有成功。父亲三步并作两步跑到我的面前，背对我蹲下来，我趴在父亲的背上，父亲就背着我再次朝山顶进发。我数了一下，足足有一千步。那时父亲不到四十，身体最是强壮，但背到山顶时，父亲几乎瘫坐在山头上了。

我就这样被父亲推着，在乡间小路上折腾了两个多小时才赶到卫生院，那种

木轮发出的"吱呀"声也伴随我一路。后来，我也用橡皮车轮做的鸡公车推过泥块、木柴、稻米；后来，我也使用过自行车、板车；再后来，我驾驶过摩托车、小汽车，却没一种与车相关的声响比得过那种木吱声带给我的心灵冲撞更加深刻。

## 胶　鞋

父亲对穿着好像没有讲究过，对鞋更加随意。印象中胶鞋是一生中使用频率最多的品种。在此之前，穿过草鞋，后来，也穿过儿子们不穿了的皮鞋。

二十世纪七十年代末，父亲在大队做事，好像那时的水利工程特别多，多是老百姓投工投劳的那种。有一天雪下得特别大，父亲从工地回来时，大雪几乎封门了。父亲一进门，就把一双崭新的胶鞋塞给母亲的手里，他乐滋滋地告诉我们，他被公社评为优秀突击队员，这双解放鞋是公社革委会发的奖品。

母亲看到父亲脚下还穿着草鞋，心疼地打来一盆热水给他洗脚，看到父亲冻得红肿的双脚，母亲嗔怪道："怎么有现成的鞋不穿？傻了不？"父亲憨厚地道："那么新，不舍得。"

这双胶鞋，父亲足足穿了七年。我在长沙读书时，父亲就是穿着它来看我的，那天我们到了爱晚亭，上了岳麓山。这双鞋如果放到现在，大可以进历史博物馆，除了胶底，鞋面基本只剩下几根鞋带连着。

后来我结婚后，父亲经常会来我在城里的家，收走一些我不再使用的皮鞋。我的脚穿四十二码鞋，比父亲的鞋码大得多。父亲穿我穿过的皮鞋很滑稽，前面一大截空档几乎要用棉或者布巾填充。父亲从不觉得难为情，似乎在乡亲们面前穿儿子的皮鞋更骄傲。

父亲终究还是喜欢穿胶鞋，在乡里干农活胶鞋比皮鞋方便。我每次回乡下看父亲，父亲就会惊喜地小跑步来我的面前，看到儿子回家，他总是那样开心。他的两条长裤腿一高一低挽着，脚穿着的那双黄胶鞋露出脚指头，没有穿袜子。

## 旱　烟

父亲的烟瘾不大不小，一天要一包左右，烟龄应该伴随了他成人后的一生。中间有过戒烟，记忆中有两次，似乎没有超出半年。小时候，我特别喜欢闻父亲身上的烟味，觉得特别男子汉。父亲在五黄六月或者寒冬腊月的深夜回家，远远

就可以看到夜色中那忽明忽暗的烟头闪烁，我就特别兴奋，通常不出意外，可以在父亲的衣袋里翻出糖果花生之类的奢侈品。我便依偎在父亲膝前边分享，边聆听父亲吸烟时那种陶醉的"吧嗒"声，心情十分享受。

父亲年轻时吸的是自制旱烟。那时一个小小的烟机一晚上可以生产十多条香烟。把晒制或者烤制的烟叶切碎，放在粘有糨糊的白纸的烟机里，卷出来后用剪刀剪去两头多余的烟丝，就是一根可以吸的没有过滤嘴的香烟了。我特喜欢配合父亲做这种工作，乐此不疲忙地忙到深夜也不倦怠。父亲叼着一根自制烟，手头不停忙活，有时呛得直咳嗽，有时熏出眼泪，我就会拍着手在旁边直乐。这种烟持续了很长一段时间，我毕业参加工作时，父亲还在抽。父亲从来没有抽过高档烟，二十世纪没有抽过超过一元的商品烟，千禧年后，也没有抽过超过五元一包的香烟。我也吸烟，偶尔也会抽上几十元一包的香烟，当我猛吸一口时，我就会想到父亲的旱烟，抽这一包，足够父亲抽一年旱烟的价钱了，内心里就无比惭愧。

这个冬天来临时候，父亲终于不能抽烟了。没有肺病史的父亲被诊断出了肺结核，继而引发了结脑炎，让我和家人很震惊。父亲抽了一辈子烟，结果是烟夺去父亲的性命。在父亲病重期间，我开玩笑对父亲说，想抽烟不？父亲笑着拒绝了。我安慰父亲道，没事，等病好了，想抽就继续抽。

我知道父亲一生都很苦，把七个孩子养成人不容易。父亲抽烟我从来没有反对过，烟是一种麻醉品，可以减轻生理和心理的疲劳感。父亲在劳累之余抽一支香烟是他唯一的享受，做儿子的怎么忍心劝他戒掉呢？

父亲终于走了，没有给儿女们留下只言片语就走了。虽然不是香烟直接夺去他的性命，但一定与香烟有关。我突然对吸烟失去了兴趣，父亲走后，我没有再吸一支烟。

父亲"五七"即将来临，谨以此文祭奠我远在天国的父亲。表达我对父亲的思念之余，寄望父亲在天国的日子里只有幸福和快乐，没有痛苦和烦恼。

2011-02-19

注：原标题为《镂刻在心壁的记忆——思念在天国的父亲》，2011年4月14日《湖南日报》以《春天的怀想》为题选载，有删节。

# 妹英的小屋

有什么样的人就有什么样的生存方式。换句话说，人作为独立个体，在这个世界上，都在用不同的方式活着。有的活得快乐，有的活得忧虑；有的活得健康，有的活得痛苦；有的活得有意义，有的活得无聊……你看看，那些痴呆疯狂者，蓬头垢面地招摇过市，当初父母生下来之时，无不是欢天喜地，岂能遥知若干年后，会以吞噬垃圾为生，流落街头？还有些在那舞台上显耀的明星，在他们还是孩提时代时，并没过人之处，谁会预测到小小的方寸之地，一首歌抑或一曲舞，会成就他们的明星梦想？那些改变历史命运的英雄们，同样也没有想到成人之后能够叱咤风云，万人景仰。

妹英当然也没有想到她会和这个小屋融成一个整体，成为她生长的条件。也许在她有意识开始，就对这个世界充满了美妙的幻想，对自己的未来充满了美好的憧憬；也许现在，这种幻想或者憧憬依然存在，只是我们无法深入她的内心，感受她的喜怒哀乐。

这个小屋在小镇的一隅，底下是一条有着哗哗水声的小溪，正面是一条长长的街道，两边是参差不齐的居民楼房。远远看这个小屋，大多数人会理解为鸡屋狗窝。就如城市的寄生虫一般，穿过霓虹灯和斑马线，突兀在眼前。无能从哪个角度观察这个小屋，都是一个非法建筑物。这个小镇很宽容，居然允许它存在。走进这个小屋，你也许会厌恶它发出的不正常气味，如果不小心，头就会碰到顶棚。一边是一张一米宽不到的小床，另一边是一只已经生锈的电动轮椅和林林总总的杂物，往前走两步是小煤炉和小炒锅，锅灶的旁边、小床的顶头有一个可以蹲下来排泄的黑洞，显然是入厕的场所，通到穿街而过的小溪。小屋的面积不足八平方米，你很难想象一个人可以三百六十五天待在这里度日。现在，你正式走进去，当然还得推一下永远也关不住的小门，因房梁已倾斜，所以不能正常开关门。你将就走进来，妹英就会热情地打招呼，稀客，您来了。妹英也许在灶台前忙着炒菜、切菜之类的活计，她会省掉给你端茶倒水、迎来送往的礼仪。因为对于她来讲，这一辈子也没做过。

妹英姓黄，四十出头，没读过书，是一个一辈子没有站起来过的女人。打从出生时起，就深度瘫痪。不仅如此，她还没有排泄和生育的生殖器。出生后，在医院做了简单的手术，导屎管和导尿瓶就成了她生命的重要伙伴。她头发花白的父亲说出这一切，着实让人吃惊不小。她居然依靠直排排泄物生长了四十多年，简直是生命奇迹。她的母亲早逝，有兄弟姐妹五六个，但都已成家立业，照顾她的只有她的父亲。她的父亲年事已高，七十多岁了。我见过他，颤颤巍巍的，估计稍大一点的风就能将他吹走。起先妹英和父亲住在乡下，在父亲身体状况越来越差、兄弟姐妹又不管的情况下，只好让她来到了小镇寄住。不为别的，只因为小镇治疗就近，随时可以挽救她的生命。如果导尿、导屎的管子不通，两三个小时就可能要妹英的小命。这个国庆节期间的一个深夜，因为她的导管出了问题，仅一个小时，她的肚胀大得如鼓，要不是她打电话给乡下的父亲及时送到卫生院，怕是她的小坟已长出了青草。以前在乡下，父亲可以推得动她。现在父亲老了，十多里山路成了遥远的距离。自然，这个被人遗弃的小屋便成了她的天堂。她一个人居住，自己做饭、洗衣、打扫，自己照顾自己。她的父亲每一周会来一次，带来米、菜等生活物品，接下来的时间，她便与小屋相依为命，不会迈出小屋半步。我见过她在小屋活动，基本是靠双手支撑着移位。如果要出小屋的门，必须有人抱她上轮椅。小镇的居民很忙碌，有的忙生活，有的忙消遣，谁会有闲心带她出门呢？

她是什么时候来到小镇的，小镇没有在意。小镇没有在意并不表示不关心她。起先民政部门给她争取到了五保的指标，救助部门也给她送来了轮椅之类的救济物资，小镇的城管部门也默许了她的非法建筑。这样，她就有了生活和医疗的基本保障。她就一个人自得其乐地生活在小屋，吃了睡，睡了吃，躺在床上，可任由自己的排泄物流到身下的小溪。那潮湿的小屋能从潮湿的溪水中感受到生命的快乐吗？只有妹英她一个人知道。

这个小屋毫无疑议地成了小镇独特的风景。只是这种风景看起来不爽，给人一种痔疮的感觉。城镇的决策者们打造城镇品位，几次考虑拆迁，却无法下定决心。拆了它，谁来照顾妹英？

这个小屋注定存在不了多久，相信小镇的决策者们会给妹英一个适当的生存环境。反过来深思一下，有没有法律或者道德的依据可以证明，妹英的亲人们有权力剥夺妹英理应享受的亲情和爱情？或者，谁来承担她的抚育或者赡养义务？

小屋无语，妹英无语。只有小屋和妹英身下的小溪一如既往地发出天真的笑声……

2010-10-17

# 老表开亲

表哥和表姐结婚的时候，大约在冬季。

表姐戴着红头丝巾，脸红扑扑的，溢满了幸福和喜悦。表哥穿一身绿军装，脸上似笑非笑，看不出内心的思想。新人在亲人们的簇拥下，走向在寒风中有些颤抖的茅屋洞房。洞房花烛夜，金榜题名时。表哥完成男人一生中的几件大事之一，可喜可贺，可圈可点。我当然高兴，观察表哥和表姐，怎么看都像大人们所说的郎才女貌，佳偶天成。我乐此不疲地跟送亲队伍后面，捡拾一些未炸开的鞭炮。并不时地掏出一只鞭炮点燃引线，在即将爆炸之前扔向天空，然后捂着耳朵等待那清脆的声响。

那时，我不过是几岁的小屁孩。二十世纪七十年代中，中国似乎开始实行计划生育。其中有一条政策是近亲不得结婚，同宗血亲成婚得出五代之后。当时，亲戚中有两派争论：一派就是按计划生育政策，老表不能开亲；另一派持传统观念，老表开亲，亲上加亲。那个年代计划生育抓得远没有二十世纪八十年代那样到位，传统观念自然占了上风，只要表哥和表姐点头，婚事自然水到渠成了。

表哥本来在部队有很好的前程，驻郑州陆军某部任排长。那时的军人是姑娘婚姻首选的对象。别说姑娘们，我自己对军人的崇拜，也到了顶礼膜拜的程度。记得表哥给我一顶绿军帽，当时，就是大热天也不忘戴在头上。直到现在，心头仍还有一种挥之不去的军人情结。表哥为了和表姐成亲，居然提前复员回来务农。这在现在看来有点匪夷所思。不过，当时的农村认为，成家立业和传宗接代是理所当然的事情。

表哥和表姐结婚之后，我便开始了求学之路，逢年过节，偶尔才见得到他们一面。结婚第二年表姐便生下了一个大胖小子，长到一岁之时，还不能说话，去到医院检查，竟然是先天性又聋又哑。表哥很是懊恼。表姐说，没关系，再生呗。于是，表姐在他们结婚第三年生下了第二个儿子。不幸的是，这个儿子和第一个儿子如出一辙，又是先天性的又聋又哑。二十世纪七十年代末，计划生育政策开始严肃起来，提到了国策的高度。表哥和表姐一咬牙，还是甘愿罚款，坚持生下了第三胎。第三胎是个女儿，情况比前面两个儿子要好，至少没有明显的生理缺陷。这让表哥看到了希望。

二十世纪八十年代初，乡下开始实行联产承包责任制。表哥栽种了十多亩水田，为了三个孩子没日没夜劳作，终于落下了病根。在乡下医院检查，是挺严重的肺病。医生交代不能干重活，且吃的营养要好。就他那家庭条件，不干活哪能做得到？所以病越拖越重。我有一年去他家拜年时，感觉他的变化太大。咳嗽不止，甚至痉挛，身体佝偻，仿佛老了二十岁。才三十多岁，看上去足有五十开外。表姐的情绪低落，数落表哥就像数落孩子。我离开他家时，表哥萎缩站在门边，一点也看不出从前的精气劲儿。至于表哥家的房子，还是旧茅房，应该是村子里最差的住所了。

后来我继续我的学业，就再也没有去过表哥家。在省城读书的时候，家里给我来信提到表哥的情况。表姐非常坚决地要求离婚，丢下了两个残疾儿子，带着女儿改嫁了他人。放假回家时，父母谈起表哥，说他处境异常艰难，已经完全丧失了劳动能力，靠两个残疾儿子捡拾破烂为生。长大后的两个儿子不仅又聋又哑，且弱智，没有人看管，保不准就闯下什么祸根来。老大跟着表姐做事，老二终因伤人被关进了监狱。所以，更多的时候，表哥一个人形影相吊。那时，我老家的条件本身不好，加上相距表哥家甚远，我的父母也鞭长莫及，爱莫能助。偶尔表哥来到家里，也只能让他饱餐一顿，送些旧衣服给他。

有一段时间，忙着生计，几乎忘了表哥的存在。再次见到表哥是二十世纪九十年代中，那时我早已娶妻生子，表哥竟然找到了我在小城的住所。我起初见到表哥站在我面前时，以为是一个叫花子，还让老婆给他取点米来。要不是表哥喊我的乳名，洋相就出大了。我窘得无地自容，把表哥让进我的小屋坐，并吩咐老婆去做饭。表哥很识趣，忙起身制止。他称自己有传染病，坚决不吃饭，坐坐就走。

表哥很伤感地说，不知道还能活几天，也许我这次来是辞路。辞路是地方方言，这句话的意思就是，临死之前到自己留恋的地方走走。我看到表哥弱不禁风的模样，心里很难过，还是很生气地责怪他胡说八道。给表哥递上一支烟，表哥接了过去，放在鼻子边很贪婪地闻了闻。我要给他点火，他示意不能抽了。表哥说，我这一生就毁在了你的表姐身上。

我很奇怪地问原因，表哥说是表姐改写了他的人生。

原来表哥在部队表现不错，部队首长对他很满意，准备送他去军事院校就

读。特别是团长挺喜欢朴实的表哥，还准备把女儿嫁给他。表哥和团长女儿见过面，彼此印象都好。表哥当时有点犹豫，摇摆不定。因为表姐在表哥临去部队之前就说了，非表哥不嫁。她还隔三岔五地写信，寄衣物。在表哥和表姐结婚的那个春天，表哥给表姐写信提出分手，理由是近亲结婚不符合计划生育政策。表姐收到表哥来信后，给表哥发了一封电报，便风风火火地赶去郑州，以女朋友的身份来到了表哥服役的部队。她不知道从什么渠道了解到表哥和团长女儿的事情，忙找到团长女儿摊明了自己的身份，并称她早已是表哥的人了。团长女儿很生气，骂表哥是陈世美，坚决正告表哥不得薄情寡义。表哥无言以对，百口难辩，又气又恼，莫奈其何。表姐远道而来，表哥又不能怠慢，忍气吞声地给表姐在招待所安排了住宿。表姐称自己一个人害怕，一定要表哥作陪。一连三个晚上，表哥就坐在表姐的床边守候她。郑州春天的夜晚很冷，表姐示意表哥上床就她的棉被取暖。表哥开始态度很坚决，不上去。第四个晚上，终于熬不住上了床，在另一头和衣睡下了。临到半夜，表姐竟然爬过来偎依在表哥的胸前。她只穿单衣、短裤，香喷喷的身子散发着少女特有的清香。表哥意乱情迷，未能经受住诱惑，趴在表姐身上便成就了男欢女爱的好事。

表姐心满意足地回到家乡，不久给表哥去信，说自己怀孕了，一定要他回来成亲。彼时，表姐在部队闹过之后，表哥在部队的形象大打折扣。加上和表姐的关系既成事实，只好申请复员。

表哥在叙述这段经历时看似很平静，似乎在说一件与他无关、距离久远的事情，但从他颤抖的双手和无奈的眼神中，我体会到了他内心的痛苦。

我不知道怎样帮表哥，也无法减轻表哥心灵的痛楚。当时，我的工资不多，一个月两百来元人民币。本来捉襟见肘，入不敷出，但感觉怎么也得救济一下表哥。于是，坚决地递给表哥一百元。表哥推辞不得，拿了其中一张五十元面额的，其余的无论如何也不收。没有办法，我只好依了他。

没有想到的是，我和表哥这次见面竟是永诀。表哥在离开我家后不久，就死在他家那间茅草房中。死时，身边一个人也没有。死的姿态也很特别，匍匐在厨房的水缸边，手朝着水缸的方向扬着。表哥一定是渴了，想去水缸之中取水喝。未料，油灯耗尽，咫尺天涯，最后一个喝水的愿望也没达成。

如今表哥的坟上青草茂盛，想必表哥在天堂的日子一定好过。人的命运真的奇怪，冥冥之中是不是上天早已注定呢？不知道。有一点是可以肯定的，表哥不和表姐结婚的话，表哥的命运一定会改写，至少不会那么早死。

2009-04-26

# 老　管

　　我始终没见到老管。所以，老管一直在传说中。

　　可老管是实实在在的一个人，就生活在离我工作不远的地方——草色村，如果坐车，最多五分钟车程。有人会认为我官僚或者虚假。要这样说也没关系，其实我几乎走进了老管的小棚子，但终究还是在他屋后五米的地方停下来了。两种可能情况：一是老管不在小屋，据说他一般午夜时分回家；二是老管可能在家，但绝对不欢迎任何人造访。我问住在他屋后不到三十米远的两户人家，没有一个人和他交流过。天，这简直不可思议，三十来年，他居住在这个村子里，附近居然没有人和他交流过。这简直比外星人还外星人，两个字：奇迹。所以，我觉得贸然造访过于唐突，就这样失掉了一次和老管近距离接触的机会。

　　这个春夏之交是多事季节，尤其是乡村环境清洁工程就够我们这帮基层干部忙活的了。一般时候，我都会在乡村上蹿下跳，像个猴子。对了，我本来就属猴的，上蹿下跳是我固有的个性。因此，一般情况下，我就见不得白色垃圾，一见了眼睛就发红，继而就想发火训人。见到老管的小屋就太轻而易举了。三天前，在老 207 国道沿线，在一方池塘的西北角，鲜艳地跳进我的视野，我的目光立刻发光。

　　你以为老管的小屋是一座皇宫就大错特错了。那看起来花枝招展的小屋，简直就是一堆垃圾。在春水流、百花开的田野，突然就有这样一堆垃圾撞进你的视线，目光和心情一般糟糕，就好比肚里吞了一粒老鼠屎，难过。我跳了一下，指着那堆不明物品，心口堵得慌，说不出话来。同事说，那不是垃圾，那是老管的小屋。我，瞠目结舌。

　　如果你不仔细分辨，或者如果你仔细分辨了，那都是一堆垃圾。站在国道上从池塘看过去，在绿树之间，是用木板搭建的简易小棚，这个小棚在想象中，视线根本分不出。在小棚的外面悬浮的是五颜六色的像是联合国国旗的装饰品，花布头、塑料袋、化纤条、编织品等等。外人看来是垃圾，小屋主人一定当成饰物，说不准扬扬得意地赞美自己匠心独具。

一个人孤独生活三十年，过着类似外星人的生活，你会用怎样的心情来琢磨他？一个精神病患者，一个弱智？抑或一个自闭症人？貌似，又似是而非。同事告诉我，他是一个高考失意者，像一粒风吹来的种子，落在草色村就在草色村生根发芽，长成了现在的这棵歪脖子树。

二十世纪八十年代初秋的一个清晨，草色村就发现在池塘边的一个废弃的鱼棚里来了一位不速之客，一个二十来岁的小伙子。这个年轻人毛长嘴尖，村民艰难地从他口中得知他姓管之后，就什么也打听不到了。有好事者不厌其烦地问询，终于得知他参加过三届以上的高考，再也承受不住压力，一气之下离家出走了。说来奇怪，这个村子的包容性真够可以的，一个不明身份的人可以在此栖息，一住下来就是三十年。这个人也奇怪，靠捡拾破烂为生，居然不明不白在此生活了三十年。别说娶妻生子的想法无，就连在村里办个户口的念头也没。就是说，现在老管还是一个黑市户口。其间，鱼棚在一次暴风雨之后倒塌了，老管也不急不躁，利用三五个夜晚重新搭成了现在的这个棚。

这真是一个传奇人物。我这样感叹时，旁边的村民还在七嘴八舌议论。有的说，老管是一个幽灵，只有在午夜时分出现。有的说，老管是一只寄生虫，依赖漂浮的垃圾为生。我听不下去了，问旁边的民政助理，可以进乡敬老院吗？"没有身份只能进收容遣送所。三十年都没送，现在要送？"这个方案显然不通，三十年老管都无处可投，现在将他送到何处？看到那垃圾堆成的小屋，我再问，可以帮他申请安居工程？"这倒应该没问题。"民政助理应道。

我的心里稍稍安慰，一定得帮他争取一个安居工程指标。他的内心是一方什么样的世界，我不知道，大家也不知道。我让民政助理和村干部先尝试和老管沟通一下，看看可不可以走进他孤独的心灵。这样的人一辈子都用心抵挡外来的伤害，相信会慢慢接受外来的关心。

别急，既然来到这个旮旯儿工作，就一定可以见到老管，说不准还能交成朋友。在离开老管住所时，我在心里这样宽慰自己。

2012-06-02

# 最后一个姑妈

姑妈姓赵，今年七十八岁，住在澧水河北边，听说患病，老年痴呆症那种，我们几个老表相约去看看她。来到张公庙云家河，她正坐在晒场上晒太阳，瘦弱得只剩几根肋骨，估计体重不过五六十来斤。看见我们，貌似一个也不认得。不过从她眼睛里的光泽，我分明看见了一种久违的慈爱。

父亲一共八兄妹，一个哥哥，六个姐姐。赵姑妈是在世的最后一个，这位一生事稼穑的前辈，我至今也叫不出名字。不仅叫不出她的名字，其他的五个也叫不全，这在过去应该是属于大大的不孝了。在我有记忆起，父亲的兄弟姐妹走动不是很频繁，所以，对于他们的名字，多以地域界别，也不称姑，一律叫伯伯，云家河幺伯伯、七重堰二伯伯、云林六伯伯、荷花珍伯伯等等，她们的配偶还是称姑爷。

父亲走后，世上还剩两个姑妈，珍伯伯和幺伯伯。就在三天前，八十五岁的珍伯伯走了，我和家兄还有几位表亲守灵时，突然意识到，父亲那一帮兄姐，竟然只剩最后一个。且还听说行走不便，不能前来送别最后一个在世的姐姐了。

我的内心陡然涌起一股悲凉。岁月真是一把杀猪刀，一把一把割掉了青春美丽，又一把一把割掉亲人朋友。我和家兄送珍伯伯上山之后，便有了前去探望幺伯伯的想法，这个想法，在我们联系不多，却又无比血浓于水的表兄弟姐妹中激起了普遍的共鸣。于是，便有了今天的张公庙之行。

这是一个晴天，初冬的阳光很暖和，照在萧条的原野，照在阴沉的内心，可以泛滥生动。说来很难置信，父亲本不姓刘，本姓汪，且现在八个兄弟姊妹都不同姓，都生长在不同的家庭。如果把历史朝后退一百年，回到二十世纪一二十年代，就很容易理解了。我的爷爷和奶奶在战乱时期，一口气生下了八个孩子，家境不是十分宽裕的情况下，要把这八个孩子养大，比登天都难。我听说那个时代家庭困难的人生了孩子，有的丢弃到山塘水沟，有的干脆闷死后埋掉。我那从未谋面的爷爷奶奶也许心存善良，没有采用这种极端残忍的"计划生育"，而是多方打听，送给没有子嗣的和善人家。如此才让这八个孩子顺利长大，繁衍生息。送人，总比溺毙的要好。让这个社会延续，至少让我顺利来到人世，耳闻目染一世情缘，真切体会到了做人的幸福。

直到二十世纪七八十年代，父亲的兄弟姐妹才开始相认。而饿死于二十世纪六十年代初的奶奶，曾经远远地见过父亲，却没敢相认，临死还在叫着她的幺儿。至于爷爷卒于何年，无人所知，仿佛大家不愿意提及这位顾赌不顾家的祖宗。珍伯伯的儿子卢基民，六伯伯的儿子郭祖福，在为珍伯伯，也就是他们的母亲和姨妈守灵时翻古，也不得而知这位爷爷的情况，现在估计连葬身之地也无从考证，听说当初的坟地现已是一座小型水库。

曾有亲属提议认祖归宗，来自不同家庭的长者坚决反对，嫁鸡随鸡，嫁狗随狗，既然已经归于各自的族谱，岂可再乱章法？我自然默许。我的默许源于自小听母亲的絮叨里不止一次提及刘家爷爷奶奶。爷爷小商贩出身，抗战躲日本鬼子来到乡下，身份一直是贫雇农，对父亲的身世忌讳莫深，活怕汪家的人夺走这个好不容易养大而且在大队任职的儿子，当然坚决反对任何认亲的行为或动议。奶奶更不愿意，父亲因工作出差在大食堂里偶尔节余的饭票，远远不能填饱她的饥饿。所以，一直以来直到我成人，也没认祖归宗，我的头始终只磕于刘家的祖坟上。

改革开放后，饥饿已经渐渐离人们远去，久违的亲情开始化冰，父亲的兄弟姐妹及其家庭便有了来往。但由始至终受地域和历史的局限，这种来往没有世俗的那般亲热和自然。倒是同处一地的相互交往得频繁一些，比如，前面提及了几位伯伯，都处于同一个乡镇，自然亲近一些，包括与她们子女的交往便多一些。

云家河的赵姑妈应该是交往较少的一个。印象中，去她家那一次父亲尚健在，因为姑爷去世做过一个次吊，仅此一次。父亲去世时，她在我老家住了两夜。之后，再也没见过她。经常往返经过张公庙，竟然没有想过到姑妈家去看看她，足见这种冷漠已经经年潜入了我的骨髓。

一切来源于尘土，一切将归于尘土。三天前给珍伯伯守灵时，我通宵未眠，我在思考人性，同时，也在思考人生，平凡世界里的平凡人，活着的价值是什么？仅仅是来这世界走一遭？让人生充实无悔，大约是人活着的最浅显的意义。谁能做到？

树欲静，风不止。谁都不能做到走过一个无悔人生，但通过努力，一定可以

让悔恨最大限度减少或者减轻。我那至亲幺伯伯尚在人世，不知不觉已是最后一个姑妈，去看看她，尽尽孝心，可以减少今后心灵的愧疚。

三辆小车行走在广袤的澧阳平原，也是行走在亲情和人生的历程。幺伯伯患了老年痴呆症，与三年前见面时相比有了天壤之别，精神和身体似乎都已坍塌。我蹲在幺伯伯的身边，轻轻给她披上棉衣，我抚摸她那枯枝般的手臂，内心涌起一股无边的爱怜。她是我的至亲，我没有理由不爱她。

我记下幺伯伯四个儿子中唯一随她姓的一个——赵克元的电话号码，同时也让他记下我的电话号码。临别时我握着他的手说，好好照顾姑妈，有事多联系。

其实我不知道我有没有时间来多看她几次，我也不知道有没有机会帮到她，留个号码，心灵充实一些。把号码存在与她朝夕相处的儿子手中，仿佛我也陪伴在身边，可以随时呼唤。

上车后，我看见坐在晒场上幺伯伯孤单的身影，似乎看见她的眼中有无限依恋的泪水。我知道，那是人世间最苦最痛，最诚最实的亲情。

我很庆幸，我的最后一个姑妈尚在人世。

2013-11-19夜于瘦云斋

# 犁 花

## 上

犁花是一个任何男人见了都忍不住多看一眼的女子。留着长发，柳眉杏眼，皮肤异常干净、白皙，活脱脱从古曲画卷中走出来的美人。

我是在长途汽车上认识的，不过短短几个小时的相处，却在我生命的长河中留下了永远的记忆。她的影子常常浮现在我的脑海，让我忍俊不禁地挂念。

"远在他乡，你还好吗？"

我这样自问，同时，也把深深的祝福送给她。

那是两年前的端午节，我从武汉乘车去长沙公差。坐上大巴车，我无聊地望着车窗外的行人等待出发。旁边坐着一位中年妇女，走廊过去的是她老公。她抱怨售票员将俩夫妇的座位安排在了中间走廊的两边。正在这位妇人喋喋不休牢骚着时，犁花就上来了。

她看上去顶多二十出头的样子，穿一件米兰色衬衣，下穿黑色中短裙，手里大包小包提了三四个。她放好行李，看了看车票，正要去中年妇女老公旁边落座时，中年妇女叫住了她，央求她换座位。她看了我一眼，正好我在看她。两人目光相碰，我只觉得心里一颤。想不到世界上还有如此绝美凄艳的女子。她的目光如水，似乎源源不断散发着迷人的光芒。

美丽的女人永远是男人心灵的风景。我绝对不是那种色迷心窍、没有自制能力的男子，但是就在那目光相遇的一瞬间，却让我心动，忍不住多看几眼。淡淡的哀怨笼罩在她的脸上，也写在她的眼睛里，这丝毫也掩饰不了她那天然纯朴的美丽。

我心里非常希望她能坐到我的身边。许是我的愿望太迫切的缘故吧，她略一思忖就答应了。我忙把自己的屁股往车窗地方挪了挪，体现我的诚意，生怕她不来就座。

她坐下来后，车子就出发了。我拿出了一本《知音》无聊翻了起来，却静不下心来看。我注意了旁边的犁花，她坐在那儿沉思，拿着手机不停翻看，好像在等电话。果然，她的手机响了，她急忙打开手机，挂了之后，又找到对方号码拨了过去。

"弟，是我。你还好吗？哦。我给你寄的200元钱你收到了吗？不寄怎么行？功课本来辛苦，就不要搞家教了。哦，我正在车上，嗯，姐不难过。你说吧……姐一定把你的话给爸带到。你别担心，姐虽然没有出过远门，可会说话，找得到的。好的，自己照顾自己。"

她的声音虽然带有很重的地方音，但很好听，轻言细语，句句都听得十分清楚，听起来很舒服。她看到我在注视她，不好意思对我一笑："对不起，影响你了。"

"没有。"我回答，忍不住问了一句："去探亲？"

"不是。"她有些苦涩地笑了笑，又马上否认道："是啊。"

我没有再问她。不是接下来的变故，对她的了解不会那样深。

许是她没有经常坐车，车行不到四十公里，她晕车了。先是头晕，接着就开始呕吐起来。我忙取出塑料袋子递给她，她只是干呕，却没有吐出什么来。我看她很痛苦的样子，决定帮帮她。从乘务员手中拿过晕车丸，把随身带的矿泉水递给她。她感激看了我一眼，不好意思地接了过去。

吃过一次后，很快因为反胃又吐了出来，我扶着她，劝她再吃了一次。药物很快就有了效果，明显没有先前反应那样厉害。她靠在椅子上很快就睡着了。车内空调效果很好，气温不高。睡着的她明显感觉冷，头和身子下意识往我身上靠。她的胳膊贴在我的胳膊上，头靠在了我的胸前。全身的线条一览无余呈现在我的视线里。脚异常白净、小巧，被一双紫色的凉鞋小心包裹着。看上去是白净的小腿，皮肤十分干净细嫩，看不到一丝汗毛。衬衣胸口因为挤压，露出了发育完美的乳房一隅，深不见底。浑身散发的香味，泛出温情诱人的信息。是一个正常的男人见了没有不动心的。

我竭力收回了目光，如果这时候用一种亵渎的眼神看她，非一个男子汉大丈夫所为。我拿起杂志，一篇文章没有看完，便沉沉睡去。

车子突然停住了，原来是到了午餐时间，我们几乎同时醒来。她已经全部倚在了我的身上，从我的身上慌忙移开时，十分过意不去地连说了两声"对不起"。

我笑了笑道:"好些了吗?"

她点点头道:"谢谢你,你真是一个好人,好多了。"到此刻,我还不知道她的名字。我约她一起下车吃饭时,才知道她的名字叫"犁花"。

## 下

"犁田的犁,稻花的花。"她有些调皮地给我介绍她的名字。

我有些奇怪她为什么要取这个"犁"字,正要发问。她会心地一笑,道:"我妈妈生我的那天还在和父亲耕田,母亲给取名泥花,泥土的泥。父亲见那名字土了一些,便谐音用了这个犁字。"

我把自己的名字也告诉了她,让她称我云哥。她很高兴,甜甜叫了一声:"云哥!"我听了异常亲切,感觉我们一下子拉近了距离。

来到路边餐馆,车上的乘客大多开始叫了饭菜。我让犁花找一个位置,点了两菜一汤,开始边吃边聊起来。

我问她此行的目的是什么,她沉吟了很久没有回答。许是职业记者的习惯,我对她的身世很感兴趣,便表明了自己的身份。

"云哥,我一看你就是一个有学问的人,给人的感觉很亲切。其实我的身世很苦,一般不向人说起。云哥有兴趣听,我就慢慢说给你听,说给你听的过程,也是自己放松的过程。五年了,我有一肚子的苦水,还真没有和人说起过。"

犁花开始诉说她的身世。中途,吃完饭,结账时,饭菜钱一共28元。犁花坚决塞给了我21元,我怎么推也推不掉。她说:"今时不同往日,以前我可能付不起,现在条件好多了。你们文化人也不容易,今天本来麻烦你够多了,这钱不能让你一个人掏。"

距离长沙还有一半的路程。犁花就用她那很动听的地方方言娓娓道着她的人生历程,不紧不慢,没有表情,似乎在诉说着他人的故事。

在农村,两口子操持一个家,如果没有大病大灾,只要勤劳,小日子一般都过得很滋润。犁花是荆州人,本有一个十分温暖的家庭。一家四口人,爸爸、妈妈生下她后,想要一个儿子,在犁花两岁那年,便有了弟弟。夫唱妇随,一双儿女人见人爱,一家人过着幸福快乐的生活。可是,在犁花十二岁那年,意想不到的事情发生了。她妈妈因为严重贫血,一头倒在了泥田里,送到医院抢救了三天,也没有抢救过来,留下了两万多元的债务。家庭重担一下子全压在了她爸身上。看着正在读书的两个孩子,犁花爸爸没有再娶。她向两个孩子保证,一定让他们读书成人。

犁花爸拼命挣钱还债和供孩子念书。家里的六亩田没有丢，农忙时在家干农活，农闲时外出打工。收入和付出勉强应付得过去，就是没有多余的钱还债。这更让犁花爸自加压力赚钱。在犁花十五岁那年，犁花爸听说长沙湘江的沙场工资比较高，便和老乡结伴来到了湖南。先后辗转进了四五家沙场，终于选择了一家，每月可以挣到2000多元。沙场的工资采取计量制，多劳多得。犁花爸没日没夜加班加点，他的工资每月都是最高的。他给犁花姐弟写信，信心十足地说，不出一年就可以还清全部债务。姐弟俩很高兴，回信说，一定好好用功读书，将来回报爸爸。

如果人生能按照个人的意愿发展的话，世界上也就不会演绎诸多悲欢离合的故事。有一句话说得好："天有不测风云。"

犁花爸为了多挣钱，每天都工作十个小时以上，这让他十分辛苦。一天晚上，河水上涨，放假休息，大家都上岸去镇上吃喝玩耍去了。犁花爸主动和一个年纪稍大的船工守船，这样可以多挣到20元工资。他们俩轮流值班，主要防备别人上来偷设备。轮到犁花爸值班巡查时，老船工还没有合上眼休息，就听到"啊"的一声，犁花爸因疲劳过度，掉进了河水中。老船工跑出来时，只看到犁花爸被卷进河水里的一条腿。夏汛刚到，河流湍急，他也不敢下河，连呼"救命"。等喊来人时，犁花爸早没了影踪。第二天、第三天，一连沿河找了五天，都没有发现犁花爸的尸首。

犁花赶来时，她只看到父亲浸着汗渍的一件破衬衣。犁花沿河整整跑了三天三夜，呼唤爸爸三天三夜，后来，声音嘶哑得发不出声。

犁花爸就这样走了，扔下两个还不谙世事的孩子。沙场礼貌性地表示了三万块钱。

犁花回到家时，姐弟俩抱头痛哭，欲哭无泪。望着一贫如洗的家，姐弟俩争着回家务农。犁花本来成绩很好，保送到县重点中学读高中。她说什么也要把读书的机会让给弟弟。把妈妈治病留下的两万元债务还清后，所剩资金寥寥无几。犁花把钱存给弟弟读书，把农田的担子一个人支撑起来。

对于十六岁的花季少女而言，犁花的确过早承担了家庭的重负。耕种五六亩农田，其间的艰难辛苦可想而知。好在村里人都很帮她，手把手教着她做农活。特别是村主任，隔三岔五来到她家，送这送那。弟弟也很懂事，休息时就帮姐姐回家做事。犁花居然在那个秋季从农田里收获了三千元，这让姐弟俩异常高兴。

这时的犁花已经出落得亭亭玉立，像早春的山茶花，清甜可人。

　　"祸不单行。"在一个夜色深沉的冬夜，四十多岁的村主任假惺惺来看望她，心无遮拦的犁花根本没有想到这个狼心狗肺的人，对自己垂涎已久。就在那个冬夜，他像一头发情的公狗，残忍地蹂躏了她。她拼命反抗，可是无济于事。凄怆的呼救声在广袤的寂夜里显得那么微不足道。

　　犁花想死，她整整哭了一夜。想到正在读书的弟弟，她放弃了轻生的念头。第二天，她来到县公安局报了案。当天，村主任就被送进了监狱。可是犁花却无法在村子里待下去了。她无法忍受村里人的指指点点和村主任家属的指桑骂槐。

　　从此，犁花踏上了漫长的打工之旅。先是在工厂，后来去餐馆。这时，弟弟已经读到了县高中，成绩越来越好，需要的经费也越来越大。犁花听说歌厅赚钱来得快，便最终走进了娱乐场所。

　　她每晚吞着泪唱歌，忍受着常人难以忍受的痛苦。一干就干了三年，她赚了二十多万元。弟弟考上大学的那年，她再也不愿意当坐台女了，便来到武汉，接了一家小杂货铺，经营烟酒副食，从此过上了深居简出的生活。

　　父亲走后的每年端午节，她都要带着纸钱、粽子之类的祭品，来到她爸爸消失的那段河流拜祭他。她听说她的爸爸是被鱼吃了。两千年前，屈原也是在湖南汨罗江被鱼吃了，后人为了纪念他，便有了吃粽子的习俗。她选择这天来祭奠父亲，就是希望鱼儿不要分食他的父亲。

　　所以，她年年都来。这天，她可以好好地在这里回忆父亲，感应父亲；也只有在这天，她可以肆无忌惮，痛痛快快哭一场，尽情释放心中的压抑。

　　犁花说到这里时，眼泪已经浸湿了衣襟。我递给她一片纸巾。擦去脸上的泪花之后，犁花很自然地将头靠在了我的肩上。我侧过头看她时，她的眼睛怔怔地看着前方，没有眨眼，视线里也绝对没有目标。我不忍再惊扰她，把目光投向了窗外。

　　当我再次侧过身来看她时，她的头耷拉在我的肩上，已然沉沉睡着了。这次，她睡得是那样深沉。我当时想，她那时是不是把我当成了她假想中的父亲呢？在梦中，她是不是把我的肩膀当成了她父亲宽厚的胸膛呢？我不得而知。

　　车子到达终点时，犁花才醒来。我帮着她把一大包祭品提下车时，她十分真诚道谢。她说："云哥，谢谢你，今天是我最痛快的一天。"

　　分手时，她突然记起似的折回来，把手机号码告诉了我。她说："云哥，下次有空去武汉，我请你吃饭。"

　　我点了点头。她很快消失在都市如潮的人海中了。

　　后来，因为工作忙碌，我一直没有给她打电话。等我想到给她打电话时，已

经过了大半年。我拨过去时，发现已经成了空号。

　　我是她生命旅途中的一个匆匆过客。她却不是我的一个过客，在我记忆深处，这个鲜活女子坚毅不屈的影子常常浮起。

　　夜深人静时，我常常想起她。一个梨花带泪的女孩，沿着青草漫溯的河堤，悲哀地呼唤"爸爸"，一声又一声，是那样地楚楚可怜，那样地孤苦无依……

2007-06-21

# 善 伯

不见善伯多久了？应该有很久很久了。不过他的样子我不会忘记，个子一米六出头，眯眯眼，头发少，却梳理得很精心，皮鞋永远擦得那么光亮，和你说话，有时候带点斜视，看起来十分自信和骄傲。

从认识开始，善伯就是大伯形象，孩提时代是那样，青年时代甚至步入中年时代也是那样。永远是那副造型，讲究而执着。我一直叫他善伯，未曾称呼他的真名。

我至今记得三中高二学生寝室前某个场景，我站在约一米的台阶下，善伯蹲在台阶上。那年我十七岁，善伯十九岁，善伯看起来比我甚至一帮同学都要成熟。我的个子超出一米七，与蹲着的善伯的目光基本平行，盯着善伯油光可鉴的皮鞋，我把自己一双黄胶鞋往后退了退，想从他的皮鞋上照出自己的影子。他斜睨着我，用手捋了一下光亮的头发，道，小子，心有多大，未来就有多大。

我至今还记得善伯边说边点头的样子，那种少年持重的成熟让我一生都没有学到。那天，我没有从他的皮鞋照出自己的模样。但我和他一上一下，一蹲一立，留在脑海里的剪影却从来没有消失。三十年过去了没忘记，再一个三十年过去，估计也不会忘记。

我记住了善伯的话，我一直努力让我的心很强大，但是走进了无数个看起来十分遥远的未来，却始终不见强大的未来出现。不过，我只偶尔听说过，也从来没有见过善伯的强大。

一年后，我应届毕业考上了一个可以吃皇粮的学校，与善伯便基本失去联系。若干年后，我知道善伯没有考上一个正儿八经的大学，也就没有吃上正儿八经的皇粮。我隐藏在政府机关过着与世无争小职员的日子，善伯据说干起建筑工程的营生。偶尔从同学口中听到传说，善伯发了。

发了好，同学好、朋友好、大家好才是真的好。善伯发了，从某一个层面可以支撑自己在炫耀自己人脉时的虚荣。喂，别小瞧我，我的同学现在可是身价过多少万元的老板。虽然同学的财富或许与你打不上半竿子关系，但至少是你吹牛皮时的底气。

大约十年前，我和分别很久的善伯偶尔就有了电话联系。那时，我在一个基层乡镇政府负责，善伯打电话给我，我便知道他每天忙碌着这样的工程、那样的工程，真的是日理万机。电话快完时，他很得意地对我说，你现在是体制内的干部，基础很好，要好好争取进步，对了，我在省委和市委都有很硬的关系，赶明儿我带你跑一跑。他劝我说，都是这样跑的，不跑官不来，既然上了贼船就得随大流。

我打着哈哈。我从骨髓里讨厌那些打点和奉迎，不会把他说的话当回事。好在，他也只是说说，没有当真。后来，有几次打电话让我给他一些工程，我很坚决地拒绝了，没有，乡下只有小工的活，哪有老板的工程？因为我有一个原则，即使有工程，亲戚、朋友、同学一个也不能参与进来。

日子在不疾不徐地过，善伯仿佛从来没有走进我的生活，所以显得有些神秘。三年前，他父亲过世，我去他乡下老屋家吊唁，他老家竟然是那种民政部门救助的"爱心房"。当时我就有些疑惑，不是说发财了吗？怎么乡下老屋会是"爱心房"？这种疑惑只是一念之间闪过。也许是因为善伯人缘关系好，给他父亲争取的指标吧。之前我问过善伯，城里是否有房产，回答是肯定的。

不过，可是，然而，彻底颠覆善伯是大款形象还是前年春节前夕。那天，善伯走进我的办公室，我差点没认出来。他的头肿大，浑身仿佛浮肿，走路一瘸一拐的，看上去不像四十多岁，貌似七老八十。我大吃一惊，怎么会变成这样？

他是向我讨救济的。我很难相信一直以骄傲形象著称的善伯，会在我的面前低头求助。他说，他有严重的糖尿病，从长沙到北京都治疗过了，家里的钱也花得差不多了。养老保险从农村到城市都实现了全覆盖，再怎么治，一个糖尿病也不至于将一个大款治成穷光蛋吧？我没有提出疑问，从我的内心一直没有接受善伯变成穷光蛋的现实。不过，我毫不犹豫地从民政口子里解决了三千元临时救助，这也是县乡临时救助可以开口的最大额度。

从这以后，他没再来找过我，我再也没见到善伯。直到今年夏天，接到他去世的消息。他的尚未参加高考的女儿发来的讣告，说善伯已死于糖尿病并发症。

我和同学胡匆匆赶到他家，确认与他阴阳两隔。我这才知道，善伯与妻子已离婚多年，女儿跟着妻子，他一直过着光棍生活。他其实很苦，很多时候无人关

爱，在乡下一个人熬。那一天黄昏，我坐在善伯那座低矮的爱心房前，内心有一种很深刻的绞痛。

道听途说的未必真，善伯在同学中流传的那些有关财富的荣光居然是假象。每每想到这里，我的胸口就会隐隐作痛，在写这篇文字时也是。

不见善伯多久了？很久很久，恍若这一辈子都没见过。

2014-12-05

# 青藤恋瓜

母亲，每当我感应到这两个字眼时，我的心就忍不住哆嗦一下，我是害怕啊，稍不留意就会亵渎这两个神圣的字眼。

母亲今年七十岁，岁月的沧桑早已染白了她的鬓发。她的身体不好，最近几年，每两个月住院治疗一次。今年春节，她说，让孩子们都回来，照个全家福吧。

当我把洗出来的照片递到母亲手上时，母亲喜不自禁地抚摸着，一个一个念着名字，神情是那样的专注。照片上一共有 24 个人，背景是我家院子前的土砌围墙，除了父亲，全是她的孩子和孩子的孩子。每一个人都与她有着血浓于水的亲情。母亲一共生下了七个孩子，四女三男，除了大姐，全部出生在二十世纪六七十年代，孩子间隔年龄在两岁之间。起初的时候，家里就像一个幼儿园。那是一个饥饿的年代，大集体生活，家里每年都超支。母亲用她孱弱的身躯支撑这个家，硬是一个一个把他们养大成人，并且让每一个孩子都念书，念到自己不想念为止。孩子们也很懂事，没有一个不在读书间隙帮助家里干活的。后来，孩子们大多读书出去了，天各一方，有了属于自己的家庭。

能聚到一块儿照一张全家福还真不容易。

她一个一个念着照片上的名字，每念一个，深深的皱纹里就会填满欣慰的微笑。她喃喃道，都长大了，不容易啊。我看着她的手，有如松树皮，上面爬满青筋。照片上每一个鲜活的影子都会让她嘘唏不已，泛起无边的记忆。当她的手落到三姐身上时，颤抖了一下，眼睛里有了一丝歉疚。我的记忆一下子随着母亲回到了三十年前。

三十年前，我才七八岁，每天除了上学，还负责给生产队放牛，协助队里做一些力所能及的农活，每年也能挣好几百个工分。那是秋天的一个黄昏，我随母亲在生产队收割完晚稻后回家。母亲用菜刀剁萝卜，准备晚饭。我拿着课本在母亲的旁边做功课。姨妈家乡突然来了人，说三姐不见了。啊，母亲大惊失色惊呼了一声，丢下菜刀就往外冲。我也扔下课本跟着赶了出去。

三姐是唯一借出去的孩子。姨妈结婚好几年了，没有生育，硬要母亲过继一个孩子给她。母亲起初不肯，在妹妹的软磨硬缠之下，只好答应了。过继那年，三姐只有三岁，母亲送走她后，足足流了一个多月的眼泪。两年之后，姨妈生了孩子，接着，连生了第二胎。姨妈有了自己的孩子后，明显地对三姐有了不公平待遇。三姐慢慢长大了，除了带孩子，还要做很多家务活，根本无心读书。不少话传到母亲耳里，她曾尝试着把三姐要回来，姨妈坚决不同意，母亲只得作罢。

姨妈家离我家有三十多里山路，我跟着母亲跌跌撞撞赶到姨妈家里，已经到了午夜。母亲第一句话就问，找到了吗？姨父回答是否定。母亲的眼泪就流出来了。原来三姐清早出去放牛，牛自个回来了，人却不见了，学校、山上到处找遍了。先是家人找，后来是全生产队的人找，找了一天也没有找到。母亲问清情由后，便发疯似的朝山上跑去，我从姨父手中抢过手电忙跟了出去。

姨妈家乡是丘陵地貌，绵延几十公里，山上密密麻麻地生长着油茶树和松树。白天找人也不容易，何况漆黑夜晚。我们高一脚、低一脚在山上漫无边际窜，嘴里不停呼唤三姐的名字，直到黎明时分也没有消息。不知道走了多少山路，母亲的声音也喊哑了。当我们来到一处山崖边时，再也没有力气往前走了。母亲心力交瘁地瘫坐在了地上，我跪在山崖边还在喊着三姐的名字。当我们绝望地倾听山谷的回音时，突然听到了一个女孩子的哭泣声。循着声音找过去，我们欣喜若狂地发现了三姐，她正坐在崖边的一棵树杈上哭泣着。母亲仿佛注射了兴奋剂，一跃而起，直冲过去。母亲接下三姐时，喜极而泣，人竟昏了过去。

当我们一起下山来到姨父家后，母亲说什么也要带回三姐。这样，七年之后，三姐又重新回到了我们的身边。后来，我们问三姐那天的情形，三姐说，每天晚上除了带孩子，还要剁猪草、洗衣服，长期睡不好觉，学习跟不上，早不想读书了。白天，生产队的人找她时，她就拼命往山里跑，后来到了晚上，想回家时，却迷了路。

母亲常后悔当初把三姐过继出去，让她没有读过多少书，最后落在家里务农。这也许是她一生的痛。她的手长久放在三姐头像上。我知道她的心事，忙说，妈，三姐落在农村也许是最快乐的，起码在她回来的日子里，你给了她超过我们更多的关爱。

母亲把每个孩子都看得很重。父亲是一架永远的运输机，他给每个在外读书、工作的孩子送米、送菜、送衣、送钱，就是孩子们成家立业了也一样。到现在，在每个孩子的家里都可以找到珍藏的，母亲当年亲手缝制的鞋垫和补丁衣。母亲自身，或通过父亲把这种爱源源不断地输送到我们的身上。俗话说："只有瓜恋籽，没有籽恋瓜。"我们在母亲无边的关爱中成长和成熟，却少有回报。因为工作奔波，除了节假日，大家少有回家看望母亲。当我们要把她接到城里来安享天伦之乐时，她每每却以不习惯为由强烈反对。我们知道，她是不愿意拖累我们。

母亲在院子围墙下种了不少蔬菜。每到夏天，围墙上便爬满了青藤，青藤上缀满苦瓜。只要不去采摘，青藤就牢牢抓住苦瓜。即使青藤变黄了，变枯了，还是紧紧牵着瓜儿不放。

我常常想，母亲就是那青藤，儿女就是那藤蔓上的瓜。即使瓜熟蒂落，瓜儿也少不了青藤的牵挂。

2007-05-22

# 傻哥观海

宛若一面方镜，镶嵌于视线中，周身泛滥着蓝色之柔光——此乃余心中海之印象也。

试度余一介山民，终日跋涉于荆棘丛林其间，与飞禽走兽为伍，常疑自己非常人，与兽禽无异：张口即食，倒头便睡，不辨五谷，不分日月。年近四十，未曾婚娶。邻里相讥，不知所以。附和讪笑，自鸣得意。山人称余曰：傻哥。余心戚戚，笑逐颜开道，傻哥亦好。岂知山外世界，何曾幻想海之印象乎。

子舟者，年幼好友也。自小求学在外，官居省厅。多年不见，秋天归来，衣锦还乡。自黑匣似带轮自动车出现，从者众数，美女如云。余惧，远远避之。子舟竟亲热，遥遥招手，见余嘻嘻，呼余傻儿，不胜嘘唏，几多感叹。递香烟一条，问：可出山外？余摇头否认。子舟曰：山外之外，尚有大海，傻哥有意，带汝观之。余惊喜，旋即疑虑，幽幽语，老母有令，不得外出。子大笑，莫管，吾请求之。

一路见识，舟车劳顿。知世界之大，无奇不有。黑匣似带轮自动车乃轿车，无数轿车串通一气乃火车，轿车装上翅膀乃飞机。余未曾料，竟然有比兔子更快之脚力。山野吃食，山外大堂之上竟是珍品。余自知孤陋寡闻，暗自发笑，不敢喧哗。跟紧子舟，若步若趋，不敢大意。子舟常当众介绍，称余儿时友，以手爱抚，不胜得意。从者哼哈，呼余老大。余皆受之，只为观海。

傻哥有幸，竟观大海。母亲呓语，梦求蓬莱。儿子有福，胜过八仙。蓬莱居东，南海居南，水乳交融，一脉相连。

南海之大，万倍于山前塘坝。余初观之，目瞪口呆，不拢嘴巴。明镜一般，水波微澜，徐徐铺展，疑似蓝天。水天不分，天海通蓝。海浪成线，沙滩好软。但见太阳挂在蓝色双屏之间，深深不见其边。余手舞足蹈，沿沙滩狂奔，大呼大

海，不能自己。子舟跟其后，气喘吁吁，随从亦然，皆呼傻哥。一时游客止步，万众侧目。余终不支体力，匍匐于地。子舟扶曰：傻哥无事，此乃晕海。

唉吁兮，傻哥观海，沉醉其中虽死亦无憾也。

三日后返回。余逢人便侃大海，梦中高呼大海。母叹息：只知大海，傻儿更傻也。余窃以为，傻儿不傻，山外不只有山，比山更广大乎者，定当是海。

子舟语，海有脾气。余发誓，子舟再回，请求复观之，领略海之脾气；子舟若不允，余当徒步远赴东海，直抵蓬莱。

2008-01-15

# 责任田

你在乡下待一段时间后，你就会觉得乡下好。特别是江南的乡下，青山绿水，春天和冬天的主基调都没多大变化，没有城里的雾霾和尾气，色彩明快，视线干净。草口村是郊区村，土地上可以种蔬菜，也可以种粮食，过一些年，说不准还可以搞房产开发，草口村比普通乡下和一般城里更好，更具潜在价值。

二十世纪七八十年代国家制定的联产承包责任制对农民的土地权属界定得十分清楚，30年不变，30年后又延包了30年，国家土地政策至少可以稳定到二十一世纪二十年代。李明虹不愿意把户口迁出来，就不奇怪了。按政策就可以分到地，分到地，就能立足，就能享受土地的收益。李明虹坚决不愿意退出享受土地的权益，哪怕不结婚。

李明虹就真的没结婚。不是没结婚，是没办理结婚手续。不办理结婚手续，就不用迁出户口，不迁出户口就可以给分田地。李明虹在二十多年前就有如此心机，足见其心智敏锐，大脑聪慧。

草口村偏偏就不给类似李明虹这类该出嫁不出嫁的女儿家机会，坚决不分田，不分地，既然已生孩子，既然已有事实婚姻，就应该迁出户口，就不可以在娘家村组享受权益。村规民约有时可以超越国家政策或法律，让某种行为规则约定俗成。

于是一场旷日持久的长达二十多年的土地纠纷发生并发展着，没完没了。

李明虹很有生意头脑，在城里开过针织品商店，经营过一家纯净水厂。结过两次婚，不对，有过两次事实婚姻。第一个男人和她生活了五年，生了一个女儿，据说，受不了她的脾气，宣布散伙后去了广东打工，再也没回来。第二个男人当时在一家工厂当财务主管，她到厂里结过几次水账后便熟悉了。这个男人对李明虹印象好，特别是对她的身体非常迷恋，就义无反顾地抛妻弃子，投入李明虹丰满柔情的怀抱。未料，不到一年，这个男人不争气，中风后造成轻微偏瘫。李明虹自然不会给自己一辈子搭上这样一个累赘，一拍两散，一踢了之。李明虹有没有钱我不知道，她把女儿送进了大学，又在城里给女儿买房结婚，还帮女儿带了一阵子孩子，就算不富也一定不穷。五十岁不到的李明虹突然觉得空闲了下来，对故土眷恋的情结驱使她回到故土，再次踏上维权的征途。

李明虹刚和第一个男人同居时，娘家的一亩五分地，强行耕种了一年，那时农业税和乡村统筹提留很重，她又不愿意交，加上在城里生意还成，就放弃了对那一亩五分田的责任和权利。李明虹和第二个男人分手后，回家要求种自己的责任田，应该是在五年前，这时候国家不再征收责任田的税费，还发粮食补贴资金。村组自然不答应。李明虹不管，强行把组里的三亩堰塘填了八分，要求修房子。为这事，李明虹和组里所有的人为敌，拼死捍卫自己的权利。据说，她有一天站在村口骂了一整天，直到太阳耷拉着脑袋下山。村里人对她的连续骂功心存敬畏，只得由她填堰，立起了一栋两间两层楼房。后来在原来填堰的基础上又把那公共堰塘填了四五分。

我接触她应该在一年前，她走进我的办公室，我还以为是哪个部门干部。她把一叠材料放在我的面前，我看一眼就知道了她的诉求。我很直接地问她，20多年了，为什么以前没解决？她说，以前找过，没有现在这样有时间。我直接反问，不是因为以前土地有负担，现在土地有补贴吧？她坚决地摇头，虽然有一段时间没有主张，但不表示我放弃自己的权益，您一定要给我做主，还我责任田。

我指给她两条路子：一条，由乡村组协调，看能不能从其他农民手中调整一部分土地出来；另一条，可以到司法部门申请维权。她说：官司不打，民不与官斗。你给我开会研究，我要我的责任田。

草口村土地本来就少，加上正在修建的全市主干道路一号大道从中而过，还要占去三百多亩，人均降到五六分。她要主张当初的一亩五分田，显然时过境迁，难以满足。不过，我还是安排一名分管的负责人组成工作组来协调。隔三岔五，她就会来我的办公室，指责工作组不力、村支部不力，要求给她出示允许上访的证明。"你只要给我写一条，乡政府没办法解决，允许上访，我就不找你了。"

我明确告诉她，20多年没解决的问题，不可能一口气解决，还要有个过程，慢慢来，你自己要加强与村组的沟通，否则谁愿意给你拿田拿地出来？

我几次到村里找了支村委和群众了解，李明虹在村组的人缘关系极差，同组的几乎没有人同情她，要想达成调田目的几乎不可能。

就在这个当口，一号大道征地拆迁开始，整个沿线村征地拆迁非常顺利，但到草口村，需要占用的土地中有李明虹填的堰和她姐姐的菜地。工程开始，李明虹当然跳出来，把她姐姐送到推土机前，并坐在了机器之上。

工程无法进行，为了维护施工环境，只得借助公安部门强行带离。坐在挖机之上的李明虹姐姐被干警依法带离现场。没想到，捅了马蜂窝，她姐姐以前患过精神疾病，导致精神病复发，在派出所大吵大闹。乡里为了息事宁人，只好把她姐姐安排送进了康复医院治疗。李明虹这下找到救命稻草，以此为借口，开始新一轮上访。

从那以后，我的办公室便多了李明虹，偶尔还有她的姐姐和外甥，几个月来，除了礼拜天，几乎天天都可以看见他们的身影。有一次，他们还带来了农药瓶子。那一段时间，几十户的拆迁弄得我焦头烂额，看见她我的心里头就犯怵，可还得认真地接待她。她的诉求直接，一是给她应该的责任田，二是赔偿她姐姐的精神损失费。

我为此专门开了多次班子会，最后形成一致意见。一是分轻重缓急，一码是一码，李明虹的事是李明虹的事，李明虹姐姐的事是李明虹姐姐的事，不能混为一谈，先解决李明虹姐姐的问题；二是在维护重点工程环境问题上，一定要依法依程序，绝不能弄出过激事件来；三是办公秩序得保证，安排专人值班，专门班子调解。

墨线一弹，效益出来。一方面保证正常办公秩序，另一方面征拆工作有序进行，出奇地顺利完成了任务。李明虹姐姐的问题也找到了突破口，清出她的思想病根源，签下了解决协议。

农村土地确权登记办证工作适时开展，草口村的村组开了几次会，达不成调田协议。李明虹的责任田的问题还是找不到解决方法。

冬天来了，李明虹再次出现在我的办公室。几乎和一年前一样，那么自信，那么理直气壮。再也没提及她姐姐，中途穿插的她姐姐精神病的事仿佛没发生过。她同样把一叠材料放在我面前，从头至尾表述她的诉求。她说："你们给信访局的回复，给我一份，我要找你们打官司。"我心头一喜，不错，终于借助法律解决自己的问题了。

我再次安排分管同志过来，她欣然起身跟着离开。

望着她日渐沧桑的背影。我没有对她产生怜悯，而是让自己徒生一种悲凉，不就是一块责任田？究竟是自己无力处置，还是无能处置？

2015-12-05

# 黄昏的天空

　　"大漠孤烟直，长河落日圆。"王维的这句诗渲染的是一种失落的心境，温暖亲切不失苍茫，把自己的孤寂情绪巧妙地溶化在北方黄昏的天宇下。我站在南方的群英渡槽上，黄昏用温柔和细腻的铺陈包裹我，我的思想一地斑驳，想象诗人的无助。

　　抬头观天，天如菊花，蓝屏中白云点缀，淡雅肃静；低头看地，刚刚撒播的稻田如宣纸铺张在绿色的地毯上，层层叠叠，错落有致；平视过去，就是落日，如同初生的婴儿，铺展生命的颜色，红红的心思注视我，也注目这个世界。春天即将过去，暮春的黄昏以她独特的方式表达对这个世界的爱情。

　　我习惯以自己的方式享受这黄昏的光芒，也习惯以自己的方式思考问题。我的思考没有目标也没有由来，就像生命无法选择茫然无知地来到这个世界一样。那些曾经走过的岁月和即将行走的岁月在回忆和展望中咀嚼，零碎如同夏花般灿烂。每个人都将老去，那些年轻和鲜活的东西总是在某个不经意的清晨一点一点流淌到黄昏。只有在黄昏才会在岁月的皱褶中间读懂或者顿悟一些生命的意义，活着，因为爱。支持生命的原因很简单，爱让我们的精神成为生长的力量源泉。

　　久久地注视落日，落日也久久地注视我。我的目光不忍旁移。西南一隅，与落日毗邻的地方，是一处开阔的平地，平地上生长着葱葱郁郁的杨树，杨树林中间有一个四方院落，院落里生活着三十二位老人。这个院落曾经是一所小学，现在变成了一座小小的敬老院。住在里面的老人有一部分就曾经在那时小学还叫私塾的学堂里就读过。而我所处的这座渡槽始建于二十世纪七十年代，在那个水利工程万人会战的激情岁月里，这些老人们大多是会战的中坚力量。现在他们老了，所以以悠闲的方式在这个院子里享受落日余晖。我曾经以《敬老院的老人》为题作过一首诗：

敬老院条件不会太好
老人晒着阳光
却很知足
看完电视继续聊天
勾起手指
数数日头

他们没有亲人
即使有
也等于没有
家的概念早已模糊
回家的感觉
也许在天堂门口

你来看看
就是一次嘘唏感动
瞳仁流不出眼泪
拉着你的手
正是亲人的手
想说的话只有两个字
别走

想走终要走
想留不能留
立定在道边
阅读天空
渐渐立成
雕塑

我知道
多年以后

也会像他们一样
守候
守候一种
太阳下山的幸福

　　这些老人大多是五保户，没有亲人或者亲人不多。因为工作的关系，我常常会去敬老院看望这些老人。所以，大部分老人我都很熟悉，年长的有八十多岁，年轻的也接近七十来岁。叫得出姓的有张伯、吴妈、老李等十来个。张伯印象尤深，七十六岁，和老李同庚，比吴妈长八岁。张伯很矮小，说话不多，每一句说出来的话直邦邦的，掷地有声。张伯在修群英渡槽时是青年突击队员，在公社万人大会上得到过立功表彰。就在不久前，我突然得到张伯自杀身亡的消息，这让我震惊不已。

　　死的原因很简单，因为爱情。张伯在敬老院的资历最老，吴妈和老李比张伯迟来两年。他们三人经常在一起玩扑克，关系走得近一些。日久生情，张伯和老李同时爱上了吴妈。说来也奇怪，吴妈对不爱言语的张伯始终不来电，倒是对爱说爱笑的老李情有独钟。这让张伯很沮丧，他找到老李理论，警告老李不得靠近吴妈。老李当然不示弱，加快了对吴妈的爱情攻势。因为有了心结，张伯和老李便成了冤家，常常为一些小事争吵，甚至大打出手。敬老院孙院长便有了管不尽的闲事。他为此还找过我诉苦。

　　张伯和老李本来合住一间。元旦过后，张伯请求院长给自己一间单独的宿舍，老李也同样提出了诉求。孙院长无奈，只好给他们每人调剂了一间单独的房间。张伯找到吴妈，请求吴妈和自己一同生活。吴妈断然拒绝，并在春节过后搬进了老李的宿舍。这场在三位老人之间的爱情拉锯战，以张伯的失败而告终。这个没有爱情的春天瞬间在张伯的眼里失去了颜色。

　　张伯在一次回老家后返回的路上，支开了护送他回来的远房侄子，选择在一块油菜地里喝农药来结束自己的生命。在远房侄子护送他去医院的途中，他不停地流着泪，不断地念叨着吴妈的名字……

　　在我的潜意识里，爱情只属于年轻人，对于那些白发苍苍的老人，爱情理应只存在于回忆里。张伯的死，让我忽然明白，生命由始至终离不开爱情的滋润。

　　谁说黄昏没有恋情？张伯用自己的方式表达了对爱情的专一。

　　张伯的死让我很悲痛，但我无法改变现实。

　　我希望有更多的人理解和关爱这些老人，更希望有更多的人走进这些耄耋老

人的内心，排解他们内心的苦闷。

黄昏过去就是黑夜。黑夜来临，星星就会出现在天空之中。我在琢磨，天堂里有没有星星，张伯会不会在天堂里数星星，等待吴妈的那个星座出现？

太阳下山了，天空开始变暗，我还没有离开，在孤单的渡槽之上遥望黄昏的天幕。我要等星星出现，不管有没有星星，我都会以自己的固执来辨认属于张伯的星座。

2010-05-16

# 我眼中的城市边沿人

看多了网上的文章，就了解了不少人以农民工城市底层人自居，向网络倾诉内心的苦水，渴望唤起悲凉和同情的心情。在看这些文章的同时，我就在想，农民工和城市底层人的条件和素质就那样高吗？可以放下手中的活计，打开手提或者坐在电脑前，信马由缰地发泄郁积腹腔的不平？我这样思考也许很没由来，但是我不得不思考。我见过的农民工或者城市底层人要么就在为生计奔波，要么就在为生计操劳，他们的日志很简单，睁眼干活，闭眼睡觉。哪有时间和精力去挤进网络控诉不满？

我的这些疑惑或者纳闷其实很容易解释，农民工也有白领和蓝领，也有智慧农民工和体力农民工。如此区分足够混淆视听，还是百度一下"农民工"词条。农民工是指在本地乡镇企业或者进入城镇务工的农业户口人员。农民工是我国特有的城乡二元体制的产物，是我国在特殊的历史时期出现的一个特殊的社会群体。农民工有广义和狭义之分。广义的农民工包括两部分人：一部分是在本地乡镇企业就业的离土不离乡的农村劳动力，一部分是外出进入城镇从事第二、第三产业的离土又离乡的农村劳动力；狭义的农民工主要是指后一部分人。据有关部门的调查，我国狭义农民工的数量为 1.2 亿人左右，广义农民工的数量大约为 2 亿人。

城市在无限制扩大，一个二十年的周期足够翻五倍，这个变数既指人员，也含面积。是谁在充实或者改变城市的空间？当然包括农民工。有相当一部分农民工充当完改变城市面貌的客体后，迅速脱胎换骨，完成城市主人的角色转换。

在文章开头废话这样多，目的在于提醒那些曾经的农民工，当你正在以城市的主人翁身份分享城市居民同等的资源和环境权利时，请别再以农民工自居，或者别忘记在农民工的前面加上"曾经"两个字的前缀。

还是把目光投向城乡接合部吧！在那里，很容易找到另外一个群体，生活在棚子里的人。他们大多以户为单位从遥远农村流浪而来，没有身份，似是居民又似是农民。日夜为生计所累，吃了上顿没下顿，朝不保夕。这个群体我姑且称之为城市边沿人。他们或者做苦力、收破烂、打短工，或是销售小玩意儿、干诸如岩匠之类的活计度日。如果你走进棚户区的一个点，看到一家几口挤在狭窄的棚子里，一张破烂床，几件旧家什，你就真正能够理解饥寒交迫和贫困交加的含义。

吴伯来到这个城市边沿应该是三年前。那时，城市还没有扩张到我的家门口。十年前，我家距离城区五公里，三年前，我家距离城区一公里。那时应该生活在这个小城的边沿，我有这个城市的户口和正当职业，自然算不得边沿人。吴伯和老伴，带着孙子和孙女居住在我家附近那条狭窄的乡道边的一个棚子里，如同盲流，可以说是真正意义的边沿人。

吴伯是从大山里来，究竟是哪里人我也不知道，也不需要知道。他的女儿和女婿没有离婚却早已分开，女儿丢下两个孩子跑到广东去了，杳无音信；女婿对两个孩子不闻不问。吴伯和老伴无奈地担起抚养孩子重任。吴伯是一名岩匠，每天干着雕刻碑文的活计。因为没有资本，先是帮别人打工，按件计酬，每月可以挣到几百元钱，刚好维持四个人的生活。遇到生病或者添置，就入不敷出了。那时，我儿子在初中读书跑通学，因为那段路又黑又偏僻，我总会在晚上九点左右出去接儿子，从吴伯棚子面前经过。吴伯的棚子在两个收破烂棚子之间，用简单的木板和油毡布搭成。在我看来，那是很难抵御雨雪和酷热的，但吴伯四口人却生活得有滋有味。我见过他们的饭菜，一锅饭，一碗煮白菜，一碟咸萝卜，两个三四岁的孩子加上两个年近六旬的老人居然吃得有说有笑。我曾经教训过儿子，不听话用功读书，长大后就是吴伯那种生活。我儿子反问道，吴伯生活有什么不好？我相当地无语。

城市的发展很快，我所居住的区域变成了规划中的行政中心，而旁边那条狭窄的乡道很快被一条50米宽的城市主街道替代。吴伯打工的那个主人自然被城管赶走。吴伯失去了工作，手头功夫还在，在夹缝中求生存，自己揽活单干。吴伯和城管玩起了捉迷藏，棚子自然向后退，工作场所向后退。这个后是离城市不远不近的乡下。我那时在乡镇工作，吴伯找到我，能不能在城管那里说说情，划一段区域给他做活计。我的人缘尽管有，也试图给他联系过，但是对于一个城市来说，自然有城市的规矩，怎么努力也无法改变城市的游戏规则。

孩子渐渐长大，朝不保夕的岩匠职业加上居无定所的现状让吴伯皱起了眉

头。命运没有压倒吴伯，他很快就在近郊捡种到了十多亩耕田。因为郊区，村民早早就弃耕等待高额征地补偿，没了耐心的村民让吴伯夫妇找到二次职业。房子的问题也暂时解决，我家岳母心肠好，承诺把家里以前做厨房的三间小房给他们租住。他们很开心地住了进来，偶尔岳母会分给孩子一些饭菜或者食物，孩子们便会像大过年似的开心。

这个春天来临的时候，吴伯终于盼来了女儿的消息。吴伯的女儿不是衣锦还乡，不仅没有带回致富的消息，还竟然带回了一个没有父亲的一岁儿子。丢下孩子，女儿义无反顾地再次南下。我问吴伯，孩子就要上学了，带三个孩子能行吗？吴伯笑笑道，我还有力气，没问题。

再过几个月或者一年、两年，我家的房子也面临拆迁，不知道吴伯怎么办？难道重回棚子里？吴伯有办法，他说车到山前必有路，大不了重新搭棚，只要有手，还怕干不了活？

我眼里的城市边沿人很多，吴伯只是其中的一个。他们生活很苦，但他们对生活没有绝望，总是以自己的方式积极地活着。

有一种心态叫放下。当我们为名利患得患失或者斤斤计较时，看看生活在城市的边沿人，我们还有什么不能释怀？我们还有什么不能放下？

唐代寒山禅师作过一首诗——《人生不满百》，我把它送给网络和现实社会的朋友们：

> 人生不满百，常怀千岁忧。
> 自身病始可，又为子孙愁。
> 下视禾下土，上看桑树头。
> 秤锤落东海，到底始知休。

2010-07-02

# 太阳山上看太阳

星期六是一个难得的太阳天，几个孩子家长相约带孩子去爬山，说是给孩子们减压。想想最近几个月的晦涩心情，出去走走于本身也是一种释压，便欣然答应了。

太阳山海拔 568 米，是湖南省级森林公园，也是常德市城区十大休闲中心之一。车行三十分钟，汽车抵达太阳山下，从山下到山顶据说逶迤十公里，我们从山腰的樱花餐馆下车开始徒步登山，这里距离山顶有五公里。一行十人轻装上阵，沿着并不陡峭的盘山公路漫步而上，感觉有深秋的寒意。太阳出来了，有雾笼罩在脚下，那些在视线远处的山水田园便若隐若现、欲盖弥彰了。登山除了感受攀登健体的快乐之外，更多的是寻求一种视角上的冲撞，养眼才能更好地慰心、怡情。

十人中有四个学生，其中三个读高三，一个读初三。儿子煊在其中，平时看他身体不够强壮，登山倒是有力，一直走在前面。还有一男一女是两姐弟，都是高三。男孩叫郎，女孩名涵，三个同在一中，成绩数郎最棒，一直在年级前三名，大家心中认定是准北大、清华生。初三的女孩梦一直随父母跟在人群最后，不疾不徐。同孩子们爬山，才知道山叫山，也才懂得什么是年岁，什么是青春。孩子一天天长大，父母一天天变老，这是自然规律。一直认为自己的体力不是问题，走过两公里山路后便发现大不如从前了，儿子没法赶上，就连跟着涵也吃紧。我曾试图紧跟涵走过几百米，这个女孩看起来柔弱，却分外精神抖擞，似乎如履平地。跟着跟着便跟不上，自觉落后了。司机俊是一名电脑维修技工，很能照顾我的情绪，亦步亦趋紧跟我，散漫而上。如此，就形成了四级梯队，儿子最前面，郎和涵第二方阵，我和司机第三梯队，老婆和郎母蒋、梦及其父母就落在了最后。风景在山顶，大家目标一致，朝向视野最开阔处进发。

　　沿途的风景如画，随便一个镜头都可以上明信片或者挂历。江南无处不飞花，江南处处是风情。太阳山更是如此，虽然已是深秋，近看树林郁郁葱葱，远观田园如织如画，而周围摩肩接踵的行人，更是笑逐颜开。真是太庆幸有这样一个周末，有这样一次登山的活动，让自己的身体和心情来一次户外的洗礼。

　　向前，再向前，汗水便涔涔直下。越是接近顶点时，体力消耗便越大。我看到路边有不少人坐下小憩，更有极个别人中途而返的。其实越接近顶点的时候，越容易放弃。同行的俊劝我坐下来休息一会儿，我笑着摇了摇头。"不怕慢，只怕站。"小时候在乡下做农活时，母亲就这样教我，我深谙这个理儿，坚持，再坚持，胜利就在眼前。

　　终于来到山顶，凉爽的风吹得心情很舒服，太阳已经升到半空之中，熠熠生辉，照亮了眼前广阔的视野。在山顶看太阳和在山下看太阳真是不一样，感觉更直接和温暖。不到一盏茶的工夫，后面的人陆续赶到。郎母蒋是一名中学老师，她对我说，你儿子既英俊又聪明，很优秀，高三是一个特殊时期，别对他太过苛求，给太多压力。知父莫若子，我知道儿子几斤几两，自己许多未达的理想和愿景未必能在他身上得到延续。听出我对儿子的失落，蒋显然不认同。她说高三压力父母不给都存在，如此态度，只会适得其反。其实，她哪里知道，我根本不再给儿子任何压力。

　　郎说："登东山而小鲁，登泰山而小天下。"

　　涵说："极目楚天舒。"

　　梦说："无限风光在险峰。"

　　儿子说："会当凌绝顶，一览众山小。"

　　四个学生都引用了课里课外学到的名人名言，他们说得都对。我站在山顶，一面听着孩子们七嘴八舌探讨登山的心得，一面看着太阳，感觉连日来的晦涩心情一扫而空，大脑连同五脏六腑都空明起来了。

　　太阳一寸又一寸上升，照进我的心里，也照在孩子们清纯的脸上。一时，我有些恍惚，是在太阳山上看太阳，还是在太阳山上看孩子？

　　其实，孩子们何尝又不是那初升的太阳？

2010-11-01

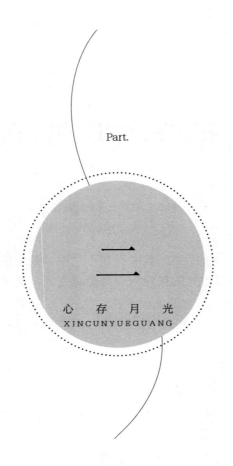

Part.

二

心 存 月 光
XINCUNYUEGUANG

　　春夏之时有人悲秋，且在如此荒野之外，莫非仙人？偶深
度好奇，紧赶几步进入院子。但见一长者年逾五旬，鹤发童
颜，独在院内方桌边饮酒，边举筷击节，边高声吟诵。声如洪
钟，苦浸心肺。

# 宋玉在云梦田的日子

　　宋玉在临澧生活了约 47 年，其中在楚王封地云梦之田，今临澧县望城乡宋玉村生活了 33 年。战国时代的楚地应该是蛮荒之地，文学天才和美男子宋玉流放去职后在此开田拓土，布施育人，走完了他的人生之路。他也只能在这里度余生，老家在鄢，今湖北宜城属秦，作为侍楚的罪臣亦是敌人，秦不容他，当然没法归故乡。

　　梳理一下宋玉隐居云梦田之前的痕迹。对宋玉的出生地有两种说法：一曰宋，即河南商丘；二曰鄢，即湖北宜城南郊腊树村。这两种说法，我比较倾向第二种。宜城在解放前还留有宋玉的故居。这和宋玉晚年生活在现在望城乡宋玉村，有宋玉城遗址和宋玉墓如出一辙。

　　公元前 282 年之前，宋玉师从屈原，慢慢长大成人，同时学到屈原辞赋的不少精髓。公元 282 年之后，宋玉被好朋友景差推荐给楚顷襄王当文学侍从，开始亦文亦政时代。那年，宋玉 17 岁，跟着顷襄王来到临澧，开始逐鹿澧阳平原。随着宋玉文学才能显现，楚顷襄王对这位秀外慧中的年轻人赏识有加，二十岁左右的宋玉就被提拔为大夫。据传，宋玉在此期间写下了《高唐赋》《大言赋》和《小言赋》，喜欢附庸风雅的顷襄王非常欣赏，一高兴就把云梦田赐给了宋玉。这云梦田没在别处，就在峪溪河南岸，营驻山、冉山、看花山以西，属于道水冲积平原，丰腴肥美，典型江南水乡稻菽之地，可谓福地洞天。对于出生于湖北宜城的宋玉，年纪轻轻就在异乡拥有了自己的房产和田地，可谓春风得意。随后，更加激发他的创作和从政热情，陪着顷襄王或游兰台宫，或游云梦泽，写下了《风赋》《对楚王问》《钓赋》《神女赋》等千古名篇。又于公元前 278 年与辛庄联手，平定了楚大夫昭奇的叛乱。应该说生活在临澧澧阳郢都的这一时期，是宋玉文学灵感和政治才能最为突出和闪光的时刻。也在这一年秦将白起攻陷楚都，楚顷襄王被迫迁都陈城，即今河南淮南。屈原受朝廷和楚王近臣排挤，报国无望，投汨罗江自尽。公元前263年，顷襄王死，考烈王即位，考烈王对宋玉不大感冒，基本上对宋玉是冷处理。宋玉很不得志，文人郁郁寡欢的样子可以想象得出，深度郁闷。尽管后来宋玉毛遂自荐再度当过议政大夫，大举东征讨伐鲁的考烈王根本不把他放在眼里，终于免去了宋玉的一切职务。

历史的线索大抵如此。一个人不可能所有的好事占尽，想想，宋玉俊美潇洒、风流倜傥，又能言善辩、才华横溢，加上品德高尚、坐怀不乱，简直是完美男人。所谓鹤立鸡群，风必摧之，遭遇嫉妒、打击、排挤、流放就成自然而然的事情了。公元前255年，宋玉挥别陈城南下，出淮阳、入唐河、进宜城；不成，故国已成敌国，他再仓皇奔长江、走松滋、溯澧水，回到安福赐田，在看花山附近、放舟湖畔结庐筑城，过起了居士生活。

现在把镜头切换到2200多年前的放舟湖。莲叶荷田田的放舟湖边，宋玉青箬笠、绿蓑衣，一幅梦里水乡渔夫的行头，简直成了地道农民。他钓了春天钓夏天，钓了秋天钓冬天。钓秋天最投入，钓出了秋愁、秋悲。后来，全部写进了《九辩》。他钓竿上的鱼钩是不是仿效姜子牙用的直钩？不得而知。分析宋玉的垂钓心理，最初应该满怀期待，渴望再遇明君，重回疆场，重拾旧山河。慢慢地宋玉发现自己陷入被世界遗忘的角落，加上日薄西山，便把比天高的心放下，把比纸薄的命捧起。他拾起教鞭和笔杆，矮下身子，在峪溪河南岸过起真正的隐者生活。

其实现实中的隐居生活并没有文学作品中渲染得那么悲怆，宋玉在云梦田里的生活应该是充实的。来到云梦之南的峪溪河畔生活不久，就对此处奇异灵秀的水乡风光赞不绝口、喜爱有加。他甚至把峪溪河取进了自己的别号——鹿溪子。从历史记载和生活痕迹分析，宋玉在云梦田生活的日子至少有三个方面的收获：一是赋体文学突破。屈原所作歌赋多因为政治，无心插柳。而宋玉则是潜心研究，发扬光大。做官时为阿谀奉承君王，斟词酌句只为君颜一展，当然费尽心思；归隐之后，精心创作《九辩》等，将赋体、山水、艳情文学写作手段和方法推向极致，文学价值已空前。撇开政治因素，宋玉在文学造诣上已超出屈原。二是楚文化传承。因为有宋玉才有楚辞，宋玉来到放舟湖边，除了创作上巨大成就之外，就是整理楚辞，将屈原《离骚》和他的《九辩》编辑成合集。一方面凭他的影响，使作品得以流传；另一方面，他收徒教化，他的学生将其作品远播他方。使楚辞中的相当一部分作品得以保存和传承。三是爱国主义弘扬。《九辩》落脚处有四句话："计专专之不可化兮，愿遂推而为臧。赖皇天之厚德兮，还及

君之无恙。"大意是:我忠贞的心志绝不任意改变,希望能推广开去为君王效力。仰仗上天深厚的恩德,还是保佑君王逢凶化吉。透过字里行间,忠君爱国的思想可见一斑。

现在不妨记叙一下宋玉在云梦田的生活场景。需要说明的是,此乃准民间逸闻,非正传。公元前253年中秋,宋玉迎娶了管家马开化的女儿马云梦。这是宋玉第二任夫人。这年,宋玉45岁,马云梦20岁。

宋玉的第一任夫人周氏在随宋玉去职返鄢途中感染风寒,回到腊树村第二天就去世。宋玉匆匆埋葬夫人之后,为躲避秦军追捕,带着一子一女阳春和白雪匆匆出逃,经过一个多月的昼行夜伏来到了峪溪河畔。当年,襄王赐予宋玉封地之时,宋玉就将自己的书童马开化留在了峪溪河管理田地。马开化在这里管理云梦田的同时,娶妻荫子,将宋玉托付的田地打理得井井有条。宋玉到来后,马开化欲将云梦田管理权限交给宋玉。此刻宋玉根本无心种地,全部心思等待东山再起。马开化只好继续替宋玉打理田地,帮助宋玉儿女成家立业。看到孑然一身的宋玉,马开化有心将自己女儿许配给他续弦。这年马云梦刚刚18岁,宋玉坚决拒绝。过了两年,报国无望的宋玉终于看清现实,心灰意懒,拟仿效屈原投河自尽。这天,宋玉喝了两斤米酒,一路跌跌撞撞来到峪溪河边,长叹一声就拟投入河中,却被一女子拦腰抱住。宋玉回头一看,不是别人,正是马云梦。原来,马云梦看见宋玉神色举止异常,跟着宋玉一路来到河边,及时阻止宋玉这一自杀行动。宋玉被马云梦抱住,近距离接触,发现马云梦长得水灵标致,楚楚动人,且言谈举止得体,若大家闺秀。这时,宋玉酒醒大半,为自己的糊涂举动懊恼不已。

是夜,宋玉就向马开化提亲。是年中秋节,马云梦做了宋玉的新娘。美丽贤惠的马云梦给落魄的宋玉带来希望和力量。夫唱妇和,在马云梦鼓励下,宋玉的私塾很快就办了起来,峪溪河流域农家弟子争相将孩子送到他的门下读书学习。第二年,马云梦给宋玉生下了儿子下里。好景不长,下里三岁那年,马云梦难产,在生下女儿巴人之后,含泪离开了人世。宋玉的精神支柱轰然倒塌,这次的打击差点让宋玉支撑不住。看到嗷嗷待哺的一双儿女,宋玉打起精神,把夫人埋葬在看花山后,暂停了私塾,索性从放舟湖边搬到了看花山上,一边守墓,一边带孩子,一边植花草,一边整理书稿。看花山上,梅、兰、竹、菊,还有芷草,各种花草争奇斗艳,四季都有鲜花盛开在宋夫人坟墓周围。这一年,宋玉怀着无比悲伤的心情回忆一生,完成了在心头萦绕无数遍的《九辩》正稿。

马云梦之后,宋玉不再娶妻。为夫人守墓三年之后,宋玉恢复私塾,同时继

续编辑书稿，誊撰楚辞，一直坚持到死。宋玉死后，本来拟和马云梦合葬在看花山，但不巧的是，送葬队伍来到峪溪河南岸，突遇狂风大雨，护柩人员只好放下灵柩躲雨。等雨霁天晴，送柩人员出来时，却发现灵柩不见，原放灵柩处隆起高高土堆。这是传说中的天葬宋玉。众亲友见天意如此，只得作罢，不再坚持将宋玉与马云梦合葬。

历史是不是这样演绎已不重要，重要的是宋玉将自己的思想和文学精华种植在云梦田里，一代一代传承下来，还将一代一代传承下去，生生不息。

你若不信，来峪溪河畔看看，这里的一草一木，都依附着宋玉的灵魂。

2014-08-27

注：此文曾在《中国散文家》杂志 2015 年第 2 期（总第 32 期）刊载；同时在《散文时代》《澧兰》杂志刊载。

# 冉山的道观

据说很雄伟。

我反正没见过，也没考证。道观肯定是有，或者有过，在营驻山隔壁，冉山之上。我想象过，一溜儿雕梁画栋、飞檐走壁的建筑，沿着山脊迤逦而上，神圣、庄严、肃穆。肯定有人行大道的道士住持，在那儿身心顺理，唯道是从，从道为事。

话说道观里果真曾住有一洪姓道士，传闻道行高深莫测，通晓阴阳五行、役鬼驱神、修丹炼道，澧水流域一度无人不知、无人不晓。

有关辛亥革命的一件大事，本来与洪道士关联不大。辛亥革命时蒋翊武作为武昌起义临时总指挥，后任战时总司令部经理部长兼顾问，在辛亥革命中起到重要领导甚至关键作用。辛亥革命失利后，他一直从事反袁倒袁革命活动。1913年8月29日，蒋翊武在广西全州被秦步衢部属所捕，9月9日被袁世凯下令杀于桂林丽泽门外。这位被孙中山誉为中华民国开国元勋的蒋翊武，有一贴身护卫名叫江鄂，是湖南省临澧县人。在蒋翊武仓皇奔逃香港途中，他一直忠心卫护左右。在全州，江鄂为掩护蒋撤退，被秦部枪杀。随后，江鄂的尸体被全州进步人士秘密保存，消息电报传回江鄂临澧县临安老家已是第三天，江鄂父亲提着一大袋银圆，老泪纵横地找到洪道士面前哭诉，一定要将儿子尸体运回来入土为安。江父如此一哭，洪道士便与大事件关联起来。

洪道士将着花白的胡须沉吟片刻道，放心，一定不让革命烈士暴尸乡野，16日内准时运回。洪道士只取江父20块银圆，风速赶赴广西全州。

洪道士到达全州后，采用"赶尸"方法运尸。"赶尸"与蛊毒、辰州符一直列为湘西三大神秘文化现象，究竟具体怎么操作，现在似乎还没人破解。有人说"赶尸"只取死者四肢和头颈，由活人背着倒行；还有人传言根本就没运尸体回

来，只是由活人化妆成死者模样，回来后再做成一个死者模型。反正赶回来的尸体，道士再不允许亲人近身接触。这些传言大可不管，反正洪道士爽快地接受了这个任务。他手持桃木尺，赶着江鄂尸体，昼伏夜行，只用 10 天时间就将尸体赶回。有广西、湖南个别民众目睹"赶尸"场景，月光下，江鄂一身戎装在前，退着走，洪道士在后，举着桃木条，衣袂飘飘，行云流水，速度极快。看见此场景的人瞠目结舌、恍若梦中。

洪道士在冉山道观将江鄂入殓棺木之中，与众弟子连做三天法事，之后，秘密葬于冉山之中。下葬的具体地点，连江鄂之父也不知道。后来，有袁世凯旧僚听闻江鄂尸体返乡之后，前来道观问罪。洪道士坚决否认，活不见人，死不见尸，一行人只得悻悻离开。

冉山道观最终毁于抗日战火之中。1943 年 10 月，日军第 11 军所部围困常德之前，对周围乡村实行坚壁清野。云梦之泽的妇孺都躲到冉山道观之中，日军强行渡过沙溪河，逼上冉山。洪道士指挥众弟子将群众往营驻山、将军山一带深山老林转移，自己一个人在道观正厅前大门外，他立在一堆柴禾之上，一手捻胡须，一手举着桃木剑，阻止日军向前移动。日军一个连的兵力被施定根法，竟然朝前动弹不得。日军指挥官大刀一挥，子弹如同雨点纷纷落在洪道士身上。洪道士竟然毫发无损，银色发须在秋日下熠熠生辉。洪道士挥动桃木剑，整个道观便笼罩在一种神秘的光圈之中，最后，剑落在柴禾，柴禾及整个道观便葬身火海之中。这把火烧了三天三夜，日军一个连兵力被烧死其中，同时抑制了日军向津澧推进的步伐。

有人传言，洪道士没有被火烧死，而是驾一朵祥云升天了。是日，有人看见他在半空之中频频回首，一副道风仙骨模样。

我很奇怪，冉山上的这座道观是什么建筑，居然用得着火烧三天三夜？和我一起工作的同事江金海对冉山一带的传奇故事有些了解。他本是临安人，另外从小就听闻村里朱伯讲野史逸闻，因此十分肯定地分析出两大原因：一是道观建筑奇妙，全是用粗大树木建成，耐烧；二是火是道士放的神火，里面有方术，不易熄灭。

我有些将信将疑。江带我去营驻山考证，经过鸡公凸，来到营驻山之上，指着一只类似乌龟的大石头说，这只乌龟头就是洪道士用桃木剑斩下来的。我看了看乌龟脖子，确像类似刀剑之类的东西生生砍断的。江说，这只乌龟老喜欢到山下农田偷吃五谷。在老百姓强烈要求下，洪道士举着桃木剑，口念符咒，手起剑落，斩断了这只乌龟头，从此，老百姓作物不再受损。江指着山下的一处桃林

说，这是当年洪道士扔掉的桃木剑，现在已经长成一片桃林了。

洪道士和他的道观传闻很多，江说，不信，有空带你到临安附近几个村子转一转，七十岁以上的老人应该都知道他。无风不起浪，洪道士某种意义上讲是正义的化身，用现在的话讲，是正能量，我当然信。

这座神秘的道观如果现在还存在，应该是一种什么状态？大道无为，偶也猜想不出。也不用想，随着时间推移，冥冥之中有神助，说不准哪天得道成仙的洪道士重回冉山，再开坛布道，道观便可重见天日，重造辉煌了。这是愿景，在可遇不可求之间，当不得真。

2015-01-11

# 打马峪的由来

望城乡东部有一条西流水，从东往西流，注入沙溪河，西流水的源头是冉山。不只冉山，还有下马山、营驻山、看花山、将军山统统在其东面。猎猎的风将南北气流在此交汇，形成云雨，落在冉山之上，下流成溪，繁育沿途生灵。从其与沙溪河的交汇处望向冉山，这喇叭口的峡谷就是打马峪。

沿起伏的稻田向峪溪水上溯到冉山山脚，有一水塘，应该有上百亩水面，据说有好几十米深。塘水清澈透亮，汇聚三面山上的涧水，没有半点儿污染。不知从什么时候开始，打马水塘里的水被称为"神水"。传说有治病防灾功效，方圆百里范围的人家有什么小病小灾，都不辞辛苦来这里取水。县城有很多居民甚至开着汽车来这里运水回家做饭或者直饮。

打马峪的得名，来自民谣"将军打马去看花"。这一句字面意义理解就是，将军骑马去看花山，或者将军骑马去看花山上看花。将军、打马、看花，都可以在安福这个地方找到出处，将军山在烽火乡，看花山在望城乡看花村，而"打马"尽管是个动词，也在望城乡临安村用作了地名。

坊间有一个传说，说明末清初有一叫朱弼海的总兵，曾经逃亡到打马峪。

朱弼海将军领着十万兵马从京城溃败，一路被清兵围追堵截，来到湘西时只剩下两千将士。辗转来到安福县后，朱弼海看到大势已去，便在将军山上将所剩残部解散，每名士兵派发遣散费十两纹银，各自逃命，自己则带着几名亲信在将军山一带潜伏下来，伺机东山再起。不想朱弼海行踪被清开国功臣何和礼次子多积礼发现，多积礼时领梅勒额真事，对朱弼海追踪以久，当然不会放过这次机会。多积礼领五万之众兵马将将军山团团围住。朱弼海在四名亲信的誓死捍卫下，骑着一匹枣红大马从下马山附近突围出来。他原准备涉过沙溪河，到看花山一亲信家藏匿，无奈沙溪河正逢夏汛涨水，无法涉水而过，只好在下马山下马，

牵着马从小道迂回到蚂蟥堰边。清兵追踪过来,村民江越发是前明朝臣之后,有心帮助朱将军,便令其女江燕带路去打马峪躲藏。江燕从小在山里狩猎,除了机敏,一身轻功十分了得。她与朱将军并骑枣红马,朝打马峪绝尘而去。后清兵在沙溪河一带清剿三天,一无所获。

朱弼海在江燕帮助下,三天后来到看花山,从此过上归隐生活。一年之后,朱弼海更姓李,并与江燕成亲,在将军山、冉山和看花山一带隐居,不为外人所知。

此传说纯民间逸闻,无法考证。但朱弼海在将军山和营驻山生活的痕迹有证可考,这将军山、打马峪、看花山就是因为朱将军闻名。朱将军曾逃亡到下马山下的下马石脚印依稀可见,至于他与江燕成亲之后的李姓家族,现在在看花村还可查到族谱。更为神奇的是,在风雨雷电之夜,可以听闻枣红马的嘶鸣声,传说那是朱将军与江燕在打马峪策马驰骋,到看花山去赏花。

我将信将疑,去将军山、营驻山和冉山一带多次考证,当然没法觅到足够信服的证据。就是下马山下的下马石,朱弼海将军那硕大的脚印,也在去冬修公路时被炸药炸毁。

走进打马水塘,面对清澈的池水,耐着性子看一万次,也见不到朱大将军倒影。不过,打马峪水旱无忧,这里风调雨顺,百姓生活富足,风水的确好得不得了。

2015-03-01

# 牯牛村的传说

　　相传很久很久以前，安福县四新岗镇，不对，那时叫珠日的地方，有一秀才因科举考期临近，要赶着去岳州会试。便打点行囊，从斋阳桥出发，昼行夜伏，不在话下。当经过沙溪河时，正遇洪水，水流湍急，不能过河，也不见渡船。秀才正在着急之时，柳树下一头牯牛"哞哞"叫着向秀才走来，并做卧状让秀才上背，将秀才渡过了浊浪翻滚的沙溪河。秀才得以顺利参加会考，并进京殿试，考中功名，被皇上下放到地方为官。秀才感念牯牛及时相助，在沙溪河上建单拱桥一座，并请石匠用石头塑牯牛雕像一尊，镇守桥头，以为纪念。

　　花开花落，大约过了数百年，时至明代万历年间，这座拱桥尚在发挥作用，那尊由石匠雕塑的牯牛吸收日月精华，更加栩栩如生，似乎变得有了灵性。老百姓家的小孩有什么咳嗽之类的毛病，在它面前烧香、磕头、祷告之后，很快就会无事。牯牛石仙名气大振，一时之间变成神牛。

　　话说柏枝敖山有一户苗姓人家，家有一女，名叫苗儿，年方二八，生得花容月貌。有女四方求，苗儿终于被三十里地外的斋阳桥一张姓大户人家公子相中，娶进家门，不久就生下了一个儿子。谁知好景不长，在孩子一岁时，张公子得急病，不久撒手人寰。张家独苗一死，苗儿便被公婆视为丧门星，不久就找了一个借口，把母子二人赶到鸟儿垱一个渔棚居住，说是让他们在那里消弭瘟疫。

　　鸟儿垱在斋阳桥西五里地。此时的斋阳桥已发展成为一处集市，方圆百里范围的百姓都可来此赶集，进行物物交换。那时有江西过来的移民在此落户，斋阳桥至鸟儿垱茂密的原始次森林渐渐被开伐，改为薄田。鸟儿垱虽然有部分农田，但还相当贫瘠。可怜苗儿母子被赶到渔棚后，吃不饱，穿不暖，还得下田劳作，生活十分困苦。苗儿抱着儿子回了一趟柏枝娘家，克死丈夫的苗儿也不敢将心里的苦向娘家诉说，住了一个星期后，又告别双亲返回婆家。走到半路，在沙溪河石桥边，苗儿坐在牯牛雕像前小憩，望着石像，不觉悲从心来，便一把眼泪一把鼻涕地将心中楚苦倾倒出来，说得桥下的河水也呜呜作咽。倒完苦水的苗儿，抹干眼泪，郑重地给牯牛磕了三个响头，然后抱着褓褓中的儿子继续赶路。

说来也怪。苗儿自从回了这趟娘家之后，生活发生了很大变化，居然不再为柴米油盐发愁。水满缸，米满仓，柴满厢，连农田都被人耕作得非常肥沃。苗儿很奇怪，她在一个深夜时分把儿子哄睡后，悄悄起床，蹲在渔棚外的篱笆边观察，终于发现一个英俊潇洒的年轻汉子给自己家打水拾柴，耕田整地。苗儿一时百感交集，她不顾一切冲上去，纳头便拜，并抱着这位年轻汉子的双腿大叫恩公。

这位年轻汉子连忙扶起苗儿，轻声说："我不是恩人，我不过是沙溪桥上那块牯牛石头，被玉皇大帝点化，很快就会成仙，那天听到大姐遭遇之后，有心帮一把，千万别放在心里。"苗儿将信将疑，一定要将恩人请进家中吃饭。这位汉子不想给苗儿增加是非，婉言谢绝。并一再告诫苗儿，自己的事情千万不要说给别人听，否则，牯牛永远只能做石头，成不了仙。他还说，如果天亮之前回不到沙溪桥上，他就再也回不到人形。

苗儿知道这一切后，心里十分震撼，冲着汉子离去的方向连磕了九个响头。

日子过得滋润的苗儿母子很快被公婆怀疑，认定苗儿在偷人养汉。初秋的一天，公婆带着侄儿、侄女一帮人来到渔棚，将渔棚翻了一个底朝天，并强迫苗儿交代野老公的名和姓。苗儿矢口否认有私情。公婆将苗儿毒打一番后没有得到想要的东西，便把孙子抢走。并称，给她一天的时间考虑，再不交代，将申请族长执行族规，将她沉潭。

苗儿知道自己交代不交代都得死，自己死了不打紧，若连累牯牛石仙就太不义道。思虑至此，苗儿觉得迟死不如早死，免得牵连无辜。一气之下，她趁人不备，来到鸟儿垱，投入水中自尽。等人们发现，将她打捞起来，早没了呼吸。

是夜，牯牛石仙变成汉子最后一次来到鸟儿垱。他原本是来告别的，这一夜过后，他将升天变成神仙。谁知等他赶到渔棚，渔棚已变成灵堂。汉子简直不敢相信自己的眼睛，他知道一定是自己让人误会她的清白，才让她遭此横祸。他来到灵堂，放声大哭，哭声惊动村民，被拿着木棍的村民团团围住。大家纷纷指责汉子不地道，毁人清白。汉子停止哭泣，他起身冲大家一鞠长躬，将自己与苗儿的情况一五一十说了出来。他郑重地申明："苗儿是清白的，我不过在她困难的时候帮扶她们母子一把。我说出这一切，我所有的修炼，将化为乌有。但我不后悔，我可以用自己的行动证明苗儿的清誉。"

年轻汉子话一说完，四肢僵硬，很快就变成一尊大牯牛石像。苗儿的公婆和众村民目瞪口呆，好一会儿才如梦方醒，大家纷纷磕头求恕。第二天，众村民给苗儿举办了一个隆重葬礼，并将牯牛石像立在了苗儿的坟墓边。

后来，人们为了纪念这对忠烈的年轻人，将村名定为牯牛村，将苗儿投水的地方定名为苗儿垱。鸟儿与苗儿谐音，以讹传讹，被人们叫为鸟儿垱。

你别不信。夜深人静时，你来到鸟儿垱边聆听天籁，你会无意中听到"哞哞"的叫声，那是牯牛石仙来自天堂的呼唤。

2014-12-12

# 穿越——和宋玉的一次时空会晤

　　三年前某春日，余独自一人晚饭后步行，欲赏心悦目。从临澧县城出发，沿峪溪河蜿蜒而行，攀沿而上看花山。时令已至四月，记忆犹新，沿途有油菜花开得鲜艳夺目，时有蜜蜂戏耍耳边。及到山顶无限风光，尽揽入怀。远望西北，紫气阵阵，道水如同白练自天际展开向东而拖；放眼东方，将军山、营驻山、担粮山，山山相连，如同绿屏环绕；极目正南，晋相车公以石代墨囊萤读书之石墨山遥相对峙，似情侣传神，目不转睛，欲语还休。俯瞰花山，一条仙道直没云霞深处，花香鸟语，恍若有佛音不绝如缕。侧耳聆听，朦胧有樵者踏山而上，歌赞入耳："昔人归何处，岭上有余芳。我来花正发，踏遍马蹄香。"

　　是日，贪恋春光，忘记时间。等至醒悟，发现已是星光灿烂。欲返身下山，眼前竟然金光四溢，路有数径，提足欲踏，不知落地。正自踌躇，一玉兔扑朔而来，于右前方小径举足而立，似作揖行礼。吾自惶惑，但见玉兔撒蹄后行，冥冥中不由自主，亦步亦趋，如影随形，向那深林灯光处兀自前进。蓦地，玉兔一闪不见，只知脚下一滑，身体失重，惊呼，完也，便跌入万丈深渊。

　　及至醒来，发现卧于青草丛中，耳鼻芳香环绕，星空之中繁星点点，头顶周边有萤火虫往来穿梭。余兀自立起，恍若隔世，不辨东西。踌躇之时，但见溪水潺潺之处有民居，灯光之处人影晃动，有吟诵声不绝如缕，悲怆凄婉。余好奇，前行三百米，细看，乃三间茅屋筑于浴溪河口，祥光笼罩，似是佛地洞天。

······

皇天平分四时兮，窃独悲此廪秋。
白露既下百草兮，奄离披此梧楸。

去白日之昭昭兮，袭长夜之悠悠。

离芳蔼之方壮兮，余萎约而悲愁。

……

春夏之时有人悲秋，且在如此荒野之外，莫非仙人？偶深度好奇，紧赶几步进入院子。但见一长者年逾五旬，鹤发童颜，独在院内方桌边饮酒，边举筷击节，边高声吟诵。声如洪钟，苦浸心肺。

"先生，您好！"余怯怯发问。桐油灯照明，长者未作理会。余以为声弱，再次大声招呼，长者依然吟诵不止：

"圜凿而方枘兮，吾固知其钼铻而难入。众鸟皆有所登栖兮，凤独遑遑而无所集……"

长者所吟诵之诗乃《九辩》，系宋玉公元前249年所作，此年宋玉失宠，楚考烈王免除宋玉所有官职。仕途失意，宋玉在如此失落之下悲成《九辩》。余对这段历史曾有考究，所以长者诵诗之情景似曾相识，仿佛梦中。

"公子，您找谁？"茅屋走出一妇人，手提荷灯，年约三十，面若桃花，光彩照人。

"小生说云见过夫人，夜走花山，不慎迷路，见先生夜诵诗赋，一时求师心切，过来惊扰，万望见谅。"余恭敬作答，不敢正视。

"汝知此诗作者？"长者停止吟诵，回首惊问。余观长者，似神仙面相，英武灵秀之极，世所罕见，堪称人中龙凤。余暗忖，世间竟有此奇男儿，天地造化也。

"当然，此诗乃著名词赋家，有屈宋之称宋玉所作，宋玉大师乃小生偶像，小生属宋大师忠诚粉丝。"余虔诚道。

"夫人，可知粉丝？"长者疑惑。

妇人未曾理会长者，叹曰："汝言我家相公宋玉为偶像，真乃贻笑方家。百无一用是书生，贫妇窃以为是矣。"

妇人言毕，招呼余坐，去里间伺茶。余大惊，夫人言称宋玉莫非子渊？世上难道真有穿越奇事？起身抱拳："请教先生尊姓大名，今朝谁在理政？"

长者目光如炬，视余良久，道："楚襄王、考烈王两度议政大夫宋玉是也，今非昔比，考烈王十四年，远忠臣，重谗臣，楚大厦将倾矣。"

余后背发凉。考烈王十四年，乃公元前249年，宋玉52岁被贬，放逐后居云梦之地，刚好在峪溪河畔，是年作《九辩》。如此算来，余穿越二千二百六十载，进入战国时代，恰逢宋玉落魄之时。能见证宋玉诗作《九辩》之历史场景，此乃平生快慰之事。余忘惧，宽慰道：

"大师，小生敬仰得紧。大师诗作小生无不拜读，定当流传万世。至于仕途，晚辈不敢妄言。神马都是浮云，大师不必看真。"

"后生见解不凡，请教大名，师承何人？"

"岂敢，小生姓说，单名一个云字，乡野粗野之人，少有私塾先生授孔孟道耳，未达学人。"余诚惶，不敢多言，恐失礼数。

"吾观今世，战乱纷纷，民生多艰，国不能国，家何以家？想吾一生，颠沛流离，毕生事楚。今流放乡野，空怀壮志，徒留伤悲尔。汝年轻，当以报国，重振山河。来，说云，吾敬汝一杯。"

夫人已将茶水奉至，酒具菜肴重新换上。于是重新落座，推杯换盏。酒过三巡，醉意深深。称兄道弟，不拘礼仪。

余吟屈子："长太息以掩涕兮，哀民生之多艰。"

宋续《九辩》："处浊世而显荣兮，非余心之所乐；与其无义而有名兮，宁处穷而守高……"

兴致所至，不觉携手，提灯而行，踟蹰峪溪河床，听溪水淙淙，观夜萤顾盼。未料人生无常，二千二百六十年，我竟可执先人之手，不觉心花怒放，手舞足蹈。玉受感染，亦以歌附。惺惺相惜，相识恨晚。一个趔趄，余坠入河中，深不可测，未曾触底。

冥冥中，玉在岸边焦急呼唤："云弟，云弟，汝将弃吾尔？"

余未及答，即失知觉。

……

余醒，天已黎明。身处油菜花中，满身清香萦绕，三月不绝。此事件发生后数年，不敢披露。是梦还是穿越，无须计较。

2011-05-18

# 梦回翠翠岛

翠翠你还好吗？有没有等到大老或者二老？没有等到没关系，这不等来我了吗？

约会翠翠，这不是某年某月某日的突发奇想，这是一个百年的期盼。

想象月光下的翠翠倚竹而立，翘首期盼的模样，多少文人雅士心都碎了。那忠厚的大老，那仁义的二老，咋就这般木讷？清水河的水清了浑，浑了又清，那逆流而上的船来了一拨又一拨，就是不见这两个负心的呆瓜伟岸的身影出现。

谁能抚去翠翠眼里的哀怨，我甘愿奉送十万两黄金。

这是谁说的？如果没有人承认，那就是我了，尽管我知道，黄金是减不轻翠翠的愁绪。如果有可能，我甘愿以任何一种方式，抚慰这个多情女子心头的创伤。我知道，这种可能的方式为零。

但我还是来了，义无反顾地来了。我是怀着极大的热情而来，渴望在翠翠的目光里，登上翠翠的渡船。天很蓝，阳光很蓝，心情也很蓝。翠翠在蓝的天和蓝的水包裹中，用幽蓝幽蓝的眼神望着河水，没有看我一眼。

翠翠是美丽的，她的美丽点亮了大老和二老的眼睛；翠翠是多情的，她的情思比清水河水更长更深；翠翠是善良的，她的善良感动了一拨又一拨茶峒人。永远年轻漂亮的翠翠温暖沈从文，温暖我，温暖了一代又一代的文人志士，温暖了普天之下芸芸众生。

翠翠啊，我来了，在这个一脚踏三省的边城小镇，你照亮了我，也照亮了我的眼睛。翠翠，请别无视我的存在，多少年了，你一直生长在我的梦里枕边。

翠翠啊，如果这世界上有真爱，不要你等我，假如我做不成大老和二老，甘愿做三老，用一辈子的热情等待你。

2011-03-28

# 湘西之水和沈从文

　　其实，湘西就在我的身边，一抬手就可以触摸到她的灵魂。所以，有几次出游，我都毫不迟疑选择去湘西，这次也一样。五天前，我去了一趟湘西，算算应是第三次深入湘西腹地了。因公也好，于私也罢。这趟湘西之旅，让我更加深了对湘西的喜欢。

　　"仁者乐山，智者乐水。"山让人持重，水让人轻盈，山水合一，才是完美的风景。湘西最初给人的误会是粗犷、大气。因为湘西多山，是少数民族聚集地，过去还盛产土匪，所以给人的感觉山美于水，豪放多于婉约。其实不然，水亦不逊色。湘西州境主要河流水系，南有沅江干流过境，酉水干流、武水干流横穿西东，花垣西乡河的上中游段由南向北经茶峒入境。"三湘四水"是湖南地理特征的概括，与湘西无不关联。大家不太熟悉的"三湘"指潇湘、蒸湘、沅湘，"沅湘"之说中的沅水在湘西有 10 公里流程；"四水"之中有"两水"即澧水、沅水都源起或者途经湘西。有心深入其间，你会发现，湘西同样具备江南水乡灵秀的特质。

　　如果说前两次重在领略湘西山之韵味的话，那么，这次则重在体味湘西的水之风情了。凤凰、花垣两县的沱江、清水两河给我留下了深刻印象。而这次似乎是为看这两条河而去的。记得四年前来过一次凤凰，那次来可以说是浮光掠影，初次来凤凰的喜悦引诱我一下子把凤凰琢磨个透。所谓欲速则不达，都到了，结果呢，只不过是到此一游，理性思考的东西在大脑中留得少一些。有诗为证：

### 游凤凰古城（七古）

山笼雾雨水生烟，蹁跹歌舞扣心弦。

苗岭处处生奇景，地灵人杰有渊源。

清清一曲沱江水，红红满地彩石砖。

吊脚楼台晚唱起，南城烽火早不燃。

黄丝桥指奇梁洞，矮寨路盘入九天。

海市蜃楼莫能比，鬼斧神工画中看。

从文笔下多情种，边城渡船勤往返。

梦中难定乾坤计，希龄心事不自然。

细溯山家多少事，流水无声花正鲜。

踌躇苦恨归程短，耐看凤凰兴未阑。

既然是有侧重，那就乐水吧。湘西有水，从山中来，流入沱江，流入清水河，正是这些水构成了湘西的血脉，通达到海，流经每个湘西人的心坎上。沈从文可谓湘西极具代表的人物。瑞典皇家学院设立的诺贝尔文学奖，从二十世纪八十年代初开始瞩目中国作家，在议及的几位中国作家中，沈从文被认为"最强有力的候选人"。可惜他没有等到这些未及的荣誉，就已过世。但他的作品生生世世在影响着我们。在沈从文故居前，我徘徊了好一阵子，我思索，莫非是沱江的水滋润了沈从文的慧根？

从沈从文故居出来漫步不到一根烟的工夫，可以抵达沱江。在沱江泛舟，可以观瞻吊脚楼的风情，聆听土家族的山歌，可以用清澈的河水洗涤尘世的风尘。当然也可以什么都不做，看远山，看静水，倾听自然与人的对话，想象七八十年前沱江风尘女子在河边浣衣的景致。把手不经意放入江中，清澈的江水让你打个激灵，你会很容易在手中触摸到一条沱江的水草。我开玩笑地问年轻的女导游，你知道康河的水草吗？她自然摇头，我说康河的水草是从沱江进口的。导游自然不会联想到徐志摩的诗歌，我也不必解释。沱江之水的意境比过康河清冽，比过康河浪漫。不知道徐志摩有没有来过凤凰，不管来没来，我这样比较，想必他也不会有太多意见。

沱江滋养了沈从文，清水河则丰满了沈从文。茶峒镇于1988年更名为边城镇，这个小镇似乎并未全面对外开放。准确地讲，沈从文中篇小说《边城》里的故事就发生在这个小镇。包括后来长篇小说《长河》等作品也同样可以看到这个小镇的影子。小镇不大，一条河联系三个省，川、黔、湘鼎立，你一脚下去，踏着三省的土地。这条河肯定最终经过沅水进入洞庭湖。沈从文曾在土著部队中服过役，应该就是在这个当时三不管的地方。乱世多难，见多了血腥

的沈从文，对这条河又爱又恨，倾注了太多感慨。写出《边城》这样不朽的作品，正是他借这条河及河边的狗、老人与女子，构筑发泄不满，又力图重塑信心和勇气的平台。日本作家山宝静说过："看起来很平静的笔底下，恐怕隐藏着对现代文明的尖锐的批判和抗议——至少也怀嫌恶之感。"

　　我喜欢湘西，不仅仅为沈从文这个人，更多的原因是他的文字带给的思考。沈从文只不过高小文化，却最终走上了北京大学的讲台，并成为蜚声中外的乡土作家，正是因为湘西这方神奇的山水给予了他智慧和力量。

　　1988 年，沈老临终时，还在侧耳聆听。你知道，他在听什么？他在听来自沱江，不止，还有来自清水河哗哗流淌的水声……

2009-08-10

# 温习一座古镇

　　人是有感情的。这样的论断简直是多余，没有感情那还是人吗？人与人相处久了是有感觉的。这话也是废话，非友即敌，非爱即恨，非浓即淡，如何没有感觉？你如果不信，大可试验一番。让两个陌生的男女，在一座孤岛之上生活三个月，如果他们不发展为生死与共的朋友或者生死同穴的恋人，你尽管可以找我来索赔。人就是这样一种奇怪的动物，什么都可以没有，不能没有感情。人的感情随时迸发，对人是这样，对动物是这样，甚至对一座城市也是这样。

　　来到佘市桥镇工作已经有五个年头了，我已经习惯偏着脑袋倾听古镇的呼吸。偶尔静下来的时候，真的可以听到她轻声的叹息。一千多年的历史，她怎么就能够发出如此幽怨和美丽的叹息？

　　两座桥，一条路，1400米，篆刻着一千四百年风雨历程。她是古老的，也是年轻的；她是贫穷的，也是富有的；她是忧虑的，也是快乐的……当我不经意闯入她的生活，她竟然毫不犹豫地接纳了我，容忍了我的坏脾气，我不得不感动她的温柔和豁达。

　　从东桥步行到西桥，不过二十分钟左右。我习惯这条路，不对，习惯在这条街道上散步。两旁的樟树郁郁葱葱，把城镇的路灯掩饰得躲躲闪闪，这愈发为小镇增添了古朴和神秘。偶尔，有民居屋传出麻将的声音，你就会特别羡慕古镇的宁静。这样的生活真的很写意。老是有长者教训我要知足常乐，我真的感觉我很知足。我不仅知足，也为生活在这座古老的小镇感到骄傲。真的，现在，我散漫地走在古镇的腹地，一步一步走得特别从容。丁玲就出生在这座古镇。80多年前，丁玲也是这样走的，她从东风桥向西，走到了佘市桥，比我现在走得从容和镇定。她叛逆地站在佘市桥上，望了一下桥下道水，然后，没有犹豫走向了她想要的生活。站在这座桥上，难以置信，这座为古镇命名的石拱桥居然有七百多年的历史，在全国排名前六。我不知道，丁玲站在桥上时她在想什么。

时间那样久远了，丁玲如果现在健在，她也不一定回忆起来。但是，我记得第一次踏上石桥时的感受。五年过去了，心境似乎还是有一些变化。那时，心里还是有点底气，七百多年的石桥照样踏在脚下，多少有点得意。五年前，我写过一篇休闲文字，记录当时的心情，记得题目是《和石桥的一次对峙》。就在昨天晚上，我翻箱倒柜地找寻，竟然没有找到底稿。还有以前发表过的一些文字，也全不见了，我怀疑家人在搬家时给我当废品扔了。不过，有一段话的大概意思是："我盯着她看，她也用她深邃而悠远的目光望着我。我渐渐在她的目光里心虚起来，目光游离到河水里。对着河水，我使劲地吐了一口唾液。然后，爬上她的躯干，跳了一支拉丁舞。"

现在，我站在石桥之上，为当年的得意羞愧不已。这座至今还在发挥作用的石桥，见证了七百多年似水华年，多少代人消失在滚滚红尘之中，而她兀自巍然屹立。站在她的旁边，你可以聆听历史的声音，就像桥下奔腾不息的河水，永不止息。我拿什么和她比？比不过桥下奔流的一滴水珠。

每每散步来到这里时，我的心情就免不了凝重。前年石桥维修，打开桥面时，我看到不少石板上雕刻着当年捐款的铭记，很是佩服当年的民众竟然完成了如此巧夺天工的宏伟工程。我思忖，是不是一位佘姓人家牵头，来主建这座风雨桥的呢？也曾查过不少史书档案，似乎没有确切的记录。不过民间有许多流传的版本。其中，有一种传说是一位佘姓人家修建的。道水年年洪涝，交通不便，年年修桥年年毁，当地百姓苦不堪言。佘氏勇战洪魔，用自己的身躯充当桥墩，依仗神助，在一个风雨之夜建起了这座桥。后来，为纪念佘氏，桥和这座小镇便以佘姓为名了。这是野史，当不得真。不过，在我的内心里依然对这位佘氏充满了景仰。

对这座古镇的感情，别人是无法理解的。你经过、路过，甚至在此居住过多年，并不表示你会对她产生多大的感情。就比如你和许多异性交往过程中，不一定交往了就会产生爱情。人产生感情的基础是感觉，感觉来了，感情挡也挡不住。所以，很多能安静下来的时间，我都会在古镇走一走。每一次都有不同的感觉，这种感觉就像爱情，让我有无穷的力量。

一座古镇是一本厚重的历史书。温习的过程，也是续写的过程。温习是为了更好的延续，延续历史也延续文化。佘市桥镇正是这样一本耐读的历史书。

2009-03-28

# 道水拐弯处

一条河流有一条河流的个性，何时风韵，何时单瘦；何时兴奋，何时忧愁，都得看季节和季节上的心情。所有河流的共同特征，都在奔跑。那些奔跑的河流大浪淘沙，滋养万物，见证历史。而河流永远是人类最忠实的朋友，在每一条河边，都会聚居着男人和女人，他们与河流耳鬓厮磨，相亲相爱，然后在河流的涌动与拍打声中，安然睡去或者离去。河流就这样泰然自若，我行我素，生长在生命的灵魂里。

二十世纪初，中国湘西出了个土著文人叫沈从文，我以为他写的河流最多的是澧水和沅水。他的大多数文字都与河流有关，《边城》《长河》《湘行散记》等，河流构成了沈从文文字的灵魂。沈从文成长的地方距离我生长的地方不远，沅水和澧水就在我的周围。穿行在澧水和沅水河之间，我常常听到类似沈从文枕上的涛声。那些二十世纪在船上写成的故事或者写有关船上的故事，就会在我的脑海喧嚣。我仿佛就看到提着香蜡的男女从河边集市回到船上，仿佛听到河边吊楼上妓女或者水手的浪笑声，我甚至把自己想象成为一位蹲在河边赶渡的行伍军士……

道水就在澧水和沅水之间，是澧水的一级支流。这条河发源于慈利县，长102公里，流域面积1364平方公里。源于慈利县苗市五一煤矿洞口东面，流经处正处于喀斯特发育地区，阴河、泉洞很多，水流一度潜入地下，在各洞间迂回出没，入石门县境后在西泉洞口流出。北源两支东泉、西泉（清朝田光锡写有《东西二泉洞记》），在官渡桥东1公里处汇合，东南流经新桥、马塌、中坪、水制，于尖刀嘴汇合南源，合而东流，始称道水。道水流至白洋湖附近，几度迂回转向，再东北流至易家渡，左纳洲浒溪，右合龟溪，至龙口桥入临澧县境，沿途纳阳明溪、沙溪河（本流域最大支流）等支流，最后于澧县澧南垸道河口注入

澧水。归于澧水而后汇于洞庭湖，然后进入长江，最终归于大海。所有的河流都有自己的目标，道水也一样，他们的目标一致朝向大海。我比较了解这条河流，我就工作或者生活在道水从石门进入临澧的佘市桥镇，九曲八折的道水从石门过来南向缓缓而来，在佘市桥处东折，流向古安福县城。我就在这拐弯处蜗居。在这个一公里长一条街见底的集镇，每天都喝着道水的水，踩着道水的节拍，聆听道水的歌声，感觉道水流进了我的血脉之中。

镇上也有不少能人，一百年前，在黑胡子冲诞生过作家丁玲。之后，赶得上她的名气的当地名人是没有，但每年从这旮旯儿出去的，比如参军、升学的不少。师职干部，北大、清华的才子也出过。镇里鼓励出人才，只要能出外发展的积极为他们创造条件，从不人为设障。为发现能人贤士，镇里定期举办农民才艺展示大赛，倒也能找出几个文化能人。有一年的冠军是说书人熊波涛夺得的——说书是很受农民欢迎的一种民间艺术，熊波涛说书的名声在道水一带颇响。这种说书，被当地称为澧水大鼓的表演形式流传了很多年，到新世纪时，便演绎成了男女对鼓。两个男女逢婚丧嫁娶便被请了去，插科打诨相互调侃逗乐之后，便会上一个正本，说唐、说岳之类的，一出戏能耗上两三个时辰。有很多经典段子被录制在影碟上反复播放，或者干脆把他请到农民活动中心唱几个曲目。逢佘市桥镇赶集，你有幸就能在店铺看到他的录像播放，或者镇剧院听到他的现场对鼓。

集市是农民聚会购物的主要场所。方圆七十多平方公里的镇域范围内布局着三个集市，而最大的当属这个镇区集市。逢三、八，本地或者白洋、文家、杉板等附近乡镇的农民都会来这里赶集。我仔细观察过，来赶集的并不一定非购物不可，有的吃一碗"压茶"（俗语，粉、包子、饺子之类为填饱肚子的吃食），有的坐一下茶馆，有的看看朋友，有的什么也不做，只是为了来瞧瞧热闹。这种集市上的物品非常丰富，吃食、蔬菜、土产、树苗、化肥、农药等一应俱全，服务也相当广泛，理发、缝纫、五金修理，什么活计都有服务点。有一缝纫老头，专事缝补营生。我曾经观察他很久，他是每集必到，摊就摆在镇政府门前，摊前围满了要求缝缝补补的姑娘大嫂。一集接不少活儿，然后到下集把赶出来的活件送来，又接新的活计，生意是十分的好。这个集市至少存在六七百年了，因为佘市桥有七百年历史，而当年的佘市桥正是为了集市需要修建的风雨屋桥，从那时开始就有了桥上的物物交易。

小型的餐馆和旅店合计怕有二十来家。该镇石膏储量大，南来北往的石膏运输车辆大多在这里停靠，保养一下车辆，然后填补一下肚肠。某一年，有两三家旅店别出心裁，找来几个三十多岁年老色未衰的娘儿们做起皮肉生意来。那些在外奔波劳乏的司机整过二两小酒之后，牵一个娘儿们上楼，在灰暗的房间里拿捏着女人松垮的奶子，酣畅淋漓地忙活半天，折腾个心满意足，扔二三十元钱之后，就可扬长而去。据说有一段时间生意不好，甚至有人目睹两个娘儿们一左一右牵着路过瞎子上楼，上演"双飞"。这些娘儿们听说是山里下来的女人，不想多吃苦，就在此寄生，干着出卖肉体和灵魂的勾当来。这种龌龊事儿当地政府当然不能容忍，很快就快刀斩乱麻取缔了个干净。那些长得还算光艳、涂脂抹粉的娘儿们便作鸟兽散，寻找属于她们的生存土壤去了。

余市桥边有一所中心小学和中学，继续向东流，经三四里地，有个条头岗，刚刚出名。2011年春天，中央、省、市专家在那里发现了距今两三万年所谓细石器时代文物数千件，为此，人类文明的历史将以此发现而改写。换句通俗的话讲，炎黄子孙说不准就是条头岗的出把儿，我们都是条头岗的传人。这自然属个人观点，是不是这个说法，专家尚未论证。

时间倒流三十年，此处还有小船和水手，运输物品和旅客。时间倒流一千年，此处遍布森林，只有一条需要摆渡的小路。时间倒流两万年，此处的男人和女人赤身裸体，用简单石器捕杀猎物，茹毛饮血。

河流拐了弯依然东流。而我，在这里仅仅待过八年，不知道哪一天，会像河水一样流走。

2012-02-26

# 怀念子美

这个端午心情比较重。不是因为生计，也不关乎情感，而是因原端午节前夕的平江之行。有人疑惑，"说话的云"革命摇篮之行，本是友好的互动，传播友谊种子，照理收获满意，为何把心思弄得沉重？撇开尘世俗务，平江之行在汨罗江边穿行，不可能对汨罗江视而不见。感受汨罗江，除了聆听屈子的不屈呐喊之外，子美更是带给我深深的哀怜。行走在江边，我分明感应了子美的喟然叹息。

杜甫，字子美，自称少陵野老，中国唐代伟大的现实主义诗人，原籍湖北襄阳，公元 712 年出生于河北巩县。770 年，杜子美从潭州（今长沙）北返，在昌江（今平江）的一叶扁舟之上，匆匆走完了 58 年人生之路。是夜，大雨倾盆，汨罗江风浪不止，天地生悲。一代诗圣子美终于摆脱穷苦生活，羽化升天，在平江的天堂之上，得以和屈大夫、李太白神会。凝视平静的江面，通过时空隧道，可以感受当时的场景。

杜甫斜倚在舟中小床之上，儿子杜宗武举案，未婚儿媳温庭芳伺墨。杜举着能动弹的右手，将一首《风疾舟中伏枕书怀——三十六韵奉呈湖南亲友》绝笔诗草就：

> 轩辕休制律，虞舜罢弹琴。
> 沿错雄鸣管，犹伤半死心。
> ……
> 葛洪尸定解，许靖力难任。
> 家事丹砂诀，无顾涕作霖。

湖南是杜甫人生的最后驿站。杜甫一生颠簸流离，两次参加科举考试未第。

多次向唐玄宗献赋后，755 年任河西县尉，未曾到任改任，途中被安史之乱叛军俘虏。757 年投奔肃宗，复官左遗拾（八品），后直言进谏遭肃宗贬职。759 年弃官，在友人严武支持之下于成都筑草堂。765 年严武死，杜举家东迁，在夔州寓居两年。768 年由江陵乘船进入岳阳，开始了在湖南逃乱的最后岁月。湖南时期是杜甫最穷困潦倒的阶段，舟车奔波的主要任务是投靠亲友。

小田杜甫墓已被修缮一新。平江县思村镇小田村是杜甫最后归宿。我和友人驱车抵达时，正值午后，天空放阴，我们在宁静空气里凭吊杜甫墓。讲解员用她那低沉声音介绍杜在湖南的最后时光，让我们有一种英雄末路的怜悯感。

追寻杜甫的行踪，可以想象诗人的哀苦。768 年，杜甫和妻儿登上岳阳楼，吟成千古名章《登岳阳楼》：

> 昔闻洞庭水，今上岳阳楼。
> 吴楚东南坼，乾坤日月浮。
> 亲朋无一字，老病有孤舟。
> 戎马关山北，凭轩涕泗流。

从诗的后阙中可以感受杜甫的无奈和绝望。没有亲朋的消息，病痛缠身，陪伴的只有孤舟一叶；不能弃笔从戎，亲历北国的战场，伫立阁楼之上，任凭泪水哗啦地流淌。

接下来的日子便是吃了上餐没下餐、天当帐篷地当床的流浪生活。769 年（大历四年），杜甫泊舟于潭州（今长沙）溯湘水至耒阳，准备赴郴州。由于涨水，只得回舟下衡州。770 年冬杜甫乘舟由潭州北返，病逝于离昌江（今平江）古县治中县坪附近汩罗江上，葬于小田。杜甫死后，他儿子宗文、宗武守陵。自此娶妻荫子，繁衍了杜家后裔。

诗人在湖南最后时光，可以说是在病痛和饥饿中度过。从他在湖南留下来的百多首诗篇中，我们可以触摸到他的悲壮和苦楚。"故国莽丘墟，邻里各分散。归路从此迷，涕尽湘江岸。""春城楼阁烟花里，汉主山河锦绣中。春去春来洞庭阔，白频愁杀白头翁。""风餐江柳下，雨卧驿楼边。结缆排鱼网，边樯并米船。漂泊南庭老，只应学水仙。"

从杜甫墓出来，我们在平江作短暂停留后，直奔岳阳楼。我们此行颇具戏剧意味，出行的最后一站岳阳楼，竟是杜甫进入湖南的第一站。站在岳阳楼上，看

端午的洞庭湖，湖光潋滟，舟影重重，水波不兴。遥想历史的天空，我不由得凭生断想。其一，历史造就了诗圣。在唐朝由兴入衰那个特定的历史条件下，歌赋大兴，以杜甫与李白的才华注定成为诗坛明星。其二，困苦造就了诗圣。杜甫没落的家庭，让他进入社会的最底层，生活在社会的最底层，自然解民生、民苦，诗由心生，自然最能让民众欢迎。其三，忧国造就了诗圣。大量的诗章，可以体谅到他深刻的忧患意识、报国思想。

这个端午节，我不得不怀念杜甫。

写下这篇文字，便开通了与诗圣交流的时空隧道。杜应该倍感欣慰，一千多年后，在这个世界上，有一个叫"说话的云"的粉丝，尚在惦念子美，尚在感念子美。

2010-06-14

# 行走在田园上

很小就对陶渊明笔下的南山派生出很多幻想。南山是一座什么样的山？山上有快乐的牛羊？有没有牧童？有没有美丽的姑娘？那座南山在眼前，就是够不着、琢不透。慢慢地，我发现了一些秘密，从陶兄的目光里，我看到了一种朦胧的意境，云里雾里的南山就是诗人的想象，渴望宁静又不甘于宁静的心情。从炊烟缠绕的篱笆，到云蒸霞蔚的顶峰，诗人是在发出一种无奈的呐喊，玲珑剔透、爱恨交织。

我就生长在南山之下，那里阡陌纵横，稻菽连天。每天看到村庄在太阳下苏醒，我也苏醒，步出院子，当然很理性地伸一个懒腰。走出大门向左转，步行三分钟，便有一个浅浅的河流。这条河流和中国江南的任何一条河流没有什么不同，它源自大湘西的山里，流向澧水，归于洞庭湖，最终汇入东海。这条名叫道水的河流滋润沿头的稻田和牛羊，当然还有和稻田、牛羊有关联的我和我的乡亲们。这时候太阳通常还很红，就像酒后的后生或者迷情的少女，你可以大胆地注视，不必担心刺痛眼睛。回过头来，你再看桥下的河水，一般都清澈透明。有水草会好奇地伸出脑袋，看着四季和守候四季的我和你。如果你俯下身子探出头去看桥身，你会惊讶地发现，这座桥是朴素和古老的。从砂石页岩组成的桥洞里，会有一些迷雾漫卷上来，似正莫奈何地散发一些神秘的想象。越是平常的东西越难想象它的魅力，你绝对难以想象这座桥有七百年的历史。你可以足够骄傲地说你脚下的桥和桥上的你，在中国，甚至这世界上是独一无二的。这样的话符合哲学，没有值得怀疑的地方。当年，丁玲在这座桥上也如此骄傲地说过。

南山还在前面。在我与山之间，自然是一望无际的田园。田园是河流的儿女，我也是河流的儿女。有时候我很难搞清楚，是我属于田园，还是田园属于我？用不着搞清，田园和我本来是一个整体，田园是我的温暖，我是田园的生

动。我每天在这片田园之上干着割麦插禾的活计，不厌其烦。春播了，燕子来了；夏收了，蝉鸣了；霜起了，辣椒上架了；冬天来了，油菜冬眠了。有时候，即使冬天，我也情愿牵着一头牛，在阡陌纵横的田园上溜达，慢慢地走向永远也走不到的南山，然后慢慢踱回来，数着朝霞或者夕晖中一点又一点的炊烟。那些炊烟当年陶兄也数过，不过，他没有我耐心。我会很固执地一缕缕地细数，不求结果，数过来数过去。然后很温暖地回家。

习惯这样一种早起晚归的倦怠，习惯一个人面朝一个永远未知的南山思考问题。懒散地思考一些复杂或者简单的问题，没有头绪甚至莫明其妙。当然也有回忆，少年时期钟情过的姑娘，总会在这块绿土地上反复出现，像是蒙太奇，又像是梦境。那种淡淡的愁怨比过丁香结，怅惘若失。那些多情而又美丽的姑娘还好吗？偶尔的时候是否记得乡下的我？思考这些问题总是没由来，其实记起与否不重要，重要的是自己别忘记那些美丽的青春，美丽的人和事。

行走在田园上，是行走在生命中，也是行走在想象里。因为田园而美丽，因为行走而充实，这就是人生，也是活着的意义。南山总是在前面，总在一个达不到的驿站。哪一天终老过去，哪一天就到达了南山之上。

2010-01-07

# 加工历史的红颜

美人惊心，烘烤男人的尊严，擦亮男人的面子，点燃男人的火焰。

——题记

## 貂蝉（闭月）

一个弱女子，一根点燃引信的爆竹，让大汉的江山硝烟弥漫。

倾城倾国的魅力更是一柄发光的利器，洞穿男人心门。

一个又一个男人匍匐在石榴裙下，剪不去欲火与怜爱的目光。

奴是一颗明珠，镶嵌在英雄的心坎。奴更是一枚棋子，可以攻城略地。

英雄泪流，不能自己。父子反目，江山易主。

闭月姿色不是罪，奴的美丽生长着家国大义。

## 玉环（羞花）

华清池的温泉，可以洗涤伦理道德，洗涤尘世的污垢，也可以氤氲爱情。

如果我不是唐明皇，你还爱我吗？我们的爱情可否经受世俗的拷问？

如果我的爱足够坚定，马嵬坡上坡下，你怎会成为万人注目的冤魂？

你肥腴的胸脯，足够盛装一个男人权势的全部欲望。

我头顶的皇冠，足够满足一个女子虚荣的全部幻想。

蓬莱有仙山，那里花能开。不如做一对平凡鸳鸯，我们在水云之间举案齐眉。

别再理会江山与社稷。

## 西施（沉鱼）

一位浣女将女人的媚骨刻在了吴王的心头，成就越甲吞吴的壮举。
破釜沉舟、卧薪尝胆，是一位君王改变另一位君王的故事。
从此，一个女子，两个成语写进了春秋。
五湖波光潋滟，却比不过浣女艳色深重，鱼与水比沉重。
后人不知道浣女究竟有多美，只知道可以沉鱼。
浣纱女子离开了二千多年，鱼却始终没敢走出水面。

## 昭君（落雁）

哦，美人，你别走，西出阳关无故人。
谁将你的花色锁在深宫？谁让你有勇气成为和亲的使臣？
璀璨明珠让大雁忘情坠地，青冢一堆使明妃千年扬名。
一处相思，两地闲愁，那边关大漠的荒芜可是江南绿洲的忘川？
你的柔情平息男人雄起的怒火，你的柔情止息塞外升腾的干戈。
哦，美人，你的柔情我懂。

2012-06-10

# 故乡越来越远

　　这场雪来得真是及时。和哥昨天约好今天去乡下，雪就下了一夜，铺天盖地的白，铺满了道路、稻田、山岗和村庄。妻子唠叨，怎么昨天不去，偏偏今天去，不是找罪受吗？我说，哥约的日子，今天就今天，下刀也要去。

　　乡下老家其实很近，城镇越来越扩张，原来很田园的老家转眼就成了郊区，虽然暂时没有变成钢筋水泥，但是距离变成钢筋水泥的日子要不了多久了。工业园已经修到老家的门口。从县城到乡下，把车速稍稍提高一下，只需要一刻钟时间。每次回老家，一次比一次增加陌生感，有时站在故乡的山岗，恍若站在异乡。三周前，我回过一趟老屋，我曾感叹，曾经在少年时代放牧牛羊的山岗被岁月侵蚀，现在看来已经失去了昔日仰望的海拔高度。那次，我房前屋后到了，还到了父亲的坟地。父亲死后，母亲被我们兄弟接到县城，三姐也从老屋搬去了开发区新家，老屋成了空屋，长久没人维护，厨房小屋已坍塌；前面曾经清澈的荷塘几乎淤积成为平地；无数次捕鱼戏水的小溪早已干涸；而那稻田的绿肥，曾经养育猪栏里老母猪的红花草，似乎多年不种了；通向父亲的坟地已经没有可以行走的道路，全部被杂草和荆棘封锁……是什么原因造成这种陌生感？原因其实不用找，阅历增长是一个方面，工业发展是主要原因。估计要不了多长时间，曾经带给自己无穷欢乐的故乡将不复存在，取而代之是工业厂房或居民小区。

　　把哥捎上车，哥提醒我，今天是农历腊月十三。对于别人，这个日子再普通不过了。对于我和哥，却有切肤之痛。四年前的这一天，父亲深度昏迷三天，进入弥留状态，我们在医院守护到子夜才把父亲运回老家，第二天四点五十分，父亲带着诸多不舍，长舒一口气后停止了呼吸。看到车窗外的雪景，想起四年前那场雪，比今天要大，腊月十四、十五、十六，老天仿佛承受不住悲伤，连下了三天大雪。特别是十六父亲出殡落井时，雪比鹅毛更大，一团团，就像有人故意站

在天空捏着雪团子，漫不经心地抛洒。送葬的村民纷纷道，好人啊，天地戴孝。

今天回家的主要任务是清扫父亲的坟地。老人们说，通往亡人坟地的路一定要走得通，否则，会影响后人的道路通行。这自然是迷信，更多是提醒，做人不可忘本，忘恩。选择今天来清理父亲的坟地真是太有意义了，一是适合心情，思念父亲的悲伤，有漫山遍野的积雪渲染；二是梳理情绪，在父亲忌日前一天来清扫，更能穿越时空，与父亲对语；三是检验本色，久不握荷锄的手，是否可以事稼穑，是否葆有父亲的荣光。

下车，换雨靴，拍照片。每次回家，总习惯性拿出手机拍几张照片，这种下意识的举动，冥冥之中有如神助，用这种方式把故乡的某个截面留住，估计只有我才会有如此天真的想法。哥、大哥的妻弟裴、我，加上外甥鑫一共四个人，不用分工，从山顶开始向山腰处的父亲出发。哥和我用锄，裴和鑫用镰刀，我们散隐在齐腰深的杂草和薄薄的积雪中，拔掉地上的束缚，还原路。只有路通，我们才能走近父亲。泡桐、椿树、茅草、荆棘，还有未名的杂树长在雪地里，像钉子顽固。好在我们有拔钉子精神，一锄锄下去，一刀刀下去，路出来了，父亲的坟头露出来了。站在父亲坟边，一株橘子树上还有不少未采摘的橘子，被雪包裹，却分外耀眼。我摘了一个，取出一瓣放进嘴中，清甜清甜，沁人心脾。裴也摘了一个解渴。我对哥说，一定是父亲知道我们来，特意留着这一树橘子让我们分享。

清理的活儿干了两个多小时，感觉有点累。到后来，我基本上是看他们三个做。虽然一直工作在农村，但很少下地干活，缺少锻炼，干一会儿就气喘吁吁。父辈传承的吃苦耐劳的精神呢？看样子丢失已久。我突然对自己很失望，感觉骨髓里的东西与村庄距离越来越远。

在我锄草的当口，有好几个村民路过，我和他们一一打招呼，递上一根香烟，寒暄几句。他们都在六十岁以上。这个村庄人口逐渐老化，在家种田的农民，最年轻的都在五十岁以上。五十岁以下的都到附近开发区工厂上班，或到外地打工。能够守在土地上的除了老人，就是孩子。孩子们终将离开这里，就像原来的我一样。记得孩提时，长堰组人多时有九十多人，每个家庭都在八九人以上，而现在，估计整个组只有当时人口三分之一，死亡、外迁、求学、打工，几千年热爱土地的农民，正在用不同方式逃离土地。剩下的留守老人主要任务是带留守儿童读书，对土地的利用也就止于不抛荒，撒播，一季，收点口粮。在所有村民的心目中，种田与发财没有半毛钱的关系。六舅舅眼睛不好使，是村庄里的半仙，给人算命抽签。他听到我叫他，特意摸过来和我聊。八十多岁的六舅舅已经有七个月没出门给人算命，专门在家修房子。我问他还出门不？他说春节过后，继续外出，给人算命，也散心。泉哥、飞哥和刘姐他们经过时，看见我干活很惊奇，和我聊过几句后，我问他们去干吗？他们答，去茶楼打牌，那里有火烤，热闹。农闲时的老人们，最奢侈的消闲估计就是打麻将了。国粹，一直在引领村庄的潮流，它让村庄闲得不心慌。

鑫和老婆有时在开发区工厂上班，有时外出打工。我问他，家里还种田吗？他说，早已不种了。不仅他没种，他的父母也没种了。都不种田了，口粮就买别个种粮家的。奇了怪，田地好像成了村子大多数居民的附营业务。

去鑫家吃午饭时从老屋屋后经过，我没有回老屋去看。不是不想看，是不忍看。我怕看了心疼。我看不到老屋存在的价值，终究一天，老屋的堂前会长出杂草，长出荒凉。也许此刻，荒草正在老屋土里发芽，我不忍看啊，我怕心慌，我怕心荒。

记得去岁我写过一首诗《消逝的村庄》，里面有这样的句子：

如果可以／请把我定格在十八岁／这样我的村庄／就会和我一样／不会老死／／母亲用她硕大乳房／喂养襁褓中的弟弟／父亲劈木柴／小黄狗守护一笼鸡／大哥带着三妹赶集／我在村庄娶妻生子／让一群儿女上山捕鸟／下河摸鱼／二婶还纺棉线／三叔还吹横笛……我每天不停在村庄游走／看着村庄美。

这样的愿景，估计永远也不会实现。我感觉，村庄正在消逝，或者村庄的陌生感正在与日俱增，不用太久，我就会完全认不出来。

建立在村庄基础上的故乡，给过我太多快乐、思考和惆怅。今天，我从来没有如此心猿意马、心慌意乱，我的害怕并非空穴来风，我怕忘记，我怕丢失，我怕有一天，成了一个没有故乡的游子，找不到回家的路。

咫尺天涯的故乡，多回一次就多一次恐惧，我没有办法留住你。梦里枕边，我只能多喊喊你，最好能把你喊醒，喊痛。这样我就不会忘记你，你就不会远离我。

2015-02-01

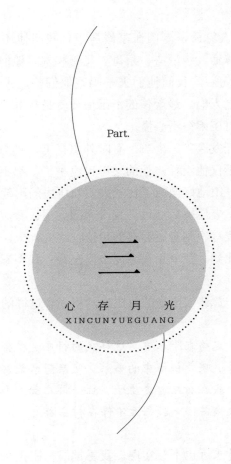

Part.

三

心 存 月 光
XINCUNYUEGUANG

　　下蹲不是一个起跑的姿势，下蹲不是向命运屈服；下蹲是
与季节赛跑的情绪酝酿，下蹲是起跑前的力量积蓄……

　　现在，冬天的寒冷已经把我们变得坚强，所有通向未来的
道路都已经铺就——出发吧，向着春天飞奔。

# 向春天飞奔

　　越是在郁闷沮丧的时候，越要想到快乐的事情，如此，生活才不至于了无生趣。现在，冬天刚刚开始，我就在想着春天的明媚，那些忧虑和苦涩，渐渐地，从我的所思所虑、所见所闻隐退；期待和憧憬飞涨，以一种飞翔的姿态呈现。

　　是人都有两个环境：一个生活的环境，一个谋生活的环境。人每天都在这两个环境中穿行，创造生活，也编织生活；构造创造生活的环境，也构造编织生活的环境。在爱与恨交织的岁月中，改变环境，为环境所改变。人生不如意十有八九，人就是不断地与八九作斗争，求得那一二的快乐，在渐渐地生长中，人体会了两个字：适应。

　　遭遇冬天是走向春天的必然。每当我站在被冻僵的土地上凝视日出的温度，或者裹在雪舞的空气中分辨思想的方向，或者醉在刚刚浆洗的床铺上感受痛苦的味道，一些遥远的事情、遥远的人和遥远的情感就会出现在我的脑海。我知道，一些经历其实刚刚发生不久，觉得遥远只不过是记忆的瞬间短路，就如同这突如其来的低温冻僵了思想一般。一年总有那么几天，人把自己丢在极寒的天气状态中，检验自己适应冬天的能力，就正如人一辈子总有那么几次低谷，心情受挫，如同置身冰窖。这个冬天也许长，这个冬天也许短，不论是长是短，我们都在经历。那些冷的风、寒的雪、荒凉的大地、郁郁寡欢的天空，仿佛是这个季节的特征，给我们营造了经过的时空背景。而与季节相关的心情，亦一度试图被冻僵，惶恐、不安、惊悸、慌乱、疑惑等诸多情绪，在某一个午后统统被激活。痛只有在痛的时候才感觉切肤之痛，之前只是恐惧，之后变得麻木，就像一页书翻过，或者一阵风吹过。所有的事情在未成定局之前，那种煎熬是空前的，就像一个人在滑向深渊未曾坠地时心情。

　　每个冬天来临，就意味着年关不远，每到这样的季节，总是为生活或者生计

所迫，不但奔波游走，而且想着把即将到来的这个关口通过。每到这时，总有"总是望不到边"的感叹，似乎信心不足，似乎黔驴技穷。其实每年都无一例外地走到了这个关口，过不过得去，根本由不得考虑，非过不可，必过不可。这也是人的适应，一次又一次，从巨大的望而生畏到淡定地从容应对，便渐渐学会了成熟。

所以，当冬天的脚印刚刚踏在深秋的岭上，当呼啸的北风吹走最后一片树叶，我下蹲在关节变硬的土地上，聆听万物冬眠。我知道，所有的一切试图都会徒劳，季节会像风霜一样来过，刮得人脸上生疼。当我们忍受着寒冷带给人心的足够冷静之后，所有的期待就会像破冰之后的河水，哗哗流淌起来。

下蹲不是一个起跑的姿势，下蹲不是向命运屈服；下蹲是与季节赛跑的情绪酝酿，下蹲是起跑前的力量积蓄……

现在，冬天的寒冷已经把我们变得坚强，所有通向未来的道路都已经铺就——出发吧，向着春天飞奔。

2011-11-20

# 相信五月

过去的都过去了，美好的、丑陋的、辛酸的、彷徨的、干净的、肮脏的、已经的、未名的……统统过去了。仿佛从来没有来，从来没有发生，就像打开清晨的书本，把昨天翻过去，一切重新开始。

多么阳光明媚，多么鸟语花香，多么心旷神怡，以从来没有的姿态，从来没有的神韵，从来没有的胆识，从东方来，从高处来，从空蒙来，从传说来……以蒙太奇手法，缓缓闯进你的世界。

可以摘五点的霞光，捡六点甘露，采七点云朵，敲八点晨钟；可以咬惊蛰梨，喝清明茶，尝谷雨草莓，吃立夏蛋，食小满苦菜；可以什么也不做，游离于苍茫天宇下，看云卷云舒、花开花落，或者立定在田间地头，随"五月秧针绿"，任"布谷暮空飞"。

没有惶恐，没有慌乱，没有忧伤，打从踏进五月的门楣，春天渐行渐远，夏天亦步亦趋，所有该铺陈的、渲染的，该成长的、成熟的，该付出的、回报的，如影随形，五月就像一位慈爱的母亲，露出天使般的微笑，想着你，等着你，盼着你。

这是一个值得信任、眷恋和热爱的季节，我愿意放下疲惫的身子，落在芬芳的大地上，生根、发芽、开花、结果，长出激情和自信。

五月，我相信你，我愿意是你身体里的一棵树，或者是你情弦里的一个音符。

2015-05-03

# 我们的夏天

站在季节的岭上，朝南望，夏天真真切切地来了。如果春天是少女，夏天就是少妇，换上了风情万千的绿裙装，迎风摆舞，厚积薄发的热情一浪高过一浪……

燕子回巢，蜻蜓点水，金蝉鸣柳，夏雨雨人……所有的生物经过孕育，开始横生枝节，建立庇护的阴凉；所有剧情开始发展，起伏跌宕，渐次走向高潮……

我们的夏天，在我们的期待中抵达。一切都是年轻的模样，如同露珠，经过阳光折射；如同禾苗，经过雨水拷问；如同人生，经过青春的萌动，一点一点地铺陈美好。

一切都来得及，一切刚刚开始。我们有的是时间，有的是精力，给一个支点，我们撑得起希望；给一缕阳光，我们点得燃激情。在天与地的交汇处，在爱与痛的边缘，是我们放养的浪漫。

没有春的娇嫩，没有秋的沮丧，没有冬的寂寞，一切都是那么激情有力，一切都是那么妩媚鲜活，我们向上，我们昂首阔步，我们乘风破浪。

给太阳牵线，给月亮描眉，给时间添彩，给青春上弦，给人生加油，所经历的是必需的，所承受的是必要的，走过路过笑过哭过，然后掠过。

这就是我们的夏天，就像青春浓墨重彩的伏笔，就像人生峰回路转的驿站。

2015-04-15

注：此稿为《年轻时代》约写夏季刊卷首语。

# 做一只菜虫

对着一本书，或者对着一株植物，不翻动一页，或者不去探究它的名字。思想却像大海中的一叶孤帆，漂向海角，飞至云之上。你也不必刻意计较思想的路线，不必在乎思想的条理。

对着电脑的时候，可能翻阅，可以忘情地排列组合中国五千年的汉字，也可以盯着显示屏，一动不动地发呆。从窗外黎明的第一声鸟鸣，到午夜静谧深处的不名浑响，统统进入或不进入你的世界。不会有人打扰，一种广阔与深邃的厚与薄、宽与仄，尽在掌控之中。

如果不愿意蜗居，可以选择逃离。出城往东，有丘可以看花，有湖可以放舟。往西往南，可以抵达南山，可以攀援，可以俯瞰，也可以横卧。如果往北，可以去澧水冬泳，也可以选择去故园寻梦。梦里不知身是客。紫竹林尚在，青梅早骑着竹马走了。

这简直是一处银色的沙滩，上面铺满了月光。我就在上面散步，或直行，或转圈；或立定，或疾驰；或扣住爱人的手腕，数着未名湖上的青烟。

这应该是一处旋转的舞台，四面掌声雷动，全世界看我一个人表演。自信或沮丧，经典与拙劣，整体忽略，酷，高高地坐在云端。

不，这只是我的菜园。广种薄收亦罢，厚积薄发也好，再也没有比这更自由的路径，不用考虑，随便进出，随意收成。我的萝卜，我的青菜，我的南瓜，我的大蒜……我最钟爱的辣椒，种在菜地的中间。

现在，我就进入了我的菜地，松土、打药、施肥，多么像一位辛勤的园丁。我其实是一只菜虫，面对这一满园的青翠，无从下口。

你不知道，做一只菜虫有多好；你更不知道，做一只吃菜的虫，有多幸福。

2013-12-22

注：2014 年 1 月 7 日《长沙晚报》选载，原名《我的周末》。

# 心灵的原色

　　一场小雨外加一场宿醉，在淅淅沥沥的奏乐声中醒来，一些新鲜的嫩绿从无边的天宇漫过窗口，向你涌来，你的心被微风拂过，或者被突然喜悦堆砌，难免感动或抒情，多么幸福的一天。

　　一年又一年的春天盛装出现，总会在某个不经意的时间触动心底的柔软。比如，这个正在被一场喜雨沐浴的清晨，并没有秋的萧索和冬的感伤，只是用一种加倍的满足表达内心的充实。够了，有如此透明空气、干净视线、宁静环境，有如此积极心态、生长动力、生命激情，还有，如此幸运立于这个春天的潮头，自由伸展四肢，恣肆发挥想象，能有什么不满足的呢？

　　春天真好，泛滥绿，用一种生机和萌动，提示和证明生命的力量。绿色真好，总是提醒这个世界的生灵，大家都在正确地活着，积极而阳光。有绿色就有生命，就有生长，就有年轮，就有纪元，就有你我。

　　身体内和身体外，都有一本通行证明，绿色的，表明你具备这个世界的能动作用；红色的，表明你将很快被这个世界淘汰。说穿了，人其实就是一株可移动植物，借助阳光进行光合作用，借助你的染色体受孕，培育蓓蕾。什么时候都不要抛弃阳光和爱情，那是延续生命的力量。不能让生命过早地亮起红灯，否则你会错失掉许多生命中的精彩。

　　就比如，这样美妙的清晨，听着窗外的鸟语，在大珠小珠的节律里，体内的和体外的绿共鸣，就是一首诗，一首生命之歌。

　　绿了，那是幸福的颜色；绿了，那是心灵的底色。请守住这幸福的原色，心灵的原色。

2014－04－12

# 乡村月夜

　　月光如水，从村头漫过村尾，从近水流到远山。灯火，在蒙眬的视线中若隐若现，就像故乡的航标，指示游子回家的方向。

　　多少年来，每一处被月光稀释的灯火，必有一个温暖人家。竹编篱笆、木制栅栏、土砖瓦屋、草木柴房组合的圈子，生活着村民和猫、狗、猪、牛、羊。土灶旁照例是忙碌的女主人，火炕里的柴火很旺，团团围坐的村民，嗑着葵花子，侃着鬼白话。兴致上来的长者会来段荆河戏或花鼓调，给长夜打一个激灵，为乡野涂抹一层文艺。

　　如今，爬满青藤的小屋不在，长满青草的小路不在，木盆、木瓢、煤油灯不在，火钳、围桶、摇窝、雕花床不在，犁、耙、耖、连枷、风车、纺车、水车开始束之高阁，蓑衣、斗笠、木屐不被宠幸，石碾、石磨、石磙和木油榨只出现在梦境，几千年勤劳的牛、马，不再是行使劳作的动力……乡村的故事还在，留在游子永远长不大的童年。

　　走在夜乡村，月亮走我也走，看不见吴刚、嫦娥，看不见桂树、玉兔，看不见围炉夜话，看不见皮影竹马，看不见跳房子捉迷藏……城市的生活正在同化乡村，城市的雾霾正在进入乡村，城市的热闹正在孤独乡村。水泥、钢筋，把几千年古朴的乡村变得现代时尚，变得僵硬陌生。

　　乡村的月夜，多么朦胧，多么孤独，在每一个他乡人回归故里的小道上，弥漫着看得见的乡愁。

2015-04-06

# 红茶花

红得那么妖艳、高贵和洋洋洒洒。在乡村的某个转角处，你猛一抬头，就遇见她，一改素颜的模样，涂脂抹粉，盛装出现在你的面前，不能不让你惊喜一下。

以前见过白色的茶花，顾影自怜地在僻静角落啜饮朝露、品春风，或沐浴晚霞，很小资、很恬静，不招摇、不显摆、不扭捏、不做作，那么波澜不惊，那么与世无争，仿佛大家碧玉。

突然就以一种热烈的姿态扑面而来，感染你、挑逗你、媚惑你，你会虚伪地戴上面具，假装不屑、假装蔑视、假装厌恶？这样的季节，这样的心境，这样的场地，这样动心的遇见，可能无动于衷吧？

"树头万朵齐吞火，残雪烧红半个天。"大雅就是大俗，大俗未必不是大雅。一种不藏不掩不掖的表达即便突兀，也是心直口快，也是源由心声，也可以让你凭生迁就和宠爱。

人们大多爱把茶花喻为青年男女，可爱、谦让，拥有理想的爱，了不起的魅力，我情愿把茶花看成女子。多达数百种的茶花何尝不是世上仪态万千的女子，美的丑的、老的少的、雅的俗的，一株一朵就像一位女子立于尘世，传承烟火，张扬美感，卓尔不凡。

我更爱红茶花，奔放、热情、浪漫，一捻红、照殿红、鹤顶红也好，玛瑙茶、宝珠茶、杨妃茶也罢，一吐蕊就彩霞满天，一迎风就激情满怀，更能感染我，更能把我带入一种自信、坚定、乐观、上进的境地。

我想起一句歌词："你这样一个女人，让我欢喜让我忧，让我平添许多愁。"

我同时又想起王十朋《山茶》里的句子："道人赠我岁寒种，不是寻常儿女花。"

美丽的红茶花，让我像爱女人一样爱你。

2014-03-29

# 终于等到花开

　　活这样大，从来没有遇到如此暖冬。心有不甘，一定得下雪，最好能结冰。有关雪花的记忆，季节不能删除，心情不能删除，年景不能删除。没有你，我不完整，江南不完整，世界不完整。

　　赶在春节长假的最后一天，你终于开花了。纷纷扬扬地落在村庄、田园、池塘、街口，落在了明媚的视线里，落在了久违的惊喜中。虽然有点迟，虽然有点拖泥带水，毕竟来了。一瞬间，我原谅了上天种种的不平、不公、不厚、不薄、不争、不休……来了就好，来了就成。

　　不要停，我情愿你的喋喋不休，我情愿你的长篇累赘，我情愿你的残酷无情。我喜欢你的倾情覆盖，喜欢你的深刻埋葬，喜欢你的肆无忌惮。别停下来，最好开出天真烂漫，开成漫山遍野。

　　不准停。你想想，我的期待已经酸痛，已经发酵，已经俗不可耐，你的存在不是一时半刻，不是弹指一间，不是昙花一现……你要给我镇痛、止渴、充饥、疗伤、强心、健体……此外，还要长久抚慰相思。一万年太久，只争朝夕。

　　你等我，我就出门。我要在你宽广的怀抱潜伏，用你温柔的抚摸，催开我身体里的花朵。

2014-02-06

# 江南的绿

独一无二。

走过一些地方的四季，便对各地景色特别是绿有了粗线条的印记。北方绿太短，南方绿太长，西方大漠边关的绿又太稀罕。看来看去，还是江南好。白居易的词说绝了："江南好，风景旧曾谙。日出江花红胜火，春来江水绿如蓝。能不忆江南？"还有什么话要说？连水都绿如蓝了，念念都美，别说生活在江南。

江南水乡的绿，春天不媚，夏天不腻，秋天不浅，冬天不薄。你看，春天的绿尽管娇嫩，时而还有花朵点缀，却那么天然清纯，一点也不世俗妖冶；夏天的绿不堆砌，太阳再烈，也无法让枝丫落寞，最擅长用绿叶掩饰，冷不丁，还露出从春天开始孕育的果实；秋天的绿实在，北风再忤逆，也没法褪走那最后绿衬衣，他让每个江南人或异乡人暖和；冬天的绿就更不用说了，尽管草色渐黄，冰雪添堵，绿仍那么任性，顽强地挺立在田园山岗，让你的内心不得不没来由地感动一把或几把。

说北方绿太短，不是没根据。有一年冬天我在北京学习大约一个星期，乖乖，每天看到的是灰色，灰色的天空，灰色的植被，灰头灰脸的人物，心里就特别慌，天天在电视里找江南，仿佛得了失心疯。好在只有几天，飞机飞回长沙在黄花机场下降后，我站在机场外的草坪上，大口大口呼吸，仿佛呼吸绿。说南方绿太长，一年四季不分明，绿的个性就显不出来。我去过海南，虽然绿得浪漫，但冬天是那样，夏天也是那样，重复累赘，没有江南绿得分明。西方大漠边关的绿太稀罕就不必解释了，开着车在沙漠里，几天几夜看不见一丝绿，你说稀罕不稀罕？说来说去，江南好，绿得生动、个性、婉转，绿得独一无二，好似一伸手，就能掬她入口。

　　也怪，我很早就觉着这绿是可以呼吸，甚至可以吃的啦。记得二十世纪七十年代，我才几岁，兄弟姐妹多，那时常常断炊，特别容易闹春荒。母亲就在菜园里种上萝卜、白菜或红薯，冬天或春天我们把它们当作粮食吃。萝卜的叶和根都可以腌成咸菜，萝卜本身可以和在大米中当粮食。白菜也可以制作咸菜，也可当主食。从菜地里砍来，洗后放在白开水中煮，加点盐，一样可以充饥。红薯就别说了，可烧、可炒、可蒸、可煮，还可以制作成点心，红薯粉或片之类的了。凭着这绿色食品，让我们一堆孩子从那个年代走了出来。我多年后工作的环境仍在乡村，能时时看见绿，即便看见田园中的萝卜、白菜、红薯之类小时候吃得腻歪的作物，丝毫不生厌，反而一种亲切感油然而生，工作分外有劲儿。感谢老天厚爱，继续让我天天尽情地呼吸和吃着这绿了。

　　我是真心喜欢这江南的绿。别不信。前不久，我沿长沙到荆州高速公路走了差不多全程。立冬了，绿色还是车窗外视野的主基调，那绿不断线，全然没有文学作品中渲染的秋冬季节的萧条，偶尔从绿中露出红墙碧瓦，分外和谐。我越看越想看，越看越欢喜，越看越感动。恍惚中，我是这绿的主宰，绿向我顶礼膜拜，我在对这绿进行盛大的检阅。彼时，我想，这就是我的幸福生活吗？

　　不管了，这江南的绿，宛如柔情女子，我内心里爱是爱了，别逼我说出口。

2015-11-12

# 潜入夏

一个猛子下去，一种沁人心脾的凉爽不忍上来。憋住，让盛夏留在九天云外，就取这琼浆玉液，灌满五脏六腑，让瞬间的麻醉带入忘川。此去奈何桥，不用孟婆汤。

经年的记忆被沉渣泛起，与世隔绝的浑响，撞击隔膜。睁开眼，可以看见头顶阳光，在翡翠蓝中绽放。忘川尚在，红豆或者紫薇正在开放，想忘于山水，不如相忘于江湖。出来吧，楼头落日，正在把栏凭吊。别想最短的捷径，多画最美的弧形。

在最快的速度中释放呼吸，蓝天多么美。火烧云边有柳絮，白鹭在天上游弋。透过最干净的天空，可以感应最近的星星。躺在这平漠之上，周身如同熨斗轻柔，长在风里的浪花，是心灵的小草青青。放牧，亦可随波逐流。

入和出吞吐之间，去和留阴阳两隔。某年某月某天，在某一处水面，夕阳见证水哲学的经典。一只雄鹰掠过，惊乱一列鱼群。

水下和水上，最经典的剧情，用最深沉的背景演绎，不过是夏天一个倒挂的剪影。

2013-07-30

# 做一棵等你的树

　　年少时看过《蓝色生死恋》，眼泪流得稀里哗啦。尹恩熙对尹俊熙说，来生，我要做一棵树，做一棵等你的树。这句台词说出来时，我很不理解，为什么要做一棵树，即使有下辈子，有来生，假设能长成一棵路边树，对于一个人有意义吗？难道只是在某一天，偶然在他经过时，为那匆匆擦肩而过时的惊鸿一瞥？

　　受这个电视连续剧的影响，后来我反复做一个梦，梦里真的变成了一棵树，一棵长了四百年的松柏树。

　　梦剧场是这样演绎的。我爱上一个美丽的女孩，这个女孩叫青梅，自小和我一同长大，两小无猜，情投意合。村子里所有人看好我们，将来必定是郎才女貌、佳偶天成的一对。所以当女孩长成窈窕淑女时，我放心地进京赶考。等我金榜题名，满怀喜悦回家准备提亲迎娶青梅时，却意外得知，青梅被皇上选秀选入后宫，不日将被送入京城。我知道这个消息，如晴天霹雳，不吃不喝，像个傻子躺在床上整整七天七夜。她起程前偷偷跑来和我辞行时，发现我已经进入弥留状态。我泪流满面地对伤心欲绝的她说，你去吧，来生我做一棵树，一棵等你的大树，在你经过的路边等你。直到青梅点了头，我才欣然地闭上眼睛。

　　于是我坠入一个无底的深渊。等我再次入梦时，我就变成一棵松柏树。前一百年，我在一个小山坡上，周围长满青竹，脚下有一条小路，一条西流溪水。在这个鸟语花香的山坡上，我满怀信心地等待，坚信青梅一定会出现。一个风雨交加的黄昏，青梅出现了，看上去不过十三四岁，穿着传统的旗袍，右手挽着一个小包袱，左手举着油纸伞，浑身被雨水浇透。看到她的一刹那，我的心蹦到了嗓子眼，我使劲地喊她，却发不出声音。她也许被眼前的雷雨吓住了，来到我的脚下，抖动雨水，身子不停地战栗。我真想用自己的身体拥抱她、温暖她，可我是一棵树，除了遮挡雨水之外，一点儿也帮不上她的忙。就在我激动万分和莫奈其何时，一个意想不到的情况发生了，一条五步蛇吐着红信子，正一点点靠近她，我用树枝想提醒她，却始终够不着。一个闪电下来，我看见五步蛇向她的腿肚子张开了獠牙。我的眼前一黑，就什么也看不见了。天亮了，我擦亮眼睛，却再找不到青梅的踪迹。

梦里的第二个一百年，小山坡已经变成茂密的森林，小溪已经变成一条河流，小路杂草丛生，除了猎人，少有人经过。我心里暗暗想，这一辈子做树，无论如何也见不到青梅了。冥冥之中我又幻想，既然青梅答应过的，她一定会过来看我。算算，青梅应该三世为人了。我等啊等，始终不见青梅出现。眼看这个百年行将过去，就在我极度绝望之时，青梅出现了。尽管她已白发苍苍，她的眉眼和举止已深入骨髓，我还是一眼认出了她。未曾想到，她的身后跟着一位老头，年岁和她差不多，肩上扛着一管猎枪。青梅看到我惊喜地说："这棵古松好大，我们歇息一会儿吧。"青梅亲昵地拉着老头儿的手坐了下来，拿出红薯给老头儿吃，还不时地给他擦汗。看到这情景我又惊喜又难过，怎么这样，不是相约来世？怎么还是嫁人了？"青梅，这辈子苦了你，哥没帮你寻到一个好人家。""哥，别那样说，我可不想给富人家当用人，这辈子和哥在山里穷过我很知足。"听到他们的对话，我又震惊，难道这辈子，青梅没有嫁人？在我极度惶惑之时，这对兄妹步履蹒跚地相扶离去。

第三个一百年，我的身下已变成了青青草原。原来的森林经过一场大火全部烧毁，庆幸的是，我除了头顶的枝叶被火烧之外，竟然未死，劫后余生。在这片开阔的草原上，就剩下我这棵古松，看上去茕茕孑立，形影相吊，甚是孤独。其实不然，谁也不知道我的内心喜悦。如此宽广的视野，这辈子一定可以等到我前世相约的青梅。因为很远就能看见我这棵树，所以在我身边经过停驻的人或者马车无数，就是始终没有发现青梅出现。我盼啊盼，强力挺直自己，有时渴望一场梦中梦，把我的青梅带到我的视线里来。不时有声音传来，军阀割据，外族入侵，民不聊生。我思虑，如此动荡的局势，我的青梅可是安好。在一个月黑风高的晚上，有一支部队从我的身边经过，其中有一列女兵大约有三四百人；在我的脚边吱吱呀呀地说了大半夜话，拂晓时分又启程向西出发。我睁大眼睛想看清里面有没有我的青梅，伸手不见五指，任凭我再努力，也无法分辨。

勉强挣扎活到第四个一百年，我的周围已严重沙漠化，身子里的水分一天天减少，那些长在我身边的绿，已渐渐撤退到视线的尽头。头顶的叶子全落了，身躯也弯了，里面的血液凝固，我渐渐支撑不住自己。从远处看我，只不过是一堆朽

木。我拼命从地底寻找水分，一天一天感觉力不从心。时而清醒，时而昏迷。在内心深处有一个信念支撑我，我的青梅，什么时候来到我的身旁？在我最后将要放弃时，青梅出现了。她穿着短袖红衫、青色牛仔裤，背着一个厚重的行囊，在风沙迷茫的沙漠中间，那么明艳。她一步一步艰难地向我靠近，显得那样执着，仿佛为了一个千年约定。我的前生约定终于来了，我万分庆幸，在我行将死去之时，终于等到了我的青梅。青梅终于来到我的身边，她一把抱着我说，水、水、水……想不到你是我的归宿……她的身子便软软地倒了下来，扑在了我的身上。显然，她是徒步旅行迷路来到这里，因为缺水，已经虚脱。我拼命想移动身躯，却丝毫动弹不得。这一刻，我感觉她和我缠绕的身躯正在慢慢变凉，我们只有静静地等待，等待死亡那一刻降临……

这就是我反复在做的一个梦，梦里的爱情很执着、很坚定，貌似终于等到了，却以悲剧收场。

随着年龄增长，我恋爱结婚生子，过着芸芸众生的婚姻生活。那些在年轻时无数次憧憬过的爱情，随着经历和阅历，慢慢陷入柴米油盐酱醋茶的日常琐事，渐渐演变成亲情。有人说，爱情永远在远方，在追求中。这话不无道理。得到了爱不会永远保鲜，始终要演变成亲情；得不到的爱情，永远在思念里，永不褪色。天长地久的爱情，不过是海市蜃楼，天方夜谭。

回头再琢磨《蓝色生死恋》中的故事，那么感人，是因为追求过程的苦涩和短暂，如果他们两人结婚生子、白头偕老的话，还会平白无故地让我等庸碌观众鞠一泓清泪？

谁说做一棵树不好？来生做一棵等你的树，多么炽热的情义！爱你，就做你沿途的风景，爱你就做你忠实的观众。耐心地等待你，静静地注视你。看着你走过来，看着你走过去，看着你幸福！

2013-10-18

# 冷月无声

窗外没有月亮，并不表示没有月光。没有月光的夜是不完整的，所以这个世界不存在不完整的夜晚。

我不知道我的夜算不算完整，今夜似乎没有看见月光。

虽然没有动，但我的潜意识已经步下楼梯，走出房子，打开院子大门。在这个春天没有醒来的季节，蛙声是绝没有的。再走几步就抵达朱自清笔下的荷塘了。大衣没有披，但香烟倒是带了半包。抽出一支，放在手中把玩片刻，继续往前走。猛地想起应该给老朱一支，在这还在冬天的夜晚应该好好与大师交流一下月色。于是停下来，给老朱递上了一支，侧耳听了一下，没得妻儿的声息，想必睡着了。继续走时，没有发现杨柳，路上只有灰尘，煤屑似乎看不见。这很正常，已经进入燃气时代，石油价格普通老百姓也消费得起，用不着烧煤。通村公路修到了田中央，路上也用不着填煤渣。

"路上只我一个人，背着手踱着。这一片天地好像是我的；我也像超出了平常的自己，到了另一个世界里。我爱热闹，也爱冷静；爱群居，也爱独处。像今晚上，一个人在这苍茫的月下，什么都可以想，都可以不想，便觉是个自由的人。白天里一定要做的事，一定要说的话，现在都可不理。这是独处的妙处；我且受用这无边的荷香月色好了。"

老朱自言自语，我觉得好笑。明明是两个人，怎么说只有一个？我懒得理会。在心里琢磨，老朱一定孤独寂寞得要死，否则，绝不会一个人在院子里踱来踱去。说是享受月色，其实是排解心中的愁苦。标准逃避主义想法，比陶渊明还消极。

凹凸不平的荷塘上面，弥望的是衰衰的叶子。叶子趴在水面上，像婴儿的尿布。稀疏的叶子中间，零星地支愣着呆滞的荷叶杆，有没精打采的，有趾高气扬的；正如一支支的火柴，又如稻田里的稻桩，又如刚收工的农夫。微风过处，送来阵阵寒意，仿佛远处高楼上渺茫的歌声似的。这时候叶子与杆也有一丝的颤动，像闪电般，霎时传过荷塘的那边去了。叶子本是杂乱地挤着，这便宛然有了一道惨白的划痕。叶子底下是静静的死水，遮住了，不能见一些颜色；而叶子却更见沮丧了。

夏天和冬天是很有区别的，夏天的月亮和冬天的月亮自然也不同。月下的荷塘自然是别有一番风味了。这大概是我今夜所见到的荷塘。

"月光如流水一般，静静地泻在这一片叶子和花上。薄薄的青雾浮起在荷塘里。叶子和花仿佛在牛乳中洗过一样；又像笼着轻纱的梦。虽然是满月，天上却有一层淡淡的云，所以不能朗照；但我以为这恰是到了好处——酣眠固不可少，小睡也别有风味的。月光是隔了树照过来的，高处丛生的灌木，落下参差的斑驳的黑影，却又像是画在荷叶上。塘中的月色并不均匀，但光与影有着和谐的旋律，如梵婀玲上奏着的名曲。"

老朱的描画超出想象，我当然体会不到这种意境。因为此刻，我连月光也看不到。试想，一个心中没有月光的人，怎么会超级想象得出这样的美丽呢？由此我思考，老朱生活一定很压抑，只有生活压抑的人才会派生出许多幻想，就像做梦一样。

老朱反过来问我，那你的心中的月光呢？你现在是不是很充实和快乐？

老朱问得很直白，我一时无言以答。孤独和忧虑是人性的特征，快乐是人一生追求的目标。我也不例外，我在嘲笑朱自清的那一刻，其实内心更苍白。我抬起头，看着黑暗的天空，避开了大师的眼睛。

不是说不存在没有月光的晚上？老朱问。

我窘得无地自容。只有心里没有月光的人才看不到月光。

是不是每个人都有孤独无助的时候？我想一定是。即使一个人在热闹的环境之中不停歇的工作，思想的深处也会冷不丁地跳出落寞。我由此可以理解那些文人骚客精神崩溃得要自杀的缘由了。没有月亮可以，没有月光万万不可，那是生命的力量。

不用惦记江南，我就住在江南的深处。我向大师挥手作别。

猛一抬头，电脑已然黑屏。侧耳聆听，妻儿早已熟睡。推开窗户，夜正浓，冷月无声。

2009-02-19

# 入　夜

　　18:30，古镇转弯处，酒精挥发，整齐的樟树随着街道的蠕动，S形延伸。酒是色媒人，那些醉意透过斑驳的路灯，给千年古镇涂抹一层暧昧。没有醉，很清醒，油门踩到底，从一个暧昧朝向另一个暧昧。

　　速度不徐不疾。60码，一刻钟。这段走过千回的路程很近，也很遥远。可以想些事情，那些记忆的沉渣，拼命忘记过的人和事，在心头悄然勾起。在路的尽头，是另一条路的开始，在每一条路的终点都有你。那些遥远的渴望，总是在抵达的那一刹时，重新回到遥远。油菜花期将尽，那些妩媚过的清香，萦绕车窗。半斤酒，发酵血液，烧不痛神经。

　　城市张开血口，把鲜活在城市的生命放进肚肠咀嚼。虽然一直没有融化我的坚硬，却不再有分明的棱角。那些在心底的坚守，一点一点缺失。当一个人走向成熟时，这个人便学会了虚伪和掩饰。对于城市，从来没有大声喊过爱。每天在她的周身游走，熟悉每一寸肌肤，却无法走进她的心脏。我知道，可以触摸一个人的心，却触不动一个人的心。城市总是以自己的方式骄傲。

　　继续喝酒，以霓虹和歌声掩护。那些泛动的杂音放浪，难入调。啤酒喝不醉，再多也能喝。热情的歌女像是久违的情人，可以唤醒男人的冲动，却唤不醒男人的自尊。揽入怀，没有温度。情感不用赝品，再真的剧情也是创作。如入无人之境，就当成一个人的舞台，边走边唱，唱她个天旋地转，喝她个地覆天翻。

　　蹒跚步下楼梯，无人扶。彳亍在无人的街市，喧嚣被抛弃脑后，计程车不时在旁边游弋，视而不见。摸出手机，拨不动熟悉的号码。想象有一扇窗，窗内有一个熟悉的身影。那些酒呢？咋就不能麻木神经？为什么还记得你？

　　酒吧的灯光发出柔和的光芒。午夜，城市显得安静。二楼临窗，可以欣赏城市的睡姿。侍应生送来一打啤酒。还要喝酒，要把这个城市喝她个酩酊大醉。据

说，酒喝多了，熟悉的人就会来到面前，我怎么看不见你呢？

城市在旋转。你说，一个人再怎么醉，要记得回家的路。一个能记住回家的路的男人，一定是好男人。我记得，尽管我不是一个好男人。我记得，尽管城市的路有点乱，街灯老是摇晃。

狂吐，把城市糟蹋得一塌糊涂。别管，总有一些人会来，会来收拾城市的失落；总有一些人会来，会来收拾城市的残局。

踢开门，不用洗漱。打开手提，不见闪烁的头像。鼠标乱点，网络空虚得像大海，不能着陆。

不脱衣鞋，上床。裸床，冰凉，摸个遍，没有你。

2010-04-04

# 游泳一下心情

今年夏天心情老是冒烟。别误会我是烟鬼，虽然每天能抽一包香烟，也不至于弄得心情会窜出烟来。可爱的江南，天空湛蓝，万里无云，午间时分室外温度至少在 37 度以上。专家建议，太阳太热情，午间别出门。别出门，严重地警告你！这个夏天真的比较毒，暑气逼人，一浪高过一浪。太阳贼亮，对着你的脸。不是吓你，如果不加防护的话，只需一会儿工夫，准把你的皮肤烧焦，或者把你的人整个地蒸发。

持续的高温，能不把本来郁闷的心情点燃吗？不冒烟才怪。

朋友提议找个地方去游泳。妙！正合我意。搜寻就近的水库塘坝，还真难倒我了。近些年来，农村普施化肥、农药，加上立体养殖和企业排污，水质坏得够呛，很难得找到一方净水。美丽的江南水乡"莲叶荷田田"的意境，怕只能在书本里感受了。现在乡村大多数可视水面的水，别说不能直接饮用，就是洗衣服也成问题。为啥？洗出来的衣服穿在身上会引起皮肤瘙痒。

朋友建议去城里的游泳池，我把头脑摇得像拨浪鼓，坚决不同意。在那拥挤的池子里游泳，还不如在自来水管下淋浴快活。脑子灵光一闪，突然记起去年参加人大代表视察蒙泉水库时的场景，"八百奇峰联玉柱，三千溺水绕琼溪"，拥有五千八百亩水面的蒙泉水库水质绝对"处子"，比过漓江，太符合游泳要求了。对，去石门蒙泉，用 5000 亩水面消暑。

雷厉风行，说走就走。黄昏，驱车不过半小时车程，蒙泉水库就踩在了自己的脚下。水还是那样清冽，只是水量对比去年少了一半。我思忖，蓄水量急剧减少，是不是列入了今年国家三类坝除险加固工程计划，准备改造呢？别管它。水面仍然很大，看起来，风光怡人，一样几多诱惑。不用顾忌，宽衣解带，把汗水浸透的衣服剥落，最好一丝不挂地先投入她的怀抱再说。

迫不及待地扎进碧蓝的水中，清凉的水便温柔地把自己缠绕个扎实。憋着气潜在水下，可以清楚看见水中的鱼虾。活动四肢在水中游弋，恍惚中自己就成了一条白花花的人鱼了。浮出水面，看蓝的天、碧的水，就分不清哪是天、哪是水了。可以仰游、蛙游，还可以用狗爬式，也可以猛吸一大口气，躺在水的上面一动不动，便完全变成了水的一分子了。在水中大可以忘掉尘世俗物，静静享受水带来的快乐。

太阳开始躲在了山下。此刻，暮色还不至于把远山水中的倒影隐藏。一个猛子扎下去，碎了近水，也碎了远山。水的黏合很神奇，很快，鬼斧神工地将一波碎影修复，便又复原山水一体、相映成辉的美境了。朋友很兴奋地狼吼一声，那波澜不惊的水面便发出了轻微的共鸣。

和朋友相约，向水库北面半岛地带发起冲击。我张开双臂，双手击打水面，感觉有无穷的力量。当我爬上对岸乳白色的沙岩时，晚风吹到身上，感觉阵阵清爽。真的消暑，此刻的我，种种燥感和浊气一扫而光。

我惊讶地发现，自己竟然有十年没有游泳了。我有些沮丧地问自己，还是江南水乡长大的孩子？游泳竟然成了遥远的记忆，可见尘世俗物早已把自己变成一个庸碌之人。不辨五谷，不分日月，所以不懂安排，不会生活。难怪自己一个夏天比一个夏天难受，也难怪今夏心情会冒出烟来。

再次跳入水中，五千亩水面再次齐齐地拥入我的怀中。究竟是水库拥抱我，还是我拥抱水库？用不着分明，只要消暑就行。人水合一，就在这博大的温柔中，让人和水来一次最自然、最原始的交媾。

上得岸来，月亮刚刚露出脸。我回过头来，朦胧的水面泛着温情和湿润的光芒，欲盖弥彰地释放着诱惑。

明天再来。我轻轻地说。

2009-07-19

# 遥远的火烧云

我竟然对一种天气现象不能释然，有点奇怪。不就是火烧云嘛，谁都见过，没有什么特别的。

心情常常和天气关联。与天气关联的成语很多，成百上千条，比如：暴风骤雨、孤云野鹤、雷霆万钧、风驰电掣等。火烧云是一种自然天气现象，一般出现在早晨或者黄昏。"早烧不出门，晚烧行千里。"就是说，火烧云早晨出现，可能接下来的天气会出现恶劣状况，而晚上出现的话，证明接下来的天气晴好。不管是早晨还是晚上，只要出现火烧云，带给我的心情都是美好的。

特别是黄昏，火烧云来了。你站在山岗上，西天都在燃烧，那一种红浸染了整个世界。红的天，红的地；红的竹林，红的小楼；红的脚步，红的思绪……那一刻，世界都被涂上了金色，你沐浴在如梦境般的晚霞之中，宛如走进了神秘的童话世界，浑身都有一种说不出的兴奋和激动。如果加上若米相伴，简直让自己心花怒放。

原来我的骨子里始终都没有忘怀若米。

信不信由你，那时，若米一开口，她那清脆的声音就染成了红色。

若米浅浅地一笑，轻启朱唇："云哥，你是天边的红烧云。我想你的时候，就会在黄昏的山巅等你，一伸手就抓住你啦！"

我一直觉得那天见到的火烧云，是我一生中见到的最美的。是不是因为有若米相伴的原因？我想也许是。有几次在梦境之中，我仿佛听到过若米的呼唤，在那种红色的大背景下面，若米招着手，远远地跑向我，不停地呼唤云哥。那种场景，胜过许多影视情节。如果用文字表达出来，是无法领略其中的味道。每次当我从梦中醒来时，我都会怅惘不已。

一种想念持续多年后，这个被思虑的人就不是一个形体，而变成了一种概念。我有足够的理由得出这样的结论。之前我写过两篇文章《在遥远的村庄守望你》和《车流入梦》，这两篇文章都是记录对若米的想念。事不过三，我很少花这样多的笔墨去描述这种心情，如此不厌其烦、长篇大论地说若米，可见这种思虑已经浸润心腑。从前面两篇文字中不难发现，这种想念已经变成了一种精神寄托。不再刻意去感应实体，而是从一种美好的回味中，充实心灵的空虚，以此唤醒对美好生活的激情。

那是一个夏天的背景，若米是背景的主题。我们沿着岳麓山的枫林，谈笑风生，攀沿而上。记不得是山顶第几棵树下，我一转身，就发现若米变成了红色，连她说话的声音也成为红色。不止这些，西天、枫林，还有远山近景都成了红色的主题。原来，天边出现了火烧云。

我和若米惊讶地注视这如梦幻般的奇观，忘记了时间和空间。我从来没有那样投入地观察一种天气现象，也从没认真地从一种变幻莫测的天气现象中，体会其中予人的愉悦心情。若米从不断变化的巧云中试图寻找到我的影子，她乐此不疲地寻找，终于在一堆类似"马"的轮廓里发现了"我"的头形。她跳着抓住我的手说："那就是你，是你！"

我就这样奇异地变成了一片"火烧云"。后来，回到学校时，她还特意画了一张图给我，上面留着她的亲笔签名。这张图辗转跟随了我近二十年，在一次搬迁中失落了。

我由此沮丧了很长一段时间，图丢了，是不是若米也丢了呢？若米不会丢，她鲜艳地生长在我的想念里。火烧云下的若米一笑一颦都是那样生动，散发着永恒的青春活力。

我真的从来没有见过那么美的火烧云，那个黄昏让我的整个人生都充满了眷恋。若米说想我的时候会到山巅等我。二十年过去了，火烧云有没有出现在若米的天空？火烧云出现在若米天空时，她有没有如约去到山巅触摸我？这些一点都不重要。重要的是，若米带给的美好回忆成为我一生中最宝贵的财富。当我行走在灰尘弥漫的人流之中，想到清纯可爱的若米，想到若米的情愫带给我的心灵冲撞，我就会感动于这世界之中，有一种纯真和美好存在。每思虑至此，浑身便倍感力量无穷，那是对生命的信心和动力。

现在，火烧云出现时，我会不自觉地走到高处观赏。我知道，在世界的一个角落，若米定在伸出手，试图抓住一片流动的火烧云。我做过试验，曾多次企图抓住一片，结果徒劳。云在天空，即使来到山巅，也在山巅的天空，伸出手，距离依然遥远。

我很心痛，若米会不会因为一次一次地抓不住而失望或者惆怅？

2009-07-12

# 望着高处

　　大前天，参加了一次登山，起先的时候，没有感觉异样，心跳平和，精力充沛。快到山顶的时候，气喘吁吁，力不从心，觉得心已经跳到嗓子眼上来了。同行者大多超越了自己，望着近在咫尺的山顶，我有些绝望地想放弃。如果再这样下去，心会不会跳出喉咙来？

　　夏天多少有点儿让人不适应，炎热烘考心思，让欲望膨胀，更加剧心跳。这一点不用怀疑，尤其是闷热天气，情绪很容易激动起来。大前天的前一天的前一天，我曾尝试了一个试验。测试心跳，36度的室外比恒温24度的室内，每分钟几乎快了10次。最近很奇怪，天空明明出着太阳，却感觉太阳的光线不明显，空气都有些浑浊，我估计这种感觉与心情有关。大前天的前一天，我在经过一座中型光水库时，望到清澈的水面，忍不住脱了衣服跳下去，在水下足足潜了五分钟。我屏住呼吸，感觉心跳比平时快了两倍。有一刹那，我想张开嘴想表达点什么。我当然没有张开嘴，因为我不想死掉。那一刻，我其实想到了一个问题，人活着的意义是什么？很快，就记起了翌日朋友相约登山的事宜，立马浮出了水面。

　　很奇怪，这个问题我思索了几十年，一直不得要领。我联想很多人在年迈的时候皈依佛门，一直觉得他们的信仰有问题。短短的几十年，人的生命过程很短暂，也很脆弱。但人还是争先恐后，前呼后拥来到了这个世界。临到死，有的看破红尘；有的到死还闭不上不甘心的眼睛。宁静处世、淡泊明志的人终究是少数。大多数的人都在随波逐流，争名逐利。就拿那些看破红尘、皈依佛门的人来说，他们也带有一种功利思想，祈求死后能抵达极乐世界。如此思考，人活着的意义应该是望着高处。就好比登山，总是渴望欣赏更高处的风景。

　　高处有风景，这个风景就是生活的目标。望着高处是为了登上高处。望着高处并不是坏事，争"名"求"利"也不是坏事。关键是是否具备抵达高处的素质和潜能。如果不小心让心跳出了嗓子眼，你就会昏倒或者死掉。这样，你不仅看不到风景，连命也会赔进去。

前天登山之时，我没有让心跳出嗓子眼来。就是关键时刻，一位知心朋友在超越我的时候，说了一句话，平息心跳，放慢节奏。放慢不是放弃，匀速是为了加速。想要欣赏到更高处的风景，急功近利只会事倍功半，甚至前功尽弃。心里若承受不了，不如停下，眼前风景也不错，虽不及更高处的风景怡人，也一样养眼，至少比山脚下强。也不必羡慕更高处的人，勉强自己达到那个高度，不仅现有的风景欣赏不到，也许心儿已经游离了自己的躯干。

昨夜，我再次和这位朋友在网上探讨登山的体会时，朋友说，人生没有绝望的风景，只要坚持攀登，总能抵达属于自己的高度，拥有属于自己的风景。朋友的观点很深奥，我思考了一夜，到今天凌晨，终于有了心得：

望着高处，攀登高峰，要学会匀速心跳。

2009-06-25

# 像散步一样的文字

　　每天都这样。黄昏，我都会和小毛出发，沿着我家后院那条立体的大街走一个来回。向东方向走，走着走着，我就停下来了，当然，小毛也会停下来。从六十四米宽的大街转过头来看右手边，有零星的早稻秧田，显然是撒播，稀稀拉拉，像微秃学者的头发。我的思想很乱，奇怪这个小城怎么变化这样大，那曾经纯洁得像小姑娘一样的田园一天比一天市侩，身体变得臃肿起来，胡乱的建筑像装饰品，布满全身，怎么也激不起我的诗意。这块我曾经无数次爱恋的田园，已经被小城强奸，总有一天，她会从我的视线淡出。我在思考这些深沉的东西的时候，目光怔怔地望着远处的高楼。小毛也煞有介事跟着我的视线走，也看高楼。我不明白，小毛跟着看什么。

　　往西走时，当然是回程，两点五公里。一点也不远。我把手背在后面，两眼望着天空走。偶尔有几个穿着很性感的女子从我的身旁擦身而过。我决不斜视，一副清教徒的德性，看起来比马可·奥勒留高贵无数倍。其实那个古罗马皇帝不过在马背上给自己写了一本《沉思录》，克林顿和温家宝居然对他的那本书推崇备至，着实让我有点儿妒忌。我有点儿好笑，奇怪自己居然敢和马可·奥勒留比，那个皇帝虽然没有用过近两千年后的电脑和手机，可人家的思想在差不多两千年后还能当真理使用。我知道我将来会怎么死，一定是蠢死的。其实看到美丽的女子心情舒服，绝对是心灵的风景。为什么我常常表现视而不见呢？我俯下身子问小毛，小毛张着那双忠诚的眼睛温顺地看着我，显得很茫茫然。我用手指头敲了一下小毛的头，气急败坏地道：这都不懂，虚伪呗。

　　还不想回家，继续往前走。前面是市区，有很多在里面委屈了一天的人出来换气。一拨一拨的，像挤牛奶似的流出来。小毛还跟在后面。我停下来时，小毛有些不知所措地望着我。我吼了一句，回去。居然没有听懂，退了两步，又跟了过来。我懒得理睬。三百年后，或者是三千年后，城市会是怎么样，农村会是怎么样？这个问题有点儿莫明其妙。我在琢磨这个问题的时候，小城亮灯了，感觉比白天精神。如果没有预测错的话，城市应该是乡村，乡村应该是城市。我由此想到我工作过的那个小镇。别看不起眼，出了一个作家丁玲，每天我都可以看见她写过的太阳把小镇照亮。还有一座桥，有七百多年历史，比我的年龄大多了，这座桥还在用，每天当牛一样地负荷，不知道还能用多久。当然，我也还在活，也许还能活几千年。我听说肉体死了，灵魂还在活，我会有多长的寿命？说不清。马可·奥勒留不还在活吗？这有点儿废话。还是说我那个小镇，应该非常漂亮的小镇为什么有那么多的垃圾？从每一个角落，到辐射中的田园，总有垃圾让视线很不舒服。的确是个大问题，如果把这个问题解决好了，农村绝对比城市漂亮。由此，我想将来，农村比城市更让人怀念。如果有可能，像陶渊明那样终日采菊东篱下也是不错的，陶兄居住的那个地方离我这旮旯儿不远，偶尔在雨后，我能从风中辨别出陶兄吟诗的声音，好像从几千里之外传来，古老而又清脆。宋玉，当然还有屈原，他们居住或者经过这里的时候，常常是在我的梦中。我呼吸他们呼吸过的空气，就特羡慕他们的时代环保。要达到这几位诗人健在时的空气指数，我算了一下，至少还得二千八百年。那时，我的白发果真就有三千丈了。

小毛，回家。我这样叫小毛时，小毛很机警地立定，我看小毛的耳朵抖动了一下。望了望前面的火车站，几盏灯有一半闹罢工，看起来没精打采，每天固定等待列车牛吼到来时的惊喜，很没出息。小毛两步就跨到了我的前面，仿佛比我认识回去的路。我打量这条街道，的确大气，宽敞而又明亮，按照设计师想法，一定可以建成小城标志性街道。那时，一定更帅。我为自己能从容走在即将很帅的街道欣慰，这段走路的时间很自由，连思想也可以休息。每个人是不是都有这样的轻松时刻，那可不一定。郭沫若在梦里写《女神》，毛泽东在上厕所时看书，陈景润走路撞电杆，伟人的时间都是用秒计算的。他们不轻松，否则成不了伟人。比起他们，我的时间真是浪费，用这样长的时间让思想很消极地停止工作，真不应该。看到街道两旁又长出了杂草，心里很急，再这样走下去，我的思想一定会长草。

回家，穿过小城，不用拐弯就到。冲个热水澡，然后泡一杯茶，最好用半杯茶叶半杯水浸泡，这样喝过之后才不会马上想睡觉。打开电脑是必要的程序，在每天期待我文字的博客里种点什么。我常常担心，我的博客有一天会长出像街道旁边那样茂盛的杂草，这是我最不愿意看到的。

小毛。我再呼唤小毛时，早已不见踪影。每次都这样，出来时满怀期待外面

的新鲜，回来时就变成了迫不及待。看来，让小毛失望的东西一点儿也不比我少。

快到家了，不说了。

对了，忘了告诉你，小毛是我家的一条狗，一条很普通很普通的看家狗。这个小城很宽容，狗和人一样，可以自由在街市散步。

2008-06-16

# 与你同行

在春天婉约的诗歌里，草长莺飞。站在犁耙水响的江南，你从雪峰之巅款款走来，走进我明媚的双眸。我只是江南一个游子，在溢情的季节，和太阳一同等你。等你的期然出现，像阳光一样照亮我的惊喜。

缘定三生，我的期待是春水鼓涨的小河，哗哗流淌，没有止息。在前世的三生石上，我烙印你唇齿之间的表白。在来生，我还将挽你的小蛮腰，相互到老，一同步上奈何桥。而今生，我是你激荡的诗情，瞳仁里的渴望。在一步一回头的江南春风深处，我就是你捕捉的寻找。

燃烧是春天的必然。荡上三月的扁舟，抑或跨上驾驭春风的长骑，我和你合二为一，给爱点火，燃烧成前行的火炬。

我就那样恣肆淘取你的温暖。你一定知道，我会将我满腔柔情双倍地奉还予你。未来的路正躺在我们的脚下，站在通往明天的大道上，总有一个季节为我们铺陈红色的地毯，迎接我们的到来。

出发吧，你的手是我厚实的行囊，我的掌心是你漂泊的港湾。坚定的目光充盈彼此双眼，擦亮我们光明的行程。有一种力量来自默契，有一种信念来自感应。我们行走在我们的娇艳和绰约里。

出发吧，朝向永久的花季，朝向永远的梦想，朝向永恒的家园，朝向永生的幸福……永不止息！

2012-02-09

# 和稻穗的约定

我是嚼着你的汁液长大，那时候我还不够成熟。在有着黑馍馍般的泥田中，你骄傲地挺起胸膛——

我嗅啊嗅，感觉你的浑身都散发着母亲的乳香。我爱抚着你的躯干，从你的头亲吻到你的脚，你的酥胸正自豪地陈述着一抹金黄——

那时候我就爱上了你。在村口，在山顶，在城市，在每一个思绪打单的地方，我都要无限地在我心中，酝酿你的模样！

今天，再次来到你的身旁。年轻的心正在长大，情感有如破土的竹笋，节节滋长。无尽的情愫，止不住为你癫狂。

这是好长时间的等待。漫长的期盼，浓缩思念，一点一点地发酵成酒香。

我再也不走啦。正在成熟的你，已经锁定了我的心房，秋天过后，我就要定你做我的新娘。

在溪口，在淡菊徜徉的那块地方，我在垒土筑墙，爱情需要浇筑，年轻的我正在为你营造洞房。

当欢快的鼓点散去，我要打天窗，请来月光。对着月亮说，我要和你交融。

我们让幸福挥发，一寸一寸地把快乐品尝——

2006-09-02

# 仙人掌上跳舞

清晨的第一缕阳光，落在我的白舞鞋上，我舞，带着精灵的微笑。

你本是沙漠的灵魂，爱情的使者把你送到了我窗前，在我一如荒漠的心海植上种子，让心湖不再宁静。

在我生命的呼唤中酝酿旋律，露珠打起了节拍，云霞是背景，迷蒙的眼睛闻见了空气的味道，在慵慵恹恹的氛围中，我旋转上了你的身躯……

生命是无数个等待组成，爱情是其中的一个过客。在无尽的期冀灌溉后，胚胎中的绿芽呼之欲出。

我在你的肉身峰峦交错之中，翩翩起舞，任由你的咒骂中伤我。尽管用你的毒箭伤害我吧，我义无反顾！

我舞，白舞鞋变成红舞鞋，爱情是刺痛，如醍醐灌顶的我一如既往旋转，只为那一刹那间的拥有，任凭白色的衣袂扫尽天边的云霞。

一千年的期盼后，注定，我是你生命中的痛吗？

2006-08-17

# 心存月光

　　月光洒在银色的沙滩上；海啊，翻卷着层层波浪……

　　这是在童年就开始记忆的一句歌词。对这句歌词的眷恋，常常让我不能自己。幻想，有那么一地月光，浅浅地覆盖在温柔的沙滩上，有没有凤尾竹不要紧，就那么遥望蓝天，聆听海浪的浅吟低唱。如果有你在身边更好，不必说话，静静地感应你的心跳。

　　从童年开始渴望有这样的沙滩，这样的月夜和这样的你，所以，这样的场景就反复在梦里枕边出现。当我累了，感觉身心疲惫之时，这种迷惑和怅惘的思念就更加迫切。

　　这大概就是我挥之不去的浪漫情结吧。

　　十年前，我有机会去到了海边。椰林、海浪、沙滩、仙人掌，三亚的海滩真的有《外婆的澎湖湾》唱得那样美。那次是随团考察，匆匆忙忙的行程，根本没有时间在月光下的三亚海滩漫步，好长一段时间都让我耿耿于怀。不过，我很快就释然了，那种只有在梦里的感觉，仓促地到现实去感受，可能带来的结果是失望。就让这种浪漫幻想永远留在梦里，不是更令人神往吗？

　　三年前，我到一个小镇工作。在镇上，我见到一个女子。三十七岁了，大小便失禁，从生下来就瘫痪在床，没有读过书，从来没有过散步的感觉，当然也没结婚和生子。她和她的老父亲，住在镇上一个低矮的小棚子里，靠政府的临时救济为生。彼时，为她的命运感叹之时，我在想，在她的内心世界里，是不是也有过普通人一样的浪漫心情？她告诉我，只要能出外走走就心满意足了，还哪有更高的奢望？

　　后来，他的老父亲来镇里反映，年纪大了，推不动老女儿了，希望解决一辆电动轮椅，这样她就可以自己照顾自己了。通过与残联联系，我给她争取到了一

辆电动轮椅。这以后，偶尔经过的时候，就可以看到她坐着轮椅在外面晒太阳，轮椅的旁边挂着她的导尿瓶。

不久前的一个晚上，我坐车行进在那条通向小镇的公路上，突然发现了她和她的轮椅。让人惊奇的是，她的后面还坐着一位盲人。她镇定自若地驾驭着电动轮椅，开心地对着夜空的星星和月亮指指点点。后面的盲人听得很专注，不时还用嘴唇在他看不见的脸庞上亲吻一下。司机也感到惊奇，特意停车看了一会儿，感叹道，原来是人都渴望浪漫啊！

是啊，是人都渴望浪漫，只要对生命尚存留恋的人，谁不渴望拥有浪漫的情怀和浪漫的生活？

几年前，我曾到精神病院看望一位病人，特地留意观察了一下那些精神病人。他们很安静坐在活动室里，有的看报，有的看电视，还有一部分人趴在窗户和门边，望着外面的世界。他们的神情很专注，如果不是穿着医院特有的服装，说不准，你会误以为走进了哪所学校呢。有一个女患者坐在那里不停地喃喃自语，据说，她的三岁女儿是因为追赶萤火虫不慎落水溺亡的。她反复说：孩子，等等我，我们一起去捉萤火虫！精神病患者往往是对某一件事情思虑过度而引起的精神错乱，这种思虑，并不排除最初的浪漫渴望。

人从一生下来就开始着浪漫幻想，随着年龄的增大，幻想的形式和内容不断更新。这种幻想到死都没有停止，即使死亡的那一霎时，心中也有一个愿望，升到理想的天堂。正是这种幻想，让人有了生长的动力和生存的勇气。

为什么我会生长得如此健康，是因为我对生活充满幻想。原来，每一个生命体的人在自己心目中都有一个理想的图腾，这个理想的图腾引导着人不断努力创造，通过努力创造争取实现理想图腾的场景。这个"理想图腾"就是人的"月光"。

人是这样，一个家一个群体，乃至一个国家又何尝不是如此呢？君不见，"神七"都神奇地在太空漫步了吗？从"神一"到"神七"，再到随之而来的"神十"或者"神百"，不正是一个国家的"月光"？

心存月光就是心存希望，它是成长和进步的动力。

2008-10-03

注：2009年2月20日《湖南日报》登载。

# 午夜的门帘

　　这是一间十二平方米的斗室，也是我的书房兼卧室。窗向北，门朝东，门是用紫荆花编织的门帘。风卷帘动，就会有一种很清脆和遥远的声音冲顶耳膜。说清脆是因为声音就在眼前，说遥远，是因为思绪不在身边，只能从遥远的地方感应。有时看着荧光灯下，轻轻摆动的门铃，一看就是好一会儿，我不明白，究竟是在看什么，研究什么。

　　妻和孩子早已经安眠，他们已经习惯了我的夜。在这个三间楼房二楼的一隅，是我一个人的空间，也是我今生最有意义的"责任田"。门帘和我固守着这个方寸之地，我们彼此守望，相濡以沫地度过了许多个难忘的夜晚。我熟悉它的歌声，它熟悉我的呼吸声。有时候，我在琢磨，我们是不是天然的音乐组合，唱一首百听不厌的《寂夜曲》？

　　这是一个曲径通幽处。远离白天的喧嚣和烦躁，没有俗套和客气，没有争吵和恩怨，没有责任和压力。你可以做自己想做的事情，你也可以什么都不做，横摆着身子在摇椅上打瞌睡。不喜欢窗外的路灯，你可以拉下窗帘，世界便缩小到十二平方米。当然，也可以把自己的身子完全挤压在窗户玻璃上，广阔而无垠的黑暗车载斗量进入自己的视野，你的思绪散漫而随意可以抵达无限的空间。

　　当然归功于门帘，这个忠实的家伙每夜这样守护我。它变换着各种节奏调节着我疲惫的神经。在它动人的旋律里，或是把自己的思绪一点一点地嵌入五笔字的方块里，或是让我安然进入理想主义的梦境，或是喝一杯茶、抽一支烟，或是什么也不做，就那样坐着、躺着、站着、倚着、蹲着什么的，随心所欲。因为这个门帘，我就拥有了一个自由的空间、自由的世界、自由的时间和自由的生命。而因为这个门帘，我就有了一个全新的自我，我竟然可以随意处置属于文字世界里的春花、秋月，冬虫、夏草。

128

当然只有夜属于我和我的门帘。只有当世界安静的时候，我和我的门帘才能如此情投意合，彼此相得益彰地挥霍夜色。而在午夜时分，全球特别是大洋彼岸正为金融风暴焦头烂额时，我却悠然自得在门帘温柔的浅吟低唱中，敲击着自由的随想。此刻，白天不存在了，白天的那个我不存在了。那个忧虑而憔悴的我，那个忙碌而辛苦的我，那个虚伪而世俗的我，去了哪里呢？门帘知道，早已去到了爪哇国。

不是仅喜欢门帘发出的声响，也不是只喜欢门帘高雅的色调，这些是不够的，风卷帘动让人神往，让人止不住怀想和眷恋，这种怀想和眷恋可以把自己带到久远和久违了的童年和青春岁月，让自己的情绪里有一种深沉而高远的东西滋长。

午夜来临，世界安静，门帘守望着我，我守望着世界。如果你不信，有一天午夜你走进我的世界，你就会被我的门帘沉醉，它那流光溢彩的模样，会让你领略自然的奇妙和人生感悟。

真的如果哪一天，你想来看的话，可能让你失望。其实你根本看不到，在我的书房里，根本就没有一挂这样的紫荆花门帘。我所说的门帘，没有存在于现实中，而是活在我的思想里。

2008-11-14

# 历史的天空

历史的天空像今天一样苍白，滑过我们的头顶，以一种亘古不变的姿态，匀速地远离我们。

清晨草原上的露珠，黄昏柳梢上的夕晖，还有古道剪剪风，记录了这一切，成为最直接的见证。

我是我们中的一员，在苍白的天宇下，曾经多次尝试拽着历史的尾巴。尝试着闻香识女，领略文君、貂蝉的万千才貌风情；尝试推杯换盏，玩味苏子、放翁的豆蔻词工；尝试着沐雨驾风，品味大漠、边关的不绝烽烟；尝试着披肝沥胆，抒发秦皇、汉武的痴心豪迈……我伸出手，满手的落寞，拖不动历史的蓝屏大幕。

借助珠穆朗玛的高度，俯瞰历史的天空。朗朗的天宇下正在上演着一部宏伟大剧。那是枪战片，不，那是风月剧。剧中只有两个人，男人和女人上演着对手戏。从彼此渴望的眼神中，可以读懂征服。究竟是男人征服了女人，还是女人臣服男人？是你改变了我，还是我改变了世界？剧情还在延续，正在一点一点朝向永远未知的高潮。

那清脆的浑响，惊醒了梦中的风铃；那怵目的画面，模糊了视线的风景。我，其实是我们中的一片树叶，即使长成一棵树，也只是历史画面中的一个元素。我积极地生长着，朝着有阳光的方向，渴望长成一片完整的树叶，渴望有一次激动人心的定格。

露珠醒了，夕晖没了，剪剪风也消失了。没有关系，那是大自然的道具，大幕降下，大幕还得升起，有阳光的地方，就有生长，那是生命的土壤，太阳出来的时候就会复活，继续见证着历史剧情的演绎。

我们就这样被历史导演着，你方唱罢我登场。然后枯萎、落地，湮没于历史

的尘土之中，没有飞蛾赴火的激动，没有流星陨落的光泽。

天空永远是那么高远，也永远是那么冷漠。他盯着我们看，看着我们，一寸一寸地把今天变成昨天；看着我们，一寸一寸地消失在其巨大的空洞之中……

2009-08-02

# 在遥远的村庄守望你

　　我在这座村庄蜗居已经整整二十年了，我没有想到，我可以在一个村庄里待那么长的时间。现在，我有些佩服自己的执着了。

　　我所在的这个村庄很普通，普通得毫无特色，在中国的版图上绝对不起眼。用通俗的话说，有她不多，没她不少。我只是奇怪自己，居然能待二十年。不要琢磨我的耐心，其实我是一个毫无耐心的人。我之所以能待那么长的时间，不用找原因，除了喜欢这里的空气外，主要是缘于自己的懒惰。我这个人很懒，没有时间观念，二十年过去了，当初来到这个村庄的心境仿佛还在昨天。我好奇怪，怎么一点儿也没有改变，庸碌地活着，连心情都没有变化。由此，我常常担心，有一天，我终究会将老死在这个村庄上。那个时候，我的心情是不是还和二十年前一样？

　　这个村庄很固执地没有变化，每天可以很清楚地看到日出日落。真的，我不止一次地试验。每天的太阳固执地从东边小山出来，照亮我的小院。我牵出老牛出院子的时候，邻居小女孩会很有礼貌地叫我"叔叔"。她蹦跳着踏上有着油菜花香的田埂，不忘在小溪流的积潭边拢一下额前刘海，然后呢，消失在对面山岗的油茶林里。我和我的老牛来到对面山岗上时，就可以很清楚听到邻村学校里的读书声。有没有那个叫我叔叔的邻居小女孩的声音呢？我想，大概有吧？除非，此刻，她在打瞌睡，抑或去上厕所。

　　我和这个村庄的感情其实一直都不太好。说实在的，我其实很讨厌，特别讨厌这里的蚊蝇。我常常想象城市的繁华，想象自己人模狗样地活着城里人的风光，享受着沙滩和海浪的热烈，呼吸着汽车尾气的奢侈，计划着周末度假之旅的浪漫。不过，我从来就没有打算离开这个村庄。不是仅仅因为我的胆小和怯懦，而是我习惯了这个村庄的生活，我想象不出，离开这个村庄后，我会怎么活。这还不是主要原因，主要的原因是怕自己在踏出村子的时候，会遇到若米。

若米是谁？我现在对她的模样有些模糊。我记得她喜欢披着长发，用她那透明的眼睛望着我。那时候，我是从来不敢正视她的。真的，我一见到她就脸红。以至于同窗四年，我一直没有深情地和她对望一眼。我从来没有过那样的委琐，感觉自己一到她的面前，就变成了一个矮子，踮着脚尖也要仰视。我想象她从来没有正眼看过我，偶尔斜视时，我寻思自己的形象在她清澈的眸子里一定狼狈不堪。尽管我十分勤勉地在自己的心房里珍藏她的名字，甚至，无数遍在梦里意淫她的每一寸肌肤。但我从来没有奢望她正眼看我，哪怕那么千分之一秒。我常常害怕她的目光。我是谁？我是乡下的一堆"狗屎"。她是谁？她是月宫里的"嫦娥"。尽管我们的距离不太远，我也只能望着。所以，当她说喜欢我的时候，我惊悸地颤抖了一下，然后像老鼠般地逃跑了。

我奇怪自己跑得那么快。我在跑的时候，并没有听到她的追赶声，只有听到自己如同乡下风车一样的气喘。后来，我就怀疑，若米一定是和自己开玩笑。当我一千次这样想后，我就笃信自己的揣测。她一定是开玩笑，在那个风吹就疼的粉嫩年龄，她肯定漫不经心地导演了一场猫捉老鼠的游戏。

我现在还是那样认为。二十年来，这个思维已成定律。不过，我乐此不疲地设想自己和若米在一起的浪漫故事，有时候简直和真的一模一样。我和她成了这个村庄的主人，日出而作，日落而息。我甚至直呼若米的名字，很随意地呼唤她。有时，村口不厌其烦地和我坚守，渴望在某一个有露珠和鸟叫的黎明，或者有露珠没有狗吠的黄昏，若米踏着茸茸草和迎着剪剪风，若无其事地出现在村口。

我想自己能够这样守着，完全因为自己的妄想。我不娶的原因很简单，固执地认为若米会来。我不敢踏出村子的原因也很简单，怕见到若米。怕见到若米的原因更简单，若米会轻视我。

我懒惰而倦怠地守望，二十年就这样过去了，再一个二十年会不会这样？遥远的目光鞭长莫及地望着城里，早已望出了一条路。我会不会从这个村庄走出去，沿着这条路，走到城里？我会不会在这条路上惊喜地见到若米？我见到若米，会不会再次像老鼠一样跑掉？

我不知道，统统不知道。

守望没有目标，也没有终点，当然地成为我的全部生活。

2008-05-30

# 趴满焦急的河床

　　那些潮水呢？曾经带着轰轰隆隆的呼啸席卷而来，给乡村和乡村相连的城市带来震撼。如今，那些急功近利的奔涌不再，河岸像老妪脸上的皱纹，干涸而沧桑。砂石裸露，青苔漫溯，流淌不再是主题，是回忆，是回忆中的浊泪。

　　我曾经不止一次在岸边听涛。杨柳习惯在河的奔走中搔首弄姿，习惯在河的喘息里矫揉造作，太阳和月亮轮流值班，守望左岸和右岸的浪漫。我快乐地奔跑，倾听河的呼吸，把玩河的风情，领略河的味道。杨柳、沙滩、贝壳，还有浪花，那是河的构件，河用自己的个性展示自己的风流与妩媚，让我一次又一次地沉醉。年轻的生命在河的滋润中追赶四季，一天天长大。从来都深信，青春可以老去，河流不会衰老。

　　我从不幻想离开河流。浣洗的女子，纤夫的号子，飘浮的叶子——流动画面、立体音乐，在眼睛里生动传神。岂止是河水，更是绿色，是生命，是畅想，流淌的不是河水，而是乳汁，哺育春天的乳汁，甘甜而醇厚。岂止是河床，更是沙发，是摇篮，是梦想，植下一棵小小的心思，就可以催绿春天，收获金黄。朋友说，那是相思河，可以让爱扬起风帆，能让情找到归宿。

　　我从来不相信河会流泪，可是我看见了河的眼泪。不知道从什么时候开始，潮湿的河床，没了温柔的呢喃，没了蠕动的风流，只有皲裂纵横，只有青苔泛滥。一行浑浊的泪从高处淌下来，衬托出了河流晦涩的表情。

　　我找不到河痛的原因。河为什么会流泪？一定有其流泪的原因。生命只剩下眼泪时，河流会不痛苦？那些森林，那些草地，那些呵护河流的绿色没了，就像一位少女突然被剥光了衣服，在众目睽睽之下蜷曲着躯体，羞愧难当。

　　如今，我不再奢望在岸边听涛。只剩下焦急，焦急地等待。我蛰伏在干涸的

河床上，小心翼翼地抚摸河的创伤，天真地幻想有一刻，可以听到远处传来的呼啸浑响。

多年以后，我都会以这样固定的姿势，绝望地等待潮汐的声音。

2010—04—25

注：2010 年 5 月 19 日《湖南日报》登载。

Part.

四

心 存 月 光
XINCUNYUEGUANG

再过四百年，这座城墙会是什么样儿？城墙一定还是城墙，只不过是一种文物，提醒一下历史。那时人们的生活会更安宁，民族已经没有现实意义上的区分，所有的民族只有一个称呼，那就是中华民族。

# 南长城断想

南长城在春风里抒情，把想象伸展到远山深处。在这个春日里，我不期而至，不为别的，只想以仰望和俯瞰的方式琢磨这座古老的城墙。

攀沿石级，城墙牵引我，一步一步拉近与天空的距离。我要爬上去，在攀登之中体味流汗的快乐，在攀登之中体会征服的快乐。

天气很好，早春的阳光明媚。人们总是期待春天，期待绿色。远处和近处，二月风都在卖力做一件事情，那就是把大地变绿。绿了黄，黄了绿，这就是季节，这就是岁月。在这变化的季节和岁月中，人们静静地享受着播种和收获的快乐。这种宁静是人们所期盼的，这种宁静往往会被血雨腥风所破坏。

南长城就是一个典型的见证，一个民族之间仇恨和血腥的见证。四百年前，明朝把湘西苗族人分为生苗和熟苗两类，生苗是不服从朝廷政府管辖的少数民族，他们因不堪忍受政府的苛捐杂税与民族欺压，经常揭竿而起。朝廷用城墙把苗疆南北隔开，以北为"化外之民"的生界，规定"苗不出境，汉不入峒"，把苗、汉之间的贸易和文化交往横刀斩断。

攀沿在城墙之上，我分明看到了历史的刀光剑影，征服与反征服，暴力与反暴力，历史总是在战争中演绎，历史总在战争中进步。每一块石头都有一个故事，每一块石头都依附着一个亡灵，如此才垒成了这巍峨城墙，如此才有了今天的和平盛世。

站在最高的烽火台，远观近看，城墙内外一片春天景象，城墙早已成为历史，只是一种形式上的风景。苗汉亲如一家，通婚相融，早已烟消云散了当年的仇恨。

再过四百年，这座城墙会是什么样儿？城墙一定还是城墙，只不过是一种文物，提醒一下历史。那时人们的生活会更安宁，民族已经没有现实意义上的区

分，所有的民族只有一个称呼，那就是中华民族。

步下城墙，我久久不忍离去。流了汗，真的很舒畅。我很快乐！我对着天空和大地由衷感叹。我在想，再过四百年，我站在这城墙之上，还能否重复四百前的心情？

2011-03-27

# 枫树花海

向西，一路向西，可以抵达桃源，不选择去桃花源，可选择去枫树花海。

这么忙，那样累，不可逃避遁世，不能归隐南山，该怎么办？用闲适驱散孤独，用鲜花清洗疲倦，就这么办。

过陬市至翦伯赞故居，不用十分钟车程。只管去，尽管去，不后悔。别管民族、民俗、民风，别管翦伯赞，不用行囊，只需轻车简从，徒步，散步，漫步。

四百亩鲜花盛开，你经过，仿佛一场穿越，你所经过流域都是花花草草，你所感觉的心情仿佛隔世轮回。

有百日草、醉蝶花、蓝花鼠尾草，还有太阳花、鸡冠花、向日葵，你大可不用认识她的真相，闻香识女，不请她自然就闯入你的心底。

就那么恍惚地游逛，不带功利，不带目的，甚至不带爱相地把这人世间的大美，贪婪地吸入你的心肺。

你来不来，她都在。错过了，她不等你。

枫树花海，你用花经营四季。我不知道你的目的，也不想知道。我只是偶尔闯进你的领地，偷袭一下你的风情，洗却满身疲惫。

或者，假借你的巧手，轻轻摘去心灵负累。

2014-10-06

# 西洞庭湿地

西洞庭湖此刻看起来，不像一面镜子，水湾交错于芦苇之间，恍若人身体里的血脉。你置身其中，是其中的一滴血。

从汉寿县东部岩汪湖进入，西洞庭湖青山湖国家城市湿地公园平静地出现在眼前。这座天然公园看起来并不艳丽，有些枯黄，有点憔悴，但不得不承认她的温婉、大气，还有阳光、原生态。

坐上游艇，你会发现自己回到少年，甚至回到生命的原处，成为母亲子宫里的小蝌蚪。

你挺立于秋天的船头，阳光照亮你的眼睛，微风掀起你的长发，洞庭湖的水面向你温情涌来，你的心和脚下湖水共鸣，波涛汹涌。这时候，整个洞庭湖踩在你的脚下，你会感觉到自己的快乐，仿佛成为世界的主宰。

你多像一尾黄色金枪鱼，在宽阔而灵动的水域游弋，有时停滞，有时疾如闪电。

你多像一只淡紫色蜻蜓，如同流云一样飞行，有时嗅一下芦花，有时点一下湖水。

你更像一羽纯白色水鸟，在碧蓝天宇下呼吸洞庭湖的阳光和空气，在水天一色的空中漫步。

累了时，就做岸芷汀兰，在湖边筑庐而居，建一座南岸别墅，每天翻晒湖水和空气。要不，干脆做一棵秋天的芦苇，在青纱帐里听西风，回忆青春时豪迈和呐喊，枕着洞庭湖的波涛慢慢老去。

此刻，无论你以怎样的姿态出现都美。

你看起来很柔软、很暖和、很湿润，你其实不知道，你已成为洞庭湖的秋色。

2014-10-07

# 云梦四题

## 沙溪河

走在这条河上，可以走入忘形。抬起头，天空瓦蓝，再高处的大雁也看得清翅膀。而当你驻足凝神，可以听见营驻山上前明军的操练。"将军打马去看花。"远方土堤，仿佛有飞扬尘土，下马石屐痕犹在，我曾分辨出踏印者是一位大脚的将军。低下头，河水清且涟漪，可以掬水入口。自从成人，未再见过比她更清明的河水。沿着水流的方向上溯，可以抵达太阳山。

我通常只习惯徜徉于她的一个段落，或头或脚，或其腰身。在与峪溪河的交汇处，水无形，嗅她的唇齿，仿佛有来自六朝幽香；水无声，听她的道白，让人领略古典与现代音乐交融的唯美。我若把自己骨架散了，也做不成流水，自然流不成如她般快乐的模样。

沙溪河，你把两千年前的宋玉淘洗得那样高洁，让万世景仰。两千年后的我怎么洗，也洗不清浊骨里的俗。那么，再修三世，我愿做你流域里的一尾黄花鱼，把古老的黄花鱼儿歌唱得金色发亮。

## 看花山

看花就应看入骨髓，让她骨髓里的媚蛊惑你，让你的心灵战栗，欲罢不能。看花山就是这样的一个去处。两千年前，宋玉在此种花、看花、护花，把一座山变成一个花园，把每一朵花看成曼妙的女子，最后他便幻化为花一样男子。鱼玄机在《赠邻女》中调侃道："羞日遮罗袖，愁春懒起妆。易求无价宝，难得有心郎。枕上潜垂泪，花间暗断肠。自能窥宋玉，何必恨王昌？"毋庸置疑，很多年

前，宋玉已在看花山将自己修炼成花神。

出安福城朝东十里，过陈家桥，左折，可以抵达看花山。沿着看花山脊，你走着宋玉的线路，或许找不回当年四季花开的模样，但一样可以看清四季花开的神韵。你可以想象宋玉当年的肃穆和庄严，沐浴、更衣、焚香，然后怜花、抚花、弄花。你在花前生动，花在你前明媚。原来，花事、花缘简单，把彼此高看，彼此就高尚起来。

我不止一次梦游看花山，与宋玉穿越时空对话。花前月下，我们举杯品酒，朗诵《九辩》，把山一样沉重的秋愁、秋悲葬于花下，或融于杯中。梦中，我和宋玉盟约，天下花负我，我不负天下花。

看花山上看花，你就会懂一朵花的冷暖。

# 放舟湖

一样的湖水，一样的莲荷，一样的舟楫。但放舟人不同，乾隆放舟之前，杜甫放过，杜甫放舟之前，宋玉放过。很多很多的人在此放舟，他们有的放风月，有的放生活，有的放心情。这座湖不堪重负，终于在二十世纪七十年代被挤干，流干最后一滴浊泪，变成蛮荒之地。

站在齐腰身荒草的湖中，我看不见宋玉垂钓时的落寞，杜甫撒网时的沧桑，乾隆携马美人游船上指点风花时的风光……但见，有几只鱼鹰在半空徘徊，有两条黄狗在远处交媾……还有，三两株棉花，被北风褪却衣服，梗打梗；一片发黄芭茅草不堪北风凌辱，已经倒伏……放舟湖此刻如同被剥光衣服的妇人，惊惧地蜷缩在峪溪河畔瑟瑟发抖。

"我要蝴蝶变成活的花朵，而且飞舞起来。"我也要放舟湖变成美少妇，而且生动起来。

放舟湖，你一定可以活过来。这个冬天一过，百花盛开时，你的盈盈秋波一定可以照亮我，我可以幻化为蜻蜓，立于你莲心之上的尖尖角。或者，干脆让我做一尾鱼苗，在你的子宫潜伏，等春风落地时，我从你的胎盘上脱逃，在你的彼岸站成明日黄花。

你看，使牛人的犁耙已经抵达你的腹部，疏通你的血脉，就可以复活你的前世来生。

2014-11-23

# 峪溪河

道水的一个段落，没有跌宕，没有起伏，甚至没有高潮和结局，那么不疾不缓，平铺直叙。上溯，也许经过峻岭高山的狭路相逢，也许穿越城市人群的摩肩接踵；下落，入澧水，进洞庭，也许经长江，直奔大海的波澜壮阔。立体河床，就像一个惊叹号，竖在道水的冲积洲上。我站在与沙溪河的交汇处，站不成惊叹号的一个点。

峪溪河与鹿溪子有什么关联？一段河与一个人会有什么关联？当然有，这个人在这段河的流域生活了三十三年，写出了《九辩》等诸多楚文化鸿篇巨制。二千多年，这些闪光的文字就像从未断流的河水，奔流不息，流传不止。这个人其实没有死，他变成了这段河，迂回、喘息，把堵塞嗓子眼的沧桑或者秋悲吞吐得不疾不缓……

很多的时候，我站在河堤上，望着河水愣神儿，仿佛在读一本书。我读的，其实不是河水，是一段历史的烟云。那些从水中升腾东西，不是蒸气，是河流的灵魂，是宋玉的灵魂。

放舟湖还在，就在我的身后，如同一把巨大的蒲扇。湖水变成荒草，舟楫已横生出细枝末节。我曾经幻想，把放舟湖拿在手中，扇得风生水响，最好把峪溪河中，六朝时代开始冬眠的黄花鱼扇醒。别不信，幻想明天或许就能成真，黄花鱼能长出翅膀，飞成一首歌的快乐。

我知道，我满眼看到的，是一段河流的风光，也是一段岁月的经典。

2015-02-06

# 桃源三章

## 三棵银杏树

这三棵银杏树在我看来，是一幅木刻的版画，或一组篆刻的浮雕，镶嵌在季节的荒原。不是突兀，而是惊喜。

你不得不佩服大自然的鬼斧神工，或者不得不接受自己的鬼使神差。去乌云界，要经过田家坪，三棵银杏树必然闯进你的视野。于是，一组树的季节让你撞个满怀。

是啊，初冬的季节，正值褪色和掉价的季节。不去看都知道是银杏的季节，去看了更是银杏的季节。这三株正在泛黄的银杏把你的心弦扣动了，你被她吸引，再吸引，仿佛磁铁，紧紧抓住你的注意力。近了，再近了，你一定想赶在大雪之前，来一场酣畅的淋浴。

没有风，没有雪，却有雨，银杏雨，像黄蝴蝶从茂密枝叶间起飞，扑向大地，用肉身把大地铺上一层黄地毯。你被银杏雨淋了，丝毫没有不适，仿佛是很久远的盼望。没有什么不妥，有些心情不必说出口，即使被潜，也是心甘情愿。

站在黄地毯上，被苍茫的老绿包裹，你很容易沉醉，恍然做着春梦，在与天地交媾。这是很容易理解的，当把所有的思虑放下，进入忘川，就会被巨大的魅惑麻痹。

一群人像一群疯子，大老远地赶来，只求和这三棵树合影。另一群人又会接踵而来，被黄色沾染之后再悻悻离去。你方唱罢我登场，天地本来就是一个大舞台。

我和三棵树比肩而立，是一个小舞台。

站在银杏树下，站不成一株树，也站不成一尊雕塑。

我不说话，也不褪色和掉价，天地合一，我只求把自己融成一种大美。

2015-11-21

## 丰隆山

繁芜的植被，起伏的丘壑，萦绕的云雾，统统视而不见。

一棵古银杏，一座山神庙，一群诗人，把丰隆山不高的海拔拔高。

最美的风景就在眼前，何必舍近求远。站在丰隆山顶，听松、听云、听日月，让心跳放缓、让目光放缓、让时间放缓……

那棵200年的古银杏在初冬里把积攒一年的黄，以黄叶的形式吐出来，宛如吐一辈子的苦水。它是舍得，在冬天扔掉衣服，不只是为了牢其筋骨，而是为了来春梦想发芽。凤林寺里的山神精神很好，暴睁着眼睛看红尘。他是想把尘世看清，还是把尘世里的人看清？或许是为了把自己看清。

这群诗人一定带有某种目的而来，应该是奔着诗歌而来，也不全是。也许他们想找到诗歌以外的东西，比如空气、比如风月。他们不停地捡拾银杏的落叶，仿佛在拾捡一地黄金。

丰隆山，长在桃源深处的丰隆山，不高不低，不卑不亢，就像一个得道高人，在风平浪静的江湖蛰伏。

我也是，没有得道。别看我尾随在一群诗人后面，貌似诗人，实则伪诗人。

潜入丰隆山，我不过想借诗歌的名义，养心或洗涤灵魂。

2015-11-22

## 郑家驿

一直以为有烽火台，有茶马古道，长亭之外是短亭。

至少有一姓郑的家族，傍驿道连绵五公里，一字排开，挑角的门楼，走壁的飞檐。

没有烽火至少有炊烟，没有号角至少有犄角，没有长枪至少有短笛。

我的联想过于古朴，郑家驿的前世早已淹没于历史的洪荒，没有留下一圈涟漪。郑家驿的今生已和其他村庄无异，描眉画唇，搔首弄姿，宛如一村妇。

走进郑家驿巷，新修的水泥路旁是崭新的小洋楼，你很难想象这是一条古老的军事要道，曾经来来往往跑得出汗的战马，在这条道上跑到黑，传送着重要的公文和物资。

我不需要想象，只静静地聆听，历史的天空隐隐传来浑响，我拉不回已远走的岁月。

我也不需要眺望，一条古驿道消逝和一个人的消逝没有两样。

郑家驿，即使能够复制或克隆，也走不回从前。

2015-11-23

注：2015年11月21日，常德诗歌协会组织乌云界诗歌采风活动，因是周末，所以我欣然参加了。从长吉高速乌云界出口下来，路过田家坪村，见到三棵神奇的银杏树屹立于田野，十分醒目，立刻成为我创作这首散文诗的灵感。在田家坪吃过午饭后，拟上乌云界高峰，中途未料道路因雨水冲刷而中断，只好改去郑家驿乡的丰隆山。观赏了200多年的银杏古树，拜谒了凤林寺山神爷。郑家驿吃晚餐，晚21:00方才到家。默写一下参加活动的会员，杨亚杰、刘绍英、周碧华、谈雅丽、黄蔡芬、毛雅琴、熊刚、吕林、秦羽墨、李佑喜、刘浩（和女儿）、黄飞跃、唐益红、熊福民、说话的云。东道主是熊福民和黄飞跃。

# 星镇新安走笔

## 一、洞子坪的红萝卜

在澧阳与澧阴之间，在澧水与澧水之间，有一沙洲，名曰洞子坪。洞子坪在两股澧水之间，松散的沙地上可种棉花、稻谷，最适合生长红萝卜。

不要在意秋天是否老气横秋，红萝卜在松软的沙地里耐不住寂寞，就会露头。她不是看秋天的脸色，而是趁冬天没有来，趁雪花还没有覆盖，抓紧摆造。

被秋霜粉过之后，红萝卜仿佛被灌醉，清香扑鼻而来，那透过空气传播的体香比酒还醇。欲盖弥彰的小脸，红里透红，不胜妩媚。

你来或不来，她都在那里等你，仿佛待字闺中的娇娘。

我适时地赶到，正式赴一场久违的约会。

深秋的季节，无边的绿，衬托一场深刻的红，红脸的汉子和红红的萝卜，在洞子坪广袤的腹部对视，仿佛密谋一场私奔。

等待已经千年，相逢的一刹那，语言已苍白。别在意是否拖泥带水，今天就跟我走，伴我走天涯。

洞子坪，不管我和红萝卜浪迹何处，你都是我们的故乡，都是爱的故乡。

2015-11-15

## 二、古城村的古城

自古忠孝不能两全。申鸣，你倒下是一条汉子，立起是一丈夫。楚惠王敬你有情有义，在南国为你筑起一座古城池。他站在楚国的南方理想，用一座城池把孝义、尚友的精神传承。

我也敬你是一条汉子，来到古城村把你和一座城池怀想。从村文化广场遥望天空，仿佛遥望历史，一片灰蒙蒙，看不见古城硝烟，也看不见刀光剑影，却用回眸的余光看见了一座忠孝亭。

探究楚惠王的当年目测范围，我没找着四马驱动的战车，没找着仗剑走天涯的义士，更没有找着峨冠博带的大夫，倒是在拟建的申鸣公园东边，找着了一个申鸣果蔬园，大棚里的蔬菜青翠欲滴，绿得蓬蓬勃勃。

其实不用刻意搜寻。心里有古城，古城就在。心里没古城，古城也在，只是没落在你的心里，而是进驻了历史长河。

别怪我在古城村迟迟不愿离去。

我不过想印证，在我心头一万次刻画的古城和现实究竟有什么出入？

现在我终于明白了，历史不可复制或还原，古城已是一种象征，或者说已生成湖湘文化里不可或缺的精神丰碑。

它始终在有心人的心里长驻。

2015-11-16

# 三、新安漫水桥

应该是澧水的第一座桥，一头挑起一座六百年历史的星镇，一头挑起亚洲最大的青山水轮泵站。她仿佛是一只无形的手，牢牢把洞子坪攥在手中。

她更像一艘渡船，渡生灵，渡岁月，渡往事，渡相思。她把一世繁花和兴衰从此岸渡向彼岸。

澧水仿佛当她不存在，悄无声息从她身子穿过。有时为泄愤，还从她身上漫卷。她就像一个温顺的小妇人，从来不为自己叫屈。

冷静地看着澧水，如同看着淘气的孩子，尘世的繁华仿佛与她无关，她只是在守，守一份自以为是的本分。

那座星镇应该是她的主心骨，星镇所思所想所虑，就是她的所思所想所虑。顺着星镇的目光，是通向外面世界，她为此躬下身子，只为摆渡。

我的到来，纯属偶然。虽然多次眷顾，终究只是过客。

站在她温柔的洼地，我只不过在等，等澧水的湾流，抑或等她的潮汐泛起。

我为她纵身一跃，绝不是殉情，而是见证一份爱，只求做一朵爱波漩涡中的浪花。

2015-11-17

# 四、善文化广场

一个"善"字，在广场的中心熠熠生辉，定格了一座城镇的灵魂。从善风、纳善言、择善处、相善马、乐善事，因为有了灵魂，所以星镇才会更有星格、星味、星品和星款。

上善若水，从善如流。就像一颗太阳，用柔和的光温暖澧阳平阳；就像一座桥，用不屈的脊梁普度澧水儿女。

我是被"善"吸引，从新安大道往南，经慈善长廊走进广场，宛如走进一座海。站在"善"前，我居然感觉，纵然飓风肆虐、闪电狂舞、波涛汹涌，有善这只无形的手，都能慰成一个温柔的海平面。

应该是从申鸣开始，善字牵引下的忠孝节义形成源头，淌成一条河，奔流直下两千多年，形成一方广阔的流域。我们吮吸着这条河的乳汁，都是这条河的孩子。

或者说，我们是其间的一滴水珠。

我走到广场中间，仿佛被"善"包裹。我触碰这些汉字，就是在触碰星镇的灵魂。我终于明白这座城镇的魅力所在。

周遭熙熙攘攘的车马人流不见了，鳞次栉比的楼盘不见了，郁郁葱葱的树木花卉不见了……

我的内心一片空蒙，无数善念环绕在的我周围，风生水起。

2015-11-18

注：2015年11月15日，临澧作协组织会员进行"星镇新安"文学采风活动，笔者既是组织者之一，又是参与者。40多名会员参观了新安镇洞子坪蔬菜基地、善文化广场、古城村，考察冀东水泥、伟厦包装企业，进行了座谈讨论。我认为"星"镇名副其实，"星"在产业、"星"在城镇、"星"在文化、"星"在美丽乡村。有感而发，选择几处感兴趣点切入，形成了这组散文诗。

# 黑胡子冲

高峰村头，黑胡子冲已经存在很多年。很多年来，黑胡子冲都叫黑胡子冲，黑胡子冲像一只时光沙漏，把风云滤掉、日月滤掉，把前尘往事滤掉。

滤不掉的，是留在黑胡子冲的丁玲。丁玲不死，丁玲和她的文字一样，熠熠生辉，一直未曾死去。

十年前，我沐浴着丁玲文字的光芒，来丁玲生活过的小镇工作，三年前，我离开小镇，丁玲文字的光芒一直在心头闪亮，今天，我奔黑胡子冲而来，站在刚刚揭牌的“丁玲文学创作基地”前，心里有一万头鹿撞。

“黑胡子冲，您的女儿回来了。”我的耳边仿佛听见丁玲母性的呼唤。我的目光是当年丁玲的目光，看进天空和大地的深远。

从仅剩下的半堵墙故居朝下望，是向阳水库，向阳水库以下，是万亩良田的向阳大坪。黑胡子冲如同大江的源头，在开阔的道水冲积平原上形成了自己的流域。而此刻天空，十万里，不见一丝云彩。

这是文字的源头，也是文学的源头，一群热爱文学的文人从四面八方涌来，不为别的，只为一种崇拜和景仰，他们要把文学的力量接收和传承。

循着光与火，我来了，带着虔诚和敬意，旗帜鲜明地来了。

黑子冲，请见证一个永远的文字少年的敬意。

梦牵魂绕的黑胡子冲，你早已在我心头立成一道闪电。

2015-11-26

注：2015 年 11 月 26 日，临澧县委、县政府组织，丁玲文学创作基地揭牌暨湖南省作家协会创作基地授牌仪式在临澧县佘市桥镇高峰村黑胡子冲举行，省市

县镇村相关人员和四十多名作协会员参加，仪式由蒋颖群主持，龚爱林（省）、王跃文（省）、杨琦明、杨天生分别进行揭、授牌，致辞，蒋宗平（永通）为创作基地捐款 500 万元。

# 澧州五景

2015 年 12 月 6 日，星期日。三人行文学社刘宏波社长牵头，组织了走进澧州看澧州文学采风活动。临澧、澧县、石门、津市等地三十多名会员参加了这次采风活动，东道主是澧县籍常德市诗歌协会副主席胡平。一行人参观了城头山、余家牌坊、文庙、洗墨池、兰江公园、八方楼等景点，休闲而写意。我很荣幸应邀参加，度过了一个难忘的周末。特选几处感兴趣的地方涂鸦，当是性情文字。

——题记

## 城头山的阳光

温暖如昨，一如六千几百年前。

连续多日的阴雨把太阳洗得又红又大，一大早在城头山露出头来，满脸羞涩。阳光落在收割后的田野，给整齐的稻桩镶上一层金边。这些稻桩是六千几百年前稻谷祖先哺育子孙留下的胞衣。那些多年前稻谷的孩子不断繁衍生息，一年又一年进化，形成现在的颗粒模样，秋收之后便会扔下这样的胞衣。呼吸着稻香，沐浴着这样的阳光，走进城头山，恍惚中我在穿越时空隧道，走进史前，走进一个古老而温暖的梦。

应是一个冬日暖阳，城头人刀耕火种之余，烧制陶器，摆坛祭祀，繁衍子孙。不用茹毛饮血，无须风餐露宿，水煮的稻谷、火烧的牛肉、土筑的城池，一片和平景象。几个孩子爬上苦楝树，把鸟窝掏了。一群男女晒干祭器，祭天祭地祭太阳祭祖先，然后把心养宽了。

也是一个冬日暖阳，我把心也养宽了。虽然相距六千几百年，我像那群载歌载舞的史前城头山人，身心全无负担。尾随在一群诗人后面，真像一个世纪大盗。那满鼻清新空气、满地青草绿色、满把灿烂阳光，还有诗歌，一串串、一行行，宛如层次分明、标注清晰的古城墙般的诗歌，都是我盗取的目标。

我把目光拉直，让目光转弯，我用满怀虔诚完成心祭，仿佛还原一场古老祭祀。

我祈祷，用这照了六千几百年还将继续照耀下去的阳光作证，让我做城头山的一个稻谷粒子。如果很多年后，我有幸被炭化，成为城头山的一分子，那该多么幸福。

2015-12-06

# 文　庙

悠久的历史靠的是文化传承，没文化便没历史，没历史自然没文化。孔夫子站在淞澧平原，望着滔滔澧水，曰："逝者如斯夫，不舍昼夜。"屈原在此行吟，范仲淹在此求学。澧州是产文化的地方，所以历史悠久。

澧州人把文化看得很重，把儒家老祖宗孔子看得很重，把悠久的历史看得很重，在孔子驻足过的淞澧大地上，修筑了这样一座庙宇，不供佛祖菩萨，不供财神山神，专供文化，专供孔老夫子。目的是要文人代代相传，文化代代相传，别让历史在此中断或转弯。

文庙就像古澧州大地的一颗太阳，用熠熠的光辉普照生灵，庇佑生生不息的澧水儿女。那源源不断的光泽，汇入洞庭、汇入长江、汇入大海。

我的到来是偶然，也是必然，因为我也喝澧水的乳汁长大。弱水三千，我只取一瓢饮。我的一瓢，也沐浴着老夫子的光芒，饮者留其名，我要感恩老夫子赐予的力量。

绕过状元桥，进到主殿，孔夫子是供奉的神灵，立在那里一脸严肃。他的目光没有看我，也没有看磕拜的同伴，他的目光是在看澧州的天空，看澧州天空的烟云。

我没有和老夫子对视，立在那里，也在看天，看阳光的天空云卷云舒。

我知道，每个人都可以修炼成菩萨，立地成佛。我也知道，无论我怎么修炼，无论怎么挺立，都修不成老夫子，立不成文庙。

2015-12-07

## 洗墨池

城中心，绿柳间，书声中，一方碧池。岸上世界，水中倒影，水天一色，相映成趣。这就是当年溪东书院洗墨池，澧县一中一角。如一方砚，似一块玉，镶嵌成澧州的心脏。

范仲淹早年在此临池洗墨，为的是将来先忧天下，报效国家。池中汩汩流淌的是墨汁，更是知识的琼浆。她哺育一代代澧州人攀登超越，砺剑折桂。多少年来，莘莘学子纷至沓来，他们在此沐浴更衣，洗脑换心，用虔诚和耐心求取功名。池塘中的水墨了又清，清了又墨。

如今，洗墨池不再清洗砚笔，而成为一种精神象征。你立在聚贤岛上，与车胤、范仲淹、陶澍三人铜像比肩，内心就会升起一股读书报国的凌云壮志。

我来了，在冬日暖阳的映照之下，我站在洗墨池边，幻想自己是一名学子，着长衫，举毛笔，蘸着池水，在聚贤岛上挥斥方遒。

如果时光倒转，或者进入时光隧道，与范公子工书耽诵该多好。

我知道，自己只是在洗墨池边，演绎了一次精神的蒙太奇。

不过，那又有什么关系？我就是要借洗墨池的波光，清洗正在固化的灵魂，我要让它变得柔软而有弹性。

2015-12-08

## 澧浦楼

澧浦楼，又名遇仙楼、八方楼，我不信。一栋楼，咋那么多机缘，又遇仙，又八面临风，哪有好事让一栋楼独占？

我不信，我不由得不信。我来到澧浦楼，站在澧州的天宇下，站在澧州的大地上，鹤立鸡群，不卑不亢。其实，没半点儿骄傲，一来到面前，我就感觉自己的渺茫，楼那么高、风那么急、云那么远，我在哪里？

我在楼下，看澧浦楼的天空，"天高云淡，望断南飞雁"，楼若遇风会不会飞？

吕洞宾知道，衲衣鬟髻、箬笠草履的吕仙就明事理，他就知道，楼在楼处，正如人在人处一样。世界不大不小，认知不大不小，楼和人不大不小。

我没得道，也无法成仙。澧浦楼，我在你面前，充其量不过历史的一个孙子。不管你是否八面临风，也不管你是否"身跨白云归去休"，说穿了，我不过是景仰你的一个粒子，微不足道的一个粒子。

千千万万的粒子，组成事，组成物，组成认知。

澧浦楼，笑看风云，再不济，你也是我认知的一个事物。

2015-12-09

## 余家牌坊

传说中的牌坊，原来是这般模样，大理石雕刻，从头到脚不杂半点儿尘埃，立成一架傲骨。

余罗氏，二十四岁守寡，把后半生的贞洁化作镂刻的记忆，刻成一帧景仰。道光皇帝用圣旨的方法，把这种景仰固定。

在车溪，在澧州平原，这道牌坊从此立成一道风景，成为千千万万特别是女人顶礼膜拜的图腾。一年又一年，守贞的女人把痛苦的煎熬压抑再压抑，用这道牌坊的光芒掩饰伤痕。

近两百年来，谁说她不是道德与贞洁的试金石？

我来到她的面前，顷刻变得卑微。我前后左右注目，一遍又一遍探究，我得出一个结论，一个伟大的母亲用一辈子的痛与苦诠释了一个字：忍。

我仿佛看见一位青春少妇，隐忍内心情感，忍得山穷水尽，忍得地老天荒，忍得日月无光，忍得肝肠寸断，最后，青春和热血被风干。

这哪是牌坊？分明是一副旧枷锁。这种痛本来已被时间的沙漏掩埋，为什么要用这样的方式渲染？

我挥了挥拳头，想砸碎她。面对苍茫的时空，我的拳头很无力。

2015-12-10

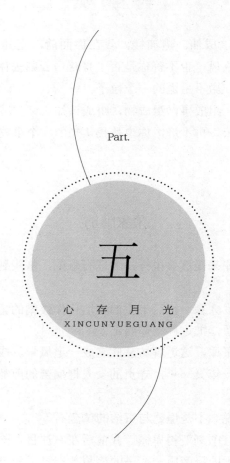

Part.

五

心 存 月 光
XINCUNYUEGUANG

边城见证，我真的来了。我不止来，我还在翠翠的目光
里，裸露着躯干，在清水河中来了一次畅游。我在河底不停找
寻，希望找寻到那竿翠翠摆渡用过的长篙。

# 阳朔之美

最近一段时间心情不大好，想出外散心的念头一直在心里头琢磨，加上同事提议，便有了五天的桂林之行。桂林山水甲天下，阳朔堪称甲桂林。朋友劝我，看桂林应该在阳春三月，那时的漓江才丰满动人，冬季是枯水季节，可能会让人失望。我天生不是赶热闹的种儿，喜欢在风景失意的时候去领略最脆弱的真实。其实，观赏风景不在于时令，而在于观赏的心境。事实胜于雄辩，桂林之行，让我阴晦的心情开朗，是我始料不及、却是情理之中的事情。回来已经有了二十来天了，一直想写写桂林，特别是阳朔之美。可是犹豫了很久却不敢动手。原因很简单，不敢写，怕陈述不了阳朔秀外慧中的精髓，贻笑大方。更重要的是描画阳朔的文章不少，简单记录山水见闻难免落入俗套。这与本人领异标新的性格不符。

我的手头有一张 20 元人民币，从桂林叠彩山陪伴我，走七星公园、芦笛岩、图腾古道，观梦幻漓江，到阳朔的兴坪古镇，一直没有舍得花出去。回来后，又有了十多天了，这张半成新的 20 元人民币还在我的手中反复把弄。千万别误会我是守财奴，这张面值不大的人民币为什么如此让我看重？在面额 20 元人民币背景图案上，正是阳朔的漓江山水风光。

带我们这个旅行团的导游姓陈，是本地人。在叠彩山顶，他征求我们参观阳朔的线路意见时，提出了两套方案选择。其中一条就是上游方案，正是从这 20 元背景图案处下水，逆流而上。许是我的孤陋寡闻，竟然不知道 20 元人民币的背景图案是闻名天下的桂林山水风光，而且正是我们即将前往的阳朔。我当然毫不思索选择了上游方案。而这条线路正是当年克林顿来桂林后增加的游览线路，据说，香港行政特别区行政长官董建华因此在机场多等待了 20 多分钟。

上午 11:00，我们到达目地乘小船的地方，正是 20 元人民币取景的地方，也是克林顿下水的地方。一行二十一人，分成四条竹筏。我坐上竹筏，风姿绰约的漓江风光便迎面撞了个满怀，我有些贪婪地呼吸着空气，有点儿想把漓江揽入怀中的冲动。竹筏逆流而上，我们便在风景中流动了。大家不停拍照，这个地方最具神气之处，就是不需要取景，随便你站在哪个角度按一下快门，洗出来的图片，一定是不用修饰的山水画。

用手捧着清澈的江水，水便温柔慰熨心头，那溢光透明的江水绝对让人有掬之入口的渴望；抬头看两岸青翠欲滴、仪态万方、风情万种的秀峦，那飘逸洒脱的群峰深处绝对让人有避世遁俗、归隐桃园的冲动；站立船头，风景前后簇拥，船在水中行，人在景中流，那日月经天、江河行地、沧海桑田的豪迈绝对让人有君临天下的感叹……

阳朔之美在于自然朴素和真实，而透明的漓江正是阳朔的灵魂。大自然的鬼斧神工，制造了一个让桂林骄傲、让中国骄傲、让天下人惊奇的杰作。来到这个没有污染、近乎处女地的地方，足以荡涤人们内心积淀的污垢和晦涩，从此轻盈、透亮、明快起来。冬季的阳朔虽说有点单薄，但是正是这份坦荡和羞涩，让人更加喜爱和留恋。

说了半天，说不落入俗套还是落入了俗套。其实，用语言来描述阳朔之美，语言一定贫乏。对一处风景的感受如果说出来，必定会变味。美丽的风景只能用心感受。阳朔的美也一样，靠自个儿细心去感悟。

你到过阳朔吗？如果你没有，你一定还不是一个完全意义的旅行家。

那么，你想散心吗？最佳的去处不妨选择阳朔。这个中国最美丽的地方一定能让你过目难忘。那绝美的山水风光味道不错，胜过山珍海味，绝对让你沉醉其间，欲罢不能。

2008-01-19

# 金鞭溪漫步

我记得很清楚，从张家界国家森林公园大门进去，沿途有很多猴子向游客争食。等从与猴子嬉闹的快乐中走出来时，迎面便是豁然开朗的大氧吧广场。广场左手边上黄石寨，右手边下金鞭溪。那是我们进入张家界的第一个景点。

看到广场中间巨石上书写的"张家界国家森林公园"几个红色大字，我兴奋得准备拍照。人很多，也很拥挤。导游小吴说，从黄石寨下来后再拍也不迟。我一想，有道理，便兴奋地和同伴一起向黄石寨进发。

"不到黄石寨，枉到张家界。"去过张家界的人没有不知道这句广告词的，沿途随处可见。张家界的山天下有名，黄石寨算得上山中极品了。在山顶可以尽情揽日摘星，观秀峦在云中欲盖弥彰、若隐若现、羞羞答答。山的冷峻和山的秀丽，在这里都表现得淋漓尽致。

在我的潜意识里，仁者乐山，智者乐水。山厚重，代表粗犷；水灵性，代表温柔。山好比是男人，水好比是女人，单一的男人和清一色的女人，始终不是绝美的风景。山水的结合，才是风景的极致。金鞭溪就是完美山水、才子佳人的典型代表。张家界的景点记忆犹新的很多，我却独想记叙一下金鞭溪。

这可是一个绝佳的曲径通幽处。我们在广场中间的巨石下合影留念之后，便一头扎进了那潺潺水声之中。沿着青石板的小径，携一练清澈泉水，散漫而下。

我们，对了，我们是五个人。本来有六个，还有一位同事说来了十多次了，便没有陪同我们进来。前面说到的小吴，我们叫她吴导，是当地导游，也是常德老乡，二十多岁，说话很轻，很温柔，是那种一见面就让人产生亲切感的女子；其余四个人三男一女，分别是我、谭、陈、李，都是单位的同事，我们利用清明节的三天假期，从忙碌的工作中走出来，自费来到张家界，图的是一个清闲和写意。

　　老天没有下雨，偶尔还在严肃的面孔中露出阳光，天气真是好。4月的金鞭溪，当然是春天的金鞭溪，敲响着叮咚的旋律，花团锦簇地列队欢迎我们。吴导很负责地一路给我们讲解，同时也拍个不停，她还兼任摄影师。在她一口乡音一路介绍中，我对金鞭溪便有了一些肤浅的了解。金鞭溪因溪畔有一金鞭岩而得名，全长7.5公里，游程约3小时。沿路主要景点有观音送子、金鞭岩、文星岩、紫草潭、千里相会、跳鱼潭、水绕四门等。关于金鞭岩和神鹰护鞭，有许多美丽的传说。流传最广的是秦始皇赶山填海途中，中了龙虾女"美人计"，赶山神鞭被偷换成假鞭的故事。龙虾花是金鞭溪的特产，楠木是金鞭溪的主要植被。1992年5月，联合国教科文组织派来考察的两位官员，走完金鞭溪，一路上极少讲话的桑塞尔博士终于讲话了，他说：清澈的溪水，完好的植被，这么长的地段没有人烟，这在亚洲是少见的。

　　既然是休闲性的游览，我自然没有耐心去记忆那些典故和名称。主要的心思全在享受那种闲适的宁静和悦目的情趣了。抬头观山，山入云霄，千姿百媚；平望是厚实的植被，郁郁葱葱之间有百花点缀，风情万种；俯视是一泓清泉，似白练，在翠峰之间缠绕，如影随形。有水声，有鸟语，还有远处游客的惊呼声，把一个幽静的峡谷渲染得生动传神。

　　静静走在7.5公里的溪边石级上，你可以忘记尘世间的一切俗务，让大脑一片空漠，尽管用心灵去感应大自然这份纯洁和清静，散漫地走，向着林深不知处。那一刻，保不准你会有"采菊东篱下，悠然见南山"的归隐冲动。不经意间，一座石桥把我从溪的左侧带到了右边，转弯处，两架水车突兀在眼前。恍惚中，我似乎回到了古老的中世纪，成了田园中的农夫。爬上一架脚踩的水车，水车很自然地在我的脚力下发出了欢叫声，清澈的溪水源源不断地从溪中带到了岸上，在渠道边翻了一个身，重新折回到了溪流中去。吴导不停拍照，闪光灯下，我又回到了现实之中。我的心情便不停地在古老与现实的时光隧道中穿梭来回。

　　步下水车继续前行，路上便有不少的野猴出没，不时向我们乞食。我奇怪金鞭溪的猴子怎么不怕人？同事谭说，人是猴子变的，几千万年前，我们都是猴子，猴子当然不怕猴子。我奇怪猴子怎么不是直立行走？同事陈说，变成人的那不是金鞭溪的这种猴子，是猿猴。女同事李的年龄不大，观点却颇有不同，她道，原来我们本来是一个祖先，一类猴子很勤奋地劳动，所以变成了人；另一类猴子很懒惰，靠捡拾人家的果实为生，所以，现在还是猴子，这不，还在金鞭溪

乞讨为生啦。

　　我当然不会同意他们的观点，物竞择天，适者生存。人是进化的猴子，猴子也是进化的猴子。从几千万年前生存到现在的生物都是优秀的生物。人不用说，金鞭溪的猴子是这样，金鞭溪所有生物包括金鞭溪也是这样。

　　金鞭溪的下游在修路，我们没有走完全程，中途沿路返回。返程之中细心留意，便会感觉，顺流而下和逆流而上，远山静景会有不同，每一步都有惊喜的新发现。这些新发现只能意会，不可言传。说一个细节，我走过一遍之后，感觉溪水没有来时的那样清澈了。如果不信，你沿我走过的线路试试看？

　　金鞭溪是有个性的。在金鞭溪散步之后我得出了由是结论。

2008-04-07

# 玩转北京

北京是什么地方？废话，国家的心脏，首都。凭什么说玩转？就凭她是咱国人的骄傲。玩玩、转转，可没有半点儿亵渎或者贬义的成分在里头。这不要开奥运会吗？奥运期间人多，不好玩，也不好转，趁现在人少，抢先感受一下气氛，让后来的人嫉妒一下咱们现在的这份周末的休闲。

7月3日，距离北京奥运会还有36天。说走就走，下午提议，晚上就到黄花国际机场上了飞机。还没有从尘世的俗务中醒悟过来，北京就冷不丁出现在咱们的脚下，那阑珊的灯火，把偌大的城市装扮得晶莹剔透、美轮美奂。1450公里的空中距离，用时间来计算，不到两个小时。原来时间是这样拉近城市之间的距离。一个字形容：爽。不够，再加一个字：真爽。

五个人，两个人办事，三个人玩转。三个人当中自然少不了我，重游北京，怎么说，我也没有另外两个同伴的陌生。在北海区中国当代研究服务所找了一个幽静的地方住下后，三天的行程就定下来了：第一天，天安门附近加上军事博物院；第二天，长城加十三陵；第三天，"鸟巢"加上恭王府。三天时间能够玩转北京吗？想都别想。3000多年的历史，850多年建都史，那丰盈的文化积淀触手可及，浸透了空气的味道。只能是感受，不可能深入。没有个十年八年地深入浅出，肯定是一鳞半爪，隔靴搔痒。那就蜻蜓点水、浮光掠影吧。找一个临时女导游，咱们就开始了玩玩和转转，感受新发现。

## 紫禁城不是"城"

紫禁城是什么地方大家都知道，那是皇帝生活的地方，用准确的表述应该是"皇宫"。紫禁城是中国明、清两代24个皇帝的皇宫。明朝第三位皇帝朱棣在夺取帝位后，决定迁都北京，即开始营造紫禁城宫殿，至明永乐十八年（1420）落成。依照中国古代星象学说，紫微垣（即北极星）位于中天，乃天帝所居，天人对应，是以皇帝的居所又称紫禁城。1911 年，辛亥革命推翻了中国最后的封建帝制的清王朝，1924 年逊帝溥仪被逐出宫禁。在这前后五百余年中，共有 24 位皇帝曾在这里生活居住和对全国实行统治。

紫禁城虽然不是城，却在彼时人们的心目中当成了一个至高无上的城堡。那象征权力和威严的城堡鲜为人知地存在数百、上千年，森严壁垒地演绎着王朝生活。

行走在紫禁城的青石板上，似乎可能听到皇宫过眼的喧哗。我在想，那雄伟的宫墙、厚重的大门，拴住了一个时代，却没能拴住沉重的历史。

## 中南海不是"海"

中南海当然不是海，称呼它为海，可以感觉北京人的大气。中南海是中海和南海的合称，位于故宫西侧。面积约 1500 亩，其中水面 700 亩。中南海的"海"是蒙古语"海子"的简称，是花园的意思，因为花园地处北京中南方位，故称为中南海。此名始于元代，一直沿用至今。中南海与北海共同构成西苑三海，也称太液池。西苑三海是中国历史悠久的皇家园林，其中，开辟于辽金时的中海和建设于明朝时的南海，自清代起就被列为皇家专用的禁苑。康熙皇帝时，一些政务是在离宫别苑处理，中南海随即成了清王朝的政治中心。自民国以来，中南海曾作为公园一度对公众开放。在此前后，中南海始终是中国最高权力机构的所在地。

如今，中南海成为党中央和国务院办公用地。中南海虽然不是海，却以海纳百川的容量，团结和带领全国人民建设中国特色社会主义的伟大事业。我沿着中南海的围墙走了一段路，心情和路人一样，对这个神圣的地方充满了神秘和向往之情。

## 德胜门不见"门"

德胜门是八达岭高速公路起点，去八达岭长城乘公交车，首发站在德胜门。门有门形，却看不见门洞。原因很简单，城墙和城门"文革"时破坏，现在看到的一点点是后来修复的。德胜门元代称健德门，为出兵征战之门，寄语于"德胜"二字。乾隆四十三年，天大旱颗粒无收，年末清高宗去明陵，至德胜门，时逢大雪纷飞，除去一年之暑气，高宗龙颜大悦作御诗立"祈雪"碑碣一通，有黄顶碑楼，碑之高大，令其他诸门的石刻难以比拟，故人称："德胜祈雪。"走兵车，北方按星宿属玄武。玄武主刀兵，所以出兵打仗，一般从北门出城。之所以取名叫德胜门。德胜门东边的城墙上放着一尊炮，不过，这炮不是打仗用的，是报时用的。每日午时，德胜门和宣武门同时一声火炮，城内的老百姓听炮对时。可是，北京城人称"宣武午炮"却不说"德胜午炮"，估计可能是宣武门杀人总在午时，炮声一响人头落地，比德胜门有名的缘故吧。德胜门瓮城内的珍品，应当要数立在中间的一座碑亭。亭中矗立着一座高大石碑，镌有乾隆帝六十二岁时（1797）的御制诗。

修复的只是用作纪念，没有洞开个中的大门。现在是和平年代，战争离我们已经很久远了，这个出征用的门不开也罢。琢磨这个地方，很是值得玩味，应该是一个很牛皮的地方。于是，我流连良久，在德胜门照了一张相片。

## 鸟巢不见"鸟"

"鸟巢"是国家体育场，和国家大剧院"鸟蛋"遥遥呼应。"鸟巢"自然不是鸟巢，是第29届奥林匹克运动会的主会场。它位于北京奥林匹克公园内、北京城市中轴线北端的东侧。建筑面积25.8万平方米，用地面积20.4万平方米。2008年奥运会期间，承担开幕式、闭幕式、田径比赛、男子足球决赛等赛事活动，能容纳观众10万人，其中临时座席2万座。奥运会后，可容纳观众8万人，可承担特殊重大体育比赛、各类常规赛事以及非竞赛项目，并将成为北京市提供市民广泛参与体育活动及享受体育娱乐的大型专业场所，成为全国具有标志性的体育娱乐建筑。一个用树枝般的钢网把一个可容10万人的体育场编织成的一个温馨鸟巢，用来孕育与呵护生命的"巢"，寄托着人类对未来的希望。

鸟蛋有了，鸟巢也有了，"鸟"哪儿去了呢？我问导游小韩，小韩说，出国考察去了，奥运会期间回。我张大嘴巴十分的惊奇。同事笑我，这都信，切。我真的相信了，我相信有巢和蛋的地方一定有鸟。

## 地铁没入"地"

5日，游览八达岭长城和十三陵的定陵，我们花了少半天的时间。雨中游览这两处胜景，心情自然细腻一些。长城的游人如织，摩肩接踵，感觉城墙快被挤垮了，虽然有伞，衣服仍被淋得透湿。定陵的地下陵宫却十分的宽敞干燥，明十三帝朱翊钧和两个皇后会享受，把一个墓地修得比皇宫还富丽堂皇。没有多久的停留，很快就看完这两个地方。然后，中午和下午的全部时间都在公交车和地铁上。没有吃午饭，饿得够呛。

两个同事以前都没来过北京，说来了，就要填补一些空白，什么都要尝试一下。于是坐公车和地铁。从定陵到地铁 5 号线乘公车可直达。上了地铁 5 号线，我才发现，地铁居然没有入地，真是奇怪。从天通苑站一直到大屯路东站，列车都是行走在地面之上，透过玻璃窗，可以清晰地看到城市流动的风景，如同坐在铁路高速列车上。车内的空调，舒适且写意。

从张自忠路站下来，我们才发现，坐了多半天的车，每人只花四元钱，真是经济。同事说，唉，中午如果没有地方休息，花两元钱在 5 号线地铁上睡觉或者赏景，也是不错的消遣。说的也是，北京交通真的便宜。可惜咱不是北京人，没福气在运动着的地铁上午休。

## 福之源没入"福"

北京神气和值得看的地方太多了，三天时间怎么也看不够。不过，恭王府一定得看看，那是中国"福"文化的发源地。这个地方和珅、奕䜣住过，传说这个地方是龙脉龙头的源地，风水好得不得了。摸一下康熙皇帝亲书的石刻"福"字，可以洪福齐天。

但我看入住过的几位王相，和珅、丰绅殷德、永璘、奕䜣、载滢等历代主人中，没有一个有好下场的。福并没有自始至终恩泽过源地的主人。

走出占地六万平方米的恭王府花园，我在想，福之源也许只是发祥福瑞的地方，谁想贪婪独占，上天自会给予惩罚。

坐上 Z17 返程列车是 6 日 18：20，我思忖，第一次到达北京的时间应该是在八年前，八年时间，可以改变很多东西，包括一个人。今天的心境和八年前的心境已经大相径庭，多了伤感；少了热情；多了冷静，少了热烈；多了思考，少了浮躁，唯一不变的是对北京的热爱和景仰。

玩转北京了吗？当然。回答很牵强。我想，更多的应该是北京玩转了我，或者是说征服了我。

2008-07-09

# 中国有个太浮山——相约太浮山

　　琢磨写这个文章时，标题就犯难了，本是一次文友集会登山活动，如果纯游记去写，也着实不好着笔。这个养在深闺人未识的"名山"，这块亟待开放、开发的旅游资源，被我们几位常德文友征服在脚下。登山事小，推介事大。就像了解中国悠久文化非一朝一夕可以，太浮山也一样，两千年文化要梳理出头绪，也非一篇短小精悍的博文可为。

　　就好比狗咬刺猬，无从下口。说来不怕见笑，原本文章题目想写《临澧有个太浮山》，怕外面的人不知道临澧县，虽然出了个大官林伯渠，虽然出了个作家丁玲，但出名的是名人本身，临澧县与他们脱开了再讲，地球上知道的人还是少数；再想选择《常德有个太浮山》，也不妥，壶瓶山在常德，是湖南屋脊，咱这太浮山在常德市旅游界似乎也没排上号，既然没排上号，那就不排；干脆换成《湖南有个太浮山》，还是欠思量，也不够大气。说《中国有个太浮山》这话绝对精准，太浮山就像祖国的任何一座名川大山一样，实实在在地存在于中国的版图，还是被批准的国家森林公园。至于没有写成临澧、常德或者湖南，任何一个临澧、常德或者湖南人，就像我一样，不会有意见，其间的包容关系和知名效应谁都会懂。

　　言归正传，2008年11月29日，常德几位朋友来了，要去登太浮山。尘世的俗物本来就有些压头，周末调节一下情绪非常必要。常德散文家协会的会长周碧华牵头组织这次活动。我对周碧华本来就很熟悉，常德知名作家，多次参加中央、省、市电视台专题活动。我们彼此之间还相互撰文记述过，他带着几位会员要深入太浮山体验攀登的意境，同时了解太浮山文化，同是市作家协会成员的我，哪有不陪的道理？

　　市散文家协会、摄影家协会会员薛梅驱车前来接我，9:00准时出发。初冬的阳光透过车窗，照在我们明媚的脸上，车行二十公里，便到达太浮镇境内。周碧华和他的会员们已到，正在路边等着我们。相互见面后，车便一前一后继续前行，在初冬暖暖的阳光里直抵太浮山麓。而东道主——太浮山党委书记游建忠正候着我们。纯粹民间活动，不得惊动政府。周会长很低调，一再强调。游书记笑着说，当然，要不，我怎么会把夫人带来？文艺界人士来太浮山，是对太浮山文化和旅游开发的促进和支持，作为东道主，哪有不欢迎和开心的道理？

穿过星罗棋布的水库塘坝，行走在秋收后尚能触摸稻香的稻田之间，太浮山就这样自然而亲切地进入了我们的视线。站在海拔 604.5 米高度的太浮山主峰之下，奇峰峻峭，层峦叠翠，云蒸霞蔚的太浮山风光扑入眼帘。这个高度拿下来准没问题。周碧华道。

先别急着表态，等上去后再说。我说。登山除了体力，全在于登山的心境。

10:30 分，正是登山的好时候。出发！一声令下，同来的有 14 个人，司机在山下等，其余的 11 个人便急不可待地向风姿绰约的太浮山进发。

一路上，边走边聊。游书记成了当然的向导。太浮山旅游文化便如数家珍地呈现在我们面前。太浮山原名彰龙山，相传汉代浮邱子在此修行得道而闻名于世，故改名叫太浮山。207 国道和石长铁路穿境而过，贯穿花岩溪、桃花源、夹山寺的旅游线路 1801 省道擦西南山脚经过。面积 4300 公顷，有 99 岭，33 岔。其第一峰、顿笔峰、三台峰、炼丹台等"二十四景"江南闻名。自汉代中叶至清代末年，是佛道两教兴盛和发展时期。至清末尚有寺庙十多处，是洞庭 48 福地之一。

文人登山自然对人文历史更感兴趣。太浮山历史源远流长，自春秋战国两千多年来，不少帝王将相、文人、墨客在此留下遗迹。楚大夫宋玉常沿山下道河逆水而上经佘市桥（七百年古桥，至今尚用）上太浮山；汉高祖刘邦和西楚霸王在云梦泽地开战，在太浮山留有汉王庙和饮马池遗迹；汉伏波将军马援授命征南蛮，曾在此驻军多日，并在铁瓦庙召开军事会议；唐太子李直因怨恶宫廷争斗来此山修道；唐诗人李群玉几次登山游览；明太祖朱元璋追赶汉王陈友谅至太浮山，因刮七天七夜黑沙风，救了陈友谅性命，因此得名的黑沙溪，现住数百户刘姓百姓，均为陈友谅后裔，至今尚存陈刘不通婚习俗；明末清初，李自成被吴三桂追赶至太浮山，太浮山成为天然屏障，为缓解危机而起到巨大作用，在第一峰一带与清兵周旋，多日后兵败逃往夹山寺，后李自成感恩，捐巨资重修太浮山大庙；清人杨瑛、黄道让等数十位著名诗人常登山游览，题咏太浮山之诗不下数百篇；民国四年，贺龙、袁任远在此活动留下多处遗迹；中日常德之战，太浮山成

为抗日的湘北要塞，在山脊长茅岭有战壕遗址；解放前夕，太浮山成为湘北地区迎接解放军的游击队根据地。

如此厚重的文化古迹，大多在战乱和"文化大革命"时期破坏。现在要恢复，必须依托这些宝贵的文化遗产，做活旅游业这篇文章。周碧华建议。游书记点头称是，并表示，希望常德文艺界要加大太浮山文化的宣传力度，让文化搭台、旅游与经贸唱戏，开发太浮山这块宝地，让太浮山文化走向世界。他说，规划已经拿出，正在着手这方面的招商引资。

谈到这里时，我们正走进一片茂密的修竹林，越过修竹林，前面的石级便愈来愈陡峻。在下面远观太浮山似乎不高，真正爬山之时，才发现，高度永远在上面。同来的常德日报社一名年轻的记者和一位年长的协会会员在竹林留影后便折转回去，剩下的五男六女继续攀登。

当一种体力活动当作一种休闲来对待时，其乐无穷。和周碧华已经有一年没有见面了，他还是那样风趣幽默，几个人说说笑笑，攀越就成了享受。同是新浪的博友，网络尽管把人的距离拉得很近，但毕竟不是现实。我们谈文学、谈教育、谈道德、谈网络，话题无所不及。而在现实之中，通过眼神、手势，以及零距离沟通，交流才能激起更多的共鸣。

顶峰就在眼前，此刻大家已是汗流浃背，相继脱去了夹衣。周碧华年长几岁，自称老大，振臂一呼，似有大将风度。游书记的夫人姓刘，最年轻，大方俏皮，更显活跃。停下休息之时，他对周碧华说："周老师，你是作家诗人，我作一首诗，你给评评。"周碧华应诺称好。于是小刘那好听的声音浓墨重彩地上场："啊，祖国，我爱你；啊，常德，我爱你；啊，太浮，我爱你，我才发现你真美丽！"大家被她的情绪感染，都大笑不已，周碧华更是拍手称好。旁边有人补充了一句："小刘，还得加上一句，啊，建忠，我爱你，并不是因为你在这里当书记！"快乐的笑声在太浮山的上空久久萦绕，群峦和田野在视线中更加美丽动人。

"会当凌绝顶，一览众山小。"山至巅，景致秀。经过两个多小时的攀登之后，太浮山第一峰终于踩在了脚下。鸟瞰山河，远处江南田园风光尽收眼底，思维和视野有着说不出的清晰和舒畅，连日来的烦躁早已烟消云散。此刻，胸中真有极目楚天舒的广阔，也有指点江山、激扬文字的豪情。我忍不住对着美丽的河山狂呼三声，那是最能直舒心意的象声词："啊！啊！啊……"声音从太浮山顶传出，向渊明兄描画的桃源深处落去，浑厚真切，不绝如缕……

在山顶寺庙一番探根究源之后，我们合影留念，才匆忙下山。一路谈笑，不在话下。回到太浮镇政府，时间已是下午 3:00，早错过了午餐时间。不过，食堂准备了酒菜。周碧华的兴致很高，提议喝红酒。六瓶红酒下肚，大家都有了深深的醉意。

醉了。周碧华说。

醉了。我说。

醉了。大家都这样说。

是啊，如此美丽的太浮山，如此豪情的常德友人，如此浪漫的登山之旅，不醉才怪。

2008-11-30

# 樱花谷里听溪

　　中国有个太浮山，太浮山上有个樱花谷，樱花谷里有条樱花溪。如此说来，就清清楚楚了。你不会误会樱花谷在日本，也不会误会我表达的主题是樱花。

　　坐车，西南方向出临澧县城十二公里，可以抵达太浮山。太浮山，地球人都知道，可太浮山下樱花谷却养在深闺人未识，不是一次偶然的机缘，我还真不知道有这样一个去处。

　　2015年3月3日下午，我在黑沙溪水库边上一下车，就被眼前的浪漫景色吸引着了。"二月草菲菲，山樱花未稀。"在水库上游开阔的平地上，一簇簇白色、粉色、红色的樱花树，像谁漫不经心布下的圣诞树，给早春荒凉的原野，增添一团团"喜色"。原谅我滥用辞藻，在我心里把美的东西都形容"喜色"，说成一团团并不过分，证明喜悦的成色高。从县城出发，就一直在车上打瞌睡，下车后被这突兀眼前的惊喜擦亮眼睛不足为怪。同伴们很快就散进这万花园中，或赏或品或玩或弄樱花去了。队伍有五十来人，是参加临澧县文联组织的"登安福新景、赏浮山樱花"主题活动成员，大多是作协、摄协、美协、书协、音协、戏曲舞协的会员。队伍一散就找不着去向，一散就没有入花海。我也不例外，沿着花开的方向，向樱花谷深处奔去。从我出发的位置朝北，到太浮山半山腰，有一万亩樱花，足够我游、足够我恋的了。

　　是偶然也是必然。在几天前，太浮镇党委书记杨洁就对我发出隆重邀请，要我来赏樱花，我满口应诺。之后，也有意无意给县文联的负责人建议过，没想到这一天来得这样快，这样突然，队伍还如此之庞大、整齐。能抓住机缘就好，见识樱花谷真面貌的时刻终于期然来临了。

　　樱花谷里动、植物丰富，有华南兔、穿山甲等动物数十类，有乔木、灌木、藤本等数百种，有樟、楠、栎、松、杉、槐、榆等树木无数，有李子、桃花、映

山红等花卉品种不少，简直是一生态博物馆。我就奇怪地思考，为何这山谷之中生态如此富饶？是不是冥冥之中有某根线牵着。

越到山谷的紧口部位，越能听到流水声。循着水声，我在灌木丛中终于发现一条小溪。在平坦之地未曾留意，因为当时的眼里只有樱花，这时，成片的樱花没有了，而是漫山遍野零散的樱花，你就有精力注意樱花之外的东西了。这是一条什么样的溪水？清澈、明亮而执着，从高处往下，一直发出一种清脆、柔和而美妙的声响。这种声音如同磁石，牢牢锁着我的耳神经和视神经。高山高水，太浮山能滋养这样的溪流太正常不过了。有了这样一条溪流，构造出这样一个生态博物馆就不奇怪了。原来这条溪就是樱花谷的一根线，它牵着樱花的成长。我后来问过杨书记，这条溪水叫什么名字？他说不出来，让我给它取个名字。樱花溪。我脱口而出。

我继续朝上走，平坦的土路没有了，取而代之的是简易小道。横过小溪，就走到樱花谷的西边山坡。我后来听杨书记说，这条溪的东西两侧都有砍伐出来的简易小路，可以形成环线。现在我走的路线是在樱花溪西侧山路，我们行走的方向朝北，朝着高处攀行。在我即将横过小溪时，我遇到了张小平、夏钕雪，蝶花逐梦飞和女儿叶。他们四个人正在这里摆造拍照。我主动加入，于是我们成了向上攀沿的第二方阵。据我所知，大部分人留在了下面，前面还有作协的尹德立、吉久组成的第一方阵。另外还有一支队伍由杨书记带队，在樱花谷东面山道上，和我们遥相呼应。

不仔细辨认，你还真看不到路。不过，没关系，路是在溪边，你听着溪水，就能找着路。各种植被参差不齐地出现在你的视线，各种形状的岩石冷丁不防地出现在你的脚下或身边，而太阳如同顽童，时而隐藏山头，时而出现在树叶的缝隙中，人在其中，恍若梦游，浑然是它们中的一员。偶尔你能走到一个相对空旷的地方，放眼两面山坡，最能聚焦的还是樱花，凌寒独自开的樱花，在高处，在丛林，搔首弄姿、卓尔不凡。

越往上走，溪流的声音越婉转、悠扬，越让你欲罢不能想探幽。沿途红砂岩居多，有的和树木长在一起，形成很奇妙的组合。有很多古树，估计是原始次森林保留下来的品种。我和张小平走走拍拍，在一株古樱花树前留恋了很久。太浮山的樱花有八九种，多以野生为主，有其独特性，绝非从日本引进。据专家论证，太浮山樱花应该是湖南樱花的原产地。据考古专家称，临澧胡家屋场出土的新石器时代的樱桃，距今有7600多年了，而日本有樱花的历史不过一千多年。所以，太浮山的樱花是地地道道的国货。以前我想到樱花就想到北海道，看来这种潜意识应该从根子里去掉。

我们边攀沿边发出呼喊，得到了尹德立的回应。与此同时，杨书记带领的东路大军和我们交会，错过。他们下谷，我们继续上山。跳过一处带有渗水的缓坡，再上到一个高处平台，尹德立的镜头对准了我们。终于和尹德立的第一方阵会合了。会合的地方相对平缓，有两处奇特景观。有一根古藤类似弓张，造型像凯旋门，又宛若乡下耕田的"梨沿"（放在耕牛肩部用力处耕田的一种农具辅件）。我抓住它的两侧荡了荡，荡不成秋千。在"梨沿"的后面，有一根树完全长在石头上，把石头包裹，很奇妙，尹德立给它们命名"石抱树"。我爬上树拍了照，有点儿恋恋不舍。听脚下溪流，闻鸟语花香，看近山远景，观蓝天白云，在如此静谧场所发呆，是一种奢侈消遣。往前走了好远的吉久又折回来，一、二方阵胜利会师，一同朝向谷顶，朝向溪流的源头进发。

不到长城非好汉，不到南沙非好汉。此南沙非彼南沙，而是上部的南沙湖，也是我们所要抵达的溪流源头，樱花谷顶。在下面刚刚开始攀登的时候，我就暗暗鼓励自己，一定得抵达高处，绝不可半途而废。尽管是第一次来，但不可以蜻蜓点水到此一游，可要领略个中精华。

南沙湖堤终于出现在我们的视线，在太浮山两座山峰的夹角部位，一个人工湖神奇出现在你的视线，你可以想象出久攀之后突然放松的快乐。这湖其实一点儿也不像湖，应该叫水库，或者叫它池塘也不过分。我们一路听到的流水声就是从这个池塘溢洪道上流出来的，水的来源是太浮山上的山水。此处位于太浮山的中间部位，往上，有太浮山革命烈士纪念碑，再往上，上到山顶，有浮山大庙。我们没有上去，而是在这里与湖光山色亲近，与蓝天白云亲近，与大自然亲近。七个人，七个快乐的孩子，在南沙湖堤上欢呼，流连忘返。要不是联络员电话呼叫参加太浮镇组织的座谈会，我们不知道还要待多长时间。

黑沙溪与南沙湖两座水库的距离，从头到脚不过三五里，我们足足盘桓了两个半小时，我是从脚到头听溪，听出满山遍野诗意。不，准确讲，是醉意。返程，因为时间关系，我们没有走樱花溪东侧小道，而是折向连通山顶大庙的大道。

后来在座谈会上，我满脑子还是樱花溪的流水声。我给杨书记建议，樱花谷以后不管怎么开发，都尽量不使用钢筋水泥，保留原生态。在樱花盛开的地方摘云朵、捞阳光，赏樱花、采樱桃，特别是听溪，是一种享受。

2015-03-04

# 哦，翠翠！翠翠！

哦，湘西，我来了……

哦，边城，我来了……

哦，翠翠，我来了……

我其实是想着见翠翠而来的。带着一种比沈从文丝毫也不逊色的朴素感情，带着一种挥之难却的湘西情结，来到了花垣，来到了边城，来到了翠翠面前。

请不要误会我会对翠翠带有亵渎心理。翠翠，"在风日里长养着，把皮肤变得黑黑的，触目为青山绿水，一对眸子清明如水晶""为人天真活泼，处处俨然如一只小野兽。人又那么乖，如山头黄鹿一样"。别以为湘西只出土匪，这位代表中国女性传统美的善良女人，这个揉进了沈从文美好情愫和感情的笔下人物，已经成了湘西的一个文化象征。

我是那样迫不及待，风尘仆仆，直奔主题。在湘、渝、贵三省交界处的那座如雷贯耳的边城，那条清澈见底孕育了翠翠的清水河畔，我有些痴了地想念着翠翠，想象着七十多年前，沈从文是如何构思描摹着这样一个悲悯的女子。

这个午后的阳光比较炽热，清水河被温暖得有些迷糊，透过流汗的视线，可以看见远山和近水在织一幅水墨画卷。我去过中国很多地方，比如三亚，比如漓江，我以为美景不过如此而已。第一次来边城后，我发现边城之美真的难以用语言表述。你想象不出在山脉纵横的湘西腹地，会有一帧让你拍案称奇的水墨画，不是桃源，胜似桃源。

一脚踏三省。这就是边城，解放前是一个三不管的地方，今天，是一个日新又新的旅游胜地。我琢磨，我以前咋不知道有这个地方？我以为是沈先生虚拟的地方，不想竟然在现实中真的有这样的原创基地。山水是静态的，人才是鲜活

的。一个地方的山水没有文化点睛，是很难表达它的灵性的。那么，我是冲着翠翠来的吗？

在翠翠的雕像前，我顺着他的目光，轻轻地叫了一声，翠翠。我知道，她不会答应。"到了冬天，那个圮坍了的白塔，又重新修好了。那个在月下唱歌，使翠翠在睡梦里为歌声把灵魂轻轻浮起的年轻人，还不曾回到茶峒来。这个人也许永远不回来了，也许明天回来！"我知道，翠翠还在等她的心上人，她的目光望着清水河，希望有一天他能逆河而上，真切地走进她的视线。她等啊等，等了七十多年。在她的内心里，一直有一个信念支撑，那就是，他一定会回来。她是等大老，还是二老？

大老和二老终将没有来，我却来了。我是从沈先生的故居顺着沈先生的脚步而来的，临河而立，我知道，翠翠不是等我。我知道，我也不能带给她关于爱情的消息。我是为真而来，为善而来。我来的目的只有一个，增强勇气和信心。沈先生说了："我将把这个民族为历史所带走向一个不可知的命运中前进时，一些小人物在变动中的忧患，与营养不足所产生的'活下去'以及'怎样活下去'的观念和欲望，来作朴素的叙述。我的读者应是有理性的，而这点理性便基于对中国现实变动有所关心，认识这个民族的过去伟大处与目前堕落处，各在那里很寂寞的从事与民族复兴大业的人。这作品或者只能给他们一点怀古的幽情，或者只能给他们一次苦笑，或者又将给他们一个噩梦，但同时说不定，也许尚能给他们一种勇气和信心！"翠翠的目光告诉我们，希望永远在前方。

边城见证，我真的来了。我不止来，我还在翠翠的目光里，裸露着躯干，在清水河中来了一次畅游。我在河底不停找寻，希望找寻到那竿翠翠摆渡用过的长篙。

其实，我是在湘西，不对，是在花垣；不对，是在边城；也不对，是在翠翠博大的襟怀里，触摸最温柔的东西……

2009-08-08

# 在南四省天空云动

突然就听说组团去南方考察，跨湘、贵、桂、海四省。看名册上的人物，有三十七个，与工业相关的部门负责人都参加了，想必此次考察带着招商引资的意图。不管怎样，出来总是好的，可以透气。至于目的和任务尽可不予理会，行程上的几处景区吸引了我的眼球，黄果树、遵义、桂林、阳朔、三亚，有的地方去过，有的地方没去，陌生的和久违的地方一样刺激兴趣。九日旅行，机械的步履可以轻松，酸痛的视线可以柔软，晦涩的心情可以阳光，一片天空一片雨，一路山水一路情，风景永远在前途。

深秋的阳光很高远，坐在去黄花机场的旅行车上，心情豁然开朗，既然出来了就别思虑太多，不如奔走，让放飞的心情随飞机向白云深处漫溯。

## 第一日　游贵阳甲秀楼

从常德到黄花机场花了四个多小时，中间汽车爆了胎，匆匆忙忙换车赶到机场，囫囵吞枣地用快餐填饱肚子，便赶紧登机。南方航空 CZ3655 长沙至贵阳市14 点起飞，一个小时又二十分到达贵阳机场。

出得龙洞堡机场，秀丽的山便迎面扑来。在山城建机场不容易，就是这个龙洞堡小机场据说也打下了二十多个小山头。贵阳在贵山之南，由此得名，也由此形成了这个城市的个性。地导（地方导游）小黄很热情，如数家珍介绍这个充满了神奇和活力的城市。以前没来过，听地导小黄介绍后，不禁多看了车窗外的这座城市，依山傍水，的确小巧、精致和秀丽，既有数不胜数的自然风光，也有独具特色的人文气息。贵阳据说是省会城市中森林覆盖率最高的，四季如春，所以有"林城"和"避暑之都"的称号。另外，有一句成语"夜郎自大"，贵阳打造夜郎文化这一品牌，不知是不是出于这个典故？我懒得打听。

既然没有来，那就是处女秀；既然没有来，就多看看，饱览秀色。第一站自然是位于市中心的甲秀楼。

甲秀楼位于贵阳的母亲河南明河上，建在城南涵碧潭鳌石上，是贵阳市城徽标志，拥有四百年历史，据说明万历年间巡抚江东之于此筑堤联结南岸，并建一楼以培风水，名曰"甲秀"，取"科甲挺秀"之意。

其实观山水风光在于感觉，感觉好就行。以前我有个姓谭的同事出游挺有意思，到达一个景区后，也许是因为胖的原因，稍远或者要费力登攀的地方就懒得去。他还劝别人，到此一游，到了就行了，不必弄得鱼清水白，滴水不漏。如此游览我还是不赞成，反复把玩没有必要，至少对于一处风景要有一个粗略的感观认识。对甲秀楼的认识感觉很神秘，一座跨河建于河中的楼一定有其用意，或是为风水所为，庇护这座城市，或是为祈祷所用，为地方莘莘学子求福，多多出中第之才。

毕竟有着四百年的历史，通过浮玉桥进入甲秀楼主楼，但见文人墨客题咏不少，仿佛行走在悠远的历史行廊之中。游人如织，粗粗读过几联之后，没有多大印象，不过，清人刘玉山所撰 206 字长联，我倒有心记了下来。此联比号称天下第一联的昆明大观楼长联还多 26 字，它概括了山城贵阳的地理形势及历史变迁。

上联：五百年稳占鳌矶，独撑天宇，让我一层更上，茫茫眼界拓开。看东枕衡湘，西襟滇诏，南屏粤峤，北带巴衢；迢递关河，喜雄跨两游，支持那中原半壁。却好把猪拱箐扫，乌撒碉隳，鸡讲营编，龙番险扼，劳劳缔造，装构成笙歌闾里，锦绣山川。漫云竹壤偏荒，难与神州争胜概。

下联：数千仞高凌牛渡，永镇边隅，问谁双柱重镌，滚滚惊涛挽住。忆秦通棘道，汉置戕河，唐靖且兰，宋封罗甸；凄迷风雨，叹名流几辈，销磨了旧迹千秋。到不如月唤狮冈，霞餐象岭，岗披凤峪，雾袭螺峰，款款登临，领略这金碧亭台，画图烟景。恍觉蓬州咫尺，频呼仙侣话游踪。

太阳西下，步上甲秀楼三楼，看南明河，阳光下的南明河欲动还静，像白玉镶嵌，又如同一块白练缠绵在城市的腰身，那么晶莹剔透。山让贵阳持重，水让贵阳灵性，甲秀楼正好是远山和近水的完美结合点，从这里看贵阳任何一处自然的或者非自然的风光都是美的。

站在南明河边再观甲秀楼，不禁心生感慨：玉桥锁明江，秀楼镇日月。还是难以描述心境，就用许芳晓《芳杜洲》用作本节的结语吧：

芳杜洲前春水生，
碧潭相映数峰青。
盈盈细草裙腰色，
随着游人绿进城。

2010-11-12

## 第二日　观黄果树瀑布

记得小时候小学课本里就有介绍过黄果树瀑布。小时候感觉黄果树瀑布很神奇，亚洲第一大，世界第四大，乖乖，那还得了。后来电视剧《西游记》在这里拍外景，更是让我对这个瀑布增加了神秘感。一直无缘拜会，所以，此次行程中有观黄果树瀑布一项，算也是慰了儿时的心愿。

从西湖花园大酒店出发，一路西行，沿途山头田间可见不少新居，有的正在建设中。导游小黄津津有味介绍，建房有补贴，是正在进行的社会主义新农村建设。贵州石材丰富，既可当大砖石，又可当瓦建房。"贵州一大怪，石头当瓦盖。"仔细观察真可以看到不少房间屋顶是那种又薄又细的页岩铺成。

太阳出来了，从车窗往外看，远山都笼罩着一层金色的光圈。所见之山不高不大，有点貌似丘陵，不过没有江南植被丰富，且隐约可见有不少青石裸出来，显然没有江南土壤深厚。越往西走，山的个性就越凸现。那些山有的似馒头，有的似冰激凌，冷不丁出现在视线，像是被哪个淘气的小孩子无心地丢弃在路旁。进入安顺市，黄果树就是位于该市的镇宁布依苗族自治县境内。我相信，越往西行，山的粗犷和凝重会越分明。一个生长亚洲第一的瀑布，没有个性的山或者水都是不可能。

汽车一路蜿蜒沿白水河而下，领略镇宁奇特山水的同时，黄果树瀑布群景区内瀑布就出现在了眼前。一共有十八个瀑布，每个瀑布看完是不可能的，自然选最具特色的来看。黄果树瀑布属喀斯特地貌中的侵蚀裂瀑布。观赏主瀑布由电梯导引入白水河谷底，再依山而上。沉闷的轰隆声牵引着脚步，巨大的瀑布便有如巨画呈现在眼前。黄果树大瀑布高 77.8 米，宽 101.0 米，据说存在于一千万年前第三纪中新世，一直延续至今，经历了一个从地表到地下再回到地表的循环演变过程。

瀑布呈现在眼前，喜悦呈现在眼前，在大自然鬼斧神工之下，有这样自然奇

观，是贵阳的荣幸，也是游客的荣幸。有纷飞的水珠从对面溅过来，让人从外到内都感觉通畅。我抹了一下脸上的水珠，不知道是瀑布水还是泪水，找寻同伴，发现他们纷纷在拍照。我也急了，慌忙拿出相机，恨不能把一地风情装进照相机的内存。

这一定是一条神奇的河，千百年来的孕育厚积而薄发，那是天空的爱，那是大地的爱，终于有一天喷发而出，那吐出来的不是水，是爱的乳汁，滋养着贵阳这块神奇的土地和生活在土地上的人，也滋养每一个来到贵阳的贵宾。

流连忘返，欲走还留。在导游的一再催促下，我们才依依难舍地离开。通过石级，迂回来到瀑布的下方水帘洞。外面是巨大的浑响，里面是珍珠般的水滴，气温自然是异常凉爽。透过水帘的缝隙，可以看见瀑布下的彩虹。据说，看见彩虹的人可以确保一生平安幸福。我看见了彩虹，在河床内发着七彩的光环，感觉生命立刻焕发无穷的力量。在水帘洞行走，似乎有了齐天大圣孙悟空腾云驾雾的功力。

从黄果树瀑布景区出来，心儿似乎还停留在瀑布和围绕在瀑布之间的彩虹之上。

有机会，我一定还来。

2010-11-13

# 第三日　访遵义会址

去贵州省不去遵义是遗憾的，去遵义不看遵义会址更遗憾。遵义会议是中国新民主主义革命历史上生死攸关的转折点。能来到遵义会议会址，感受七十五年前那次著名的会议，便会对现代中国历史有一个更加直观印象，你能通过这座小小的会馆领略中国现代革命的刀光剑影，感受我们伟大的组织创造中国现代历史的艰辛与厚重。

"遵义会议永放光芒！"这话带有时代色彩，是著名语录，现在的"90后"不一定知道。"60后"、"70后"应该有印象，二十世纪下半叶，只要听到遵义这个名词，就知道那是比红太阳升起的地方更厉害的地方，心中自然而然升起一庄严和神圣，遵义会议正是在遵义这座当年的小县城里召开。遵义会议是指1935年1月15日至17日，中共中央政治局在贵州遵义召开的独立自主地解决中国革命问题的一次极其重要的扩大会议。参加会议的有毛泽东、陈云、张闻天、周恩来、秦邦宪（博古）、王稼轩、邓发、刘少奇、何克全、刘伯承、林彪、聂荣臻、彭德怀、杨尚昆、李卓然、邓小平、李德、伍修权等二十人，其中前五人是中央政治局委员。此次会议是在红军第五次反"围剿"失败和长征初期严重受挫的情况下，为了纠正王明"左"倾领导在军事指挥上的错误，挽救中国红军和中国革命的危机而召开的。会议集中全力解决了当时具有决定意义的军事和组织问题，肯定了毛泽东的军事战略主张，确立了毛泽东在党和红军中的领导地位。

今天我们的考察行程首推遵义会址。一行三十七人的队伍，大多从事行政工作，领会组织者的意图，来贵州一定是为了传统教育，遵义正是首选的现实题材。早八点半准时出发。去遵义会址途中经过息烽集中营，自然选到息烽参观。位于贵州省息烽县城南6公里，是抗战期间国民党坚持"消极抗日、积极反共"的反动政策而设立的关押中共党人和爱国进步人士的最大秘密监狱，与重庆白公馆、渣滓洞集中营、江西上饶集中营同为抗战期间国民党设立的四大集中营。息烽集中营对内称"新监"或"大学"，对外挂牌是"国民政府军事委员会息烽行辕"。重庆白公馆、渣滓洞监狱和望龙门看守所则分别称为中学和小学。建于1938年11月的息烽监狱，先后因禁共产党人、抗日爱国将领、新四军干部、进步人士和爱国青年等一千二百多人，人们熟悉的"小萝卜头"宋振中、爱国将领杨虎城就曾关押在这里。从息烽出来，才更深刻地了解在那个白色恐怖年代，新中国的缔造者们走过了的是一条怎样艰难困苦的道路。同行中有人说："应该让现在所有的党员都在这个集中营学习观摩一个月。"当然，这是开玩笑。我们可以穿越六十多年的风雨，感应当年革命党人痛苦的呻吟和呐喊。

遵义会议会址是"1949—2009中国60大地标"之一。位于遵义老城子尹路96号，原系国民党二十五军第二师师长柏辉章的私邸。这幢砖木结构，中西合璧的两层楼房，建于二十世纪30年代初，是当时遵义城里首屈一指的宏伟建筑，高墙垂门，巍巍峨峨。1935年1月初，红军长征到达遵义后，这里是红军总司令部驻地。我们是在吃过午饭后抵达这个会馆的，花了将近三个小时，才将会址、纪念馆、红军政治部、毛泽东遗物展览馆等地方观摩完。也只是浮光掠影，要将那里所有的东西琢磨透，估计得十天半个月。

看过息烽集中营再看遵义会议，感觉就是不一样，有一种想表达却表达不出来的沉重如鲠在喉。遵义会议精神其实也就是长征精神：不怕牺牲、前赴后续的精神，勇往直前、坚韧不拔的精神，众志成城、团结互助的精神，百折不挠、克服困难的精神。和平年代，战争的阴影和残酷已经渐行渐远，当今的青少年，已经很难想象那个时代的现实，我们该如何把这种精神传承到他们身上？

我觉得看遵义会址，最大的教育意义应该是勿忘历史，思考现实。那个时代

的精神正在我们大部分后来人身上缺失，如何发扬传统，秉承精神，开创未来，才是我们应该思索和探讨的重大课题。

2010-11-14

## 第四日　爬龙脊梯田

桂林是第二次来，龙脊梯田倒是第一次观赏。七点叫早，八点准时出发去龙脊梯田景区。因为是第二次来桂林，所以没了第一次的新鲜和激情，加上昨晚睡得迟，上车就有了一丝倦怠。桂林山水甲天下，这话不假，此刻却没有心情观赏秀丽的城市田园风光。风景自在人心，"门口就是汉口"，谁家门前没有景色？不过美在别人的眼里罢了。要想拥抱更美、更怡人的风景，去更远、更偏僻的地方寻找。山高路远不可怕，无限风光在险峰。我要养足精神，去对付没有去过的龙脊梯田，那一千一百级石级，那如同波涛般的层层梯田，一定可以尽揽入怀。

所以一上车我就浑然入睡了。

迷糊中我接了一个电话，一个轻柔的女声，好像说我的游记文章写得好，问玩得开心不开心之类的话。我没有完全清醒，试图换一下斜倚的坐姿，却不小心挂掉了电话。喂了两声，没有反应，便又昏然睡去。

从桂林到龙胜各族自治县和平乡平安村龙脊山有 103 公里，路窄弯多，行车速度不快。近三个小时的车程，足够我睡眠的了，再次醒来时，朝向窗外，"挂在天边的风景——龙脊梯田景区"巨幅广告便迎入眼帘，景区到了。这幅广告挺形象、挺诗意的，远在天边，近在眼前的风景一定最生态最唯美。

换车、换景区当地导游，便徒步进入了平安村。突然记起车上挂掉的电话，凭着记忆打了两个电话过去，都说没打，才想起应该看通话记录。回过去，原来是常德中青旅经理颜总，她说看了我的网络日记想了解一下沿路的服务情况。我说，没说的，中青旅服务一直以来在旅游行业都是一流的，这次也不例外。边说边抬眼望去，层层梯田如画般呈现在眼前。

挂掉电话，已经步上了石级。我们戏称这次旅程是乘坐的"和谐号"旅行列车，列车长也就是我们的团长黄清宇在地导廖阿妹引导下已经远远走在了前方，我忙紧跑几步跟上，尽管背着电脑，一路谈笑，感觉也很轻松。

梯田一级一级，石阶一级一级，随着我们的脚步升到山顶，升向天空。梯田蜿蜒，不宽，里面布满了秋收过的稻桩，多的三四行，少的只有一二行。高山有高水，灌溉倒不担心，那些生产资料、产品是如何运进运出的？我把这个疑问抛给廖阿妹，她的回答很简单，背。我想起来了，上得山来时，的确碰到了几个背着背篓的阿婆阿嫂。当地以瑶族和壮族居多，廖阿妹一路介绍当地少数民族习俗，提醒我们别让阿妹踩到脚跟，否则会被阿妹留在山寨，让我们留意谁家吊楼挂有绣球，待字闺中的阿妹期待你夜间爬她的绣楼。

山中多雾，层层梯田欲隐还现，似少女发下花格头巾。爬龙脊梯田就是在龙鳞上行走，清香的空气、怡情的视野顷刻便让你有了龙马精神。你可以一口气不喘地登上山顶。

团长的步履稳健，兴趣很高。带着我们上到山顶，拍照留念。山风一吹，浑身有感觉不出的舒坦，刚刚冒出的汗水早已烟消云散。极目远望，层层梯田真如巨龙在云山之间穿梭。有同行者感叹道："偏远之处，大多穷山恶水、土地稀薄，而这些地方才是真正的原生态，稍一开发，就是风景名胜，最原始的最美。"话虽然有点武断，但不无一点道理。在路未修通之前，这个地方的生产力一定非常落后，肩扛手提，环境自然不会破坏，风光不美才怪。


月亮挂上了树梢
星星在空中闪耀
吊脚楼上的妹妹
把我的心都勾去了
我弹着琵琶轻轻来把妹门敲
（阿妹开门哎）
我想你想的好心焦
想妹好心焦妹莫要笑

想妹好心焦妹莫要笑
想妹好心焦妹莫要笑
想妹好心焦妹莫要笑
哪座山头不长草
哪条小溪不淌水
哪棵树木不会老
哪个后生不把情人找。

月亮已经睡觉了

哥哥想妹睡不着

吊脚楼上的妹妹

把我的魂都勾去了

我弹着琵琶轻轻又把妹门敲

（阿妹开门哎）

我等你等得脚打飘

想妹脚打飘妹莫要笑


想妹脚打飘妹莫要笑

想妹脚打飘妹莫要笑

想妹脚打飘妹莫要笑

哪座山头不长草

哪条小溪不淌水

哪棵树木不会老

哪个后生不把老婆讨

我想把老婆讨妹哎……


　　下山的时候，地导孔阿妹唱起了吴京敏谱写的民歌《阿妹开门》，悠远的歌声顺着梯田传入山谷，回声悠远，回味悠长……那不绝如缕的韵律，始终在我耳边萦绕，跟到桂林，跟到枕边梦里……

2010-11-15

## 第五日　重温漓江

　　重回阳朔，重回漓江，我就是以这样夸张的姿势制造和享受爱情。

　　阳光很好，照亮阳朔，照亮漓江。此刻的漓江是一首诗、一幅画，抑或是一位多情的少女，等着我来阅读、来欣赏，抑或来温暖？是我来温暖漓江，还是漓江温暖我？这不重要，漓江靠我来点亮美，我用漓江抚慰心。原来，我们是相互给予。

　　这是一条神秘的河，这是一条离奇的江，从祖国的心腑流出，滋润着阳朔，

· 182 ·

滋润着桂林。我不能把她简单地视为一条河流，我要把她看成一条血脉，汩汩流淌在母亲的娇躯上。

我或者把漓江和湘江看成广西的两条眉线，我不能不把阳朔比作最传神的眼睛。

漓江是阳朔的灵魂，也是桂林的灵魂。那一泓清澈的水，从大山深处流出来，从大地深处流出来。那分明是母亲的眼睛，也只有母亲的眼睛才那么清晰、那么朴实、那么深刻，向每一个扑进阳朔的游子，散发慈祥的光芒。这是一种近乎原始的真实，用几乎裸体的包容接纳你，诠释爱的真谛。

我站在游船头，两岸的青山接受我的检阅，骄傲和幸福溢满心湖。我知道，我长在母亲的目光里，长在母亲的视线中。即使长成将军，长成巨人，在母亲的眼里，我始终是一个长不大的孩子。

航行在漓江的秀色里，渐渐地，我没了时间和空间的概念。心是那么的安静，享受流淌，享受愉悦，享受纯洁和真实。这里不需要时间和空间的概念，在清的风、柔的水、秀的山、亮的光里，喜、怒、哀、乐变得那么遥远，酸、甜、苦、辣已经游离身外。原来，美，真的可以让我忘掉我。

重游阳朔，重游漓江，我就是以这样休闲的姿态散发和感应温度。

2010-11-16

# 第六日　诗意三亚（外三章）

### 诗意三亚（外三章）

把三亚的空气打包
都是黄金
都是比黄金更珍贵的诗意
这些诗意
从菠萝里蜜出来
从槟榔里嚼出来
从咖啡里品出来
从女人蕉里流出来
从椰子里结出来
从沙滩里晒出来

从浪花里飞出来
挤破了我的相机
装满了我的眼睛

## 海笑了

这个午后很安静
我突然来了
没给海打声招呼
我突然来了
海就笑了

我在阳光背后听见的
我在椰叶缝隙看见的
我把沙滩踩在脚底
我把浪花抓在手心
于是海笑了

海的笑声
比少女的眼睛更透明
我偶尔转身
发现海的笑声
点燃了三亚的热情

## 醉 海

别怪我迷情
只因为我的醉
我不知道我晕海
晕得很疲惫
我倒在柔软的沙滩
我扑进大海的心扉

别责怪我管不住自己
只因为你太美

**天涯等我**

只为一句信口的谎言
你在这里痴等我一千年
现在我来了
只为未了的心愿
我知道一次是不够的
我却只能偶尔出现
海誓山盟
不过诠释表白的肤浅
爱我就是无奈
麻烦你再等下一个千年

2010-11-17

# 第七日　休闲三亚

11月中旬，北方开始降雪。三亚还在夏天，我这样说是有道理的。你看眼前匆匆而过的人流，穿的都是短袖衬衣、短裤裙子，那太阳一拧可以拧出汗水来。热啊，让我在热情的三亚里激动得透不过气来。

一早一晚的温度很舒服，二十度左右，你可以穿着睡衣在南山休闲会馆的院子里散步，这个中国最南的宾馆空气指数好得不得了，一张嘴，大把大把的氧就会蜂拥入你的喉咙，你浑身每个毛孔都张扬，看着阳光从椰子树的缝隙，从槟榔树的身旁，从女人蕉的倩影……流过来，带着海的呼吸，你就不会不醉，你或者忍不住收藏几缕，压在枕头底下等回到北方再翻出来重温。你要是有心抬起头，看那天空，你会觉得这里天空真的很干净，有安静的云朵待在天空一动不动，就那么传神地望着你，在你的目光里一寸一寸地融化。这样的日子三亚每天都是，你看那十几万一平方米的房价，不得不羡慕三亚人的幸福。这样的幸福对我来说很奢侈，一千年才一次，因为我是三亚的一个过客。

能做三亚的过客也是幸福的。能在三亚的怀里过上一天两天是幸福，过上三天就是奢侈了。这次是公务考察，我就这样不自觉地享受这份奢侈了。有网友妒忌我，我答，你别不平，革命分工不同，你要是处于我的环境，还不是不得不逼着自己奢侈一回？

今天的行程安排很休闲，上午参观南山文化景区，下午视察雷州半岛的兴隆热带植物园。上午的景点在昨晚住地周围，南山休闲会馆处在南山文化景区的中心，出门就是满目佛文化气息。什么三十三观音堂、什么南山寺、什么南海大观音，等等，你目不暇接，虔诚的心有永远真诚不完的时候。当然，你也可以什么都不想，如果有心，安静地听那佛音，然后傻待在那里，看那一地的阳光，或者看那数不清的热带植被，你的内心就会无比的空明。你就不会想到不开心的事，不会想到轻视你的人，你也不会被生活的琐事所累，甚至你可以在那一刻，忘记自己是这尘世的一个俗人。如果能一直待下去，这样无忧无虑地发呆，一定很幸福。我当然不会有那么幸运。我坐在金玉观世音殿堂前还没有坐上三分钟，就被导游叫着上游览车赶接下来的景点南山寺和南海大观音。吃过午饭，车行两个小时，我们便进到了著名的兴隆热带植物园。兴隆热带植物园位于兴隆镇，创建于1957 年，隶属于农业部中国热带农业科学院热带香料饮料作物研究所，是海南最早对外开放参观的热带植物园。植物园占地 600 亩，植物品种 1200 多个，划分为六大展区，特种资源丰富、园林景观优美。我随着人流机械地跟着走，让心跳匀速，尽量不给自己任何负担。我回忆一下，看我还能记得住几个热带植物，有可可、槟榔、木瓜、榴梿、芒果、咖啡，看我净记得一些吃食，可见我对绿色水果情有独钟。算了，不必记那么多，如果刻意去记就没有必要了。

晚上住康乐园大酒店。临海的酒店建筑都不高，不超过三层，这个颇有档次的宾馆建筑主楼没超过三层。不奇怪，三亚可能临海，也许担心飓风影响吧，建筑大多不高。设施却是一应俱全，我吃晚饭前特意在园子里走了走，好大好绿色，院落里规划有游泳池，热水和冷水浴均可，可见是有层次的。我是喜水的，打小在山塘里戏水习惯了，自然不会放过这露天的泳池。吃过晚饭后，我约同伴一起在泳池游泳，天上有月亮，地上有灯光，交相辉映。应该距离海还有一定的距离吧？想听海听不到，可以感觉海在不远处呼吸。浸泡在水中，大脑和四肢都很放松，可以思考很多的东西，也可以什么都不想，就那么随水而浮沉。这一刻，你可以幻想在地宫，也可以幻想在天堂。

你是谁？我不记得你了；我是谁？我不知道。

三亚四季都是这样温暖，每天你都可以像我今天这样度过。

　　休闲三亚，就是达到忘我的境界。如果你来三亚达不到这个层次，证明你不懂三亚，也不适应三亚。

2010-11-18

## 第八日　热情三亚

　　本来想写三亚博鳌亚洲论坛会址的观感的，突然不想写了，还是闲扯对三亚这个城市的直观印象比较轻松。

　　我已经有十二年没来三亚了，变化真大。二十世纪末房地产萎缩时的烂尾楼早销声匿迹了，这个以旅游和农业为经济支柱的开放城市，所见所闻都是亭台楼阁、小桥流水的园林风光。在我眼里，整个三亚就是一个大花园。我觉得三亚这个城市是热情的，不仅仅因为她的温度，更多的是她的开放和包容。就拿导游小冯来说，是土著三亚人，从她接到我们的团队起，对三亚就如数家珍，那种自信和对三亚的热爱溢于言表。说三亚开放，是因为在这里你可以看到很多的外国人，不管这些外国友人来三亚做什么，都可以证明其开放程度，为什么内地的城市很难看得到？说三亚包容，任何在这里寻梦的人都可以在这里一试深浅。我们有不少老乡在这里打工、寻梦，最发达的打工仔资产已经数亿元甚至更多。

　　这次出差所到之处都有老乡接待，大多是在外出来闯荡的企业界人士。最热情的不过三亚，海南世鹏公司颜董有心，几天的行程早在我们未抵达之前就已经安排妥当，吃、住、行全部由他们负责。

　　以往出差大都住三星级以下的宾馆，从来没住过五星级宾馆，而且是超五星级白金酒店，今天终于住了一宿，是地处亚龙湾美丽海滨的三亚丽思卡尔顿酒店。申明一下，纯私人老板接待，不是公费。我们有同事戏称，如果不是这次随团考察，也许一辈子住不上这样高级的宾馆。这话不夸张，像我们这样在内地的终日与田地打交道的泥腿子，每天为生计所累，有时为区区几元的费用尚且斤斤计较，哪敢拥有这份奢侈？那就住吧，至少可以少去一分遗憾。

　　从闭塞乡下纷繁琐务解脱出来，能拥有几天相对轻松心情，既体现了组织的关怀，更多的是让我们增长了见识。沿海产业转移，许多项目去到了内地。此次考察主要任务是招商引资，既是一次友谊的连接，也是一次经贸的交往，更是一次视野的洗礼。我们强调招商引资，更不能忽略观念和理念的创新。否则就是井底之蛙，就是永远落后。

还是回到主题，三亚美在哪儿？我个人觉得美在海湾。一个美丽和四季皆夏的城市，居于海岛，不美才怪。从三亚湾到天涯湾，再到亚龙湾，一湾比一湾漂亮迷人。"三亚归来不看海，除却亚龙不是湾。"主人把最后的行程定在亚龙湾，可谓匠心独运，更美的风景永远在下一站。

这个午后注定是享受阳光、沙滩和海浪。美丽的亚龙湾、美丽的丽思卡尔顿海滨浴场，热情接纳了我和我的同伴们。于是，我和同行的团友结伴走进了阳光、沙滩、海浪。来到三亚不下海，肯定是一种遗憾。既然来了，就试一下海的深浅，领略一下海的博大。

下在大海之中，才知道自己的邈小；游在大海中，方知抗风浪的强弱。呛了几口海水，又涩又苦，坐在沙滩上，还在晕眩。不过内心无比兴奋，有十二年没有在大海里游泳了，再次游海，呛水也值。重新下到海里，就有了经验，随着波浪起伏，感觉海便躺在自己的身下了。阳光抱着我，亚龙湾抱着我，三亚抱着我，我仿佛回到了童年的摇篮中。

这个午后海的浸泡很惬意，直到晚上东道主举办晚间宴会，我还晕乎乎的。

我晕海了？我是醉海。我不是醉在海水中，而是醉在三亚的热情里。

2010-11-19

## 第九日　梦回亚龙湾

昨晚六点班机抵达星城，西湖楼宴会厅一场大醉，然后回家，一路欢歌笑语不在话下。

却道昨夜梦，梦里梦外全大海，全是亚龙湾，全是南中国海，全是中国蓝……

这一夜睡得深沉，直到九点才起床的。听江南雨在窗外淅淅沥沥，犹似亚龙湾头枕的波涛。我突然记起梦里的诗歌，一字一句，如同椰林，在我的面前排起方阵。

**我的情人亚龙湾**

有一位少女
羞羞答答

情窦初开
生长亚热带柔情
裸露热带雨林风采
在中国南方
在海岛最南端
等你入怀

我念着她的名字
心里就温暖
梦里全是诗歌
梦外全是思念
踏着浅浅的沙滩
我来了
我的亚龙湾
你张开的怀抱
是我圆梦的伊甸园

那不是意外的相逢
那是千年的等待
我们轻歌
我们曼舞
和着海浪的节拍
一次次情感放飞天空
一遍遍灵肉游离躯外
就把三亚染绿
就让南中国海漂白……

　　我想起来了，在亚龙湾的一天半时间里，我有两个半天是泡在海水里的。就是昨天上午，临上飞机前，都还在她的柔情里厮磨。她已经不是具体意义上的海湾，而是抽象意义上的情人，一辈子想不够，一辈子念不完。
　　亚龙湾的美丽永远留在梦里。

2010-11-21

# 自由通道散记

在一个相对恒定的生活环境里待久了，人就变得有点迂。人麻木了，心迷失了，手脚僵硬了，思想肯定就惰性了。渴望一个缺口，或者通道，去透气、去奔跑、去放飞。让自己的灵魂复苏，让自己的思想激活。

在这个秋天行将结束的时候，终于有了这样一个机会，省作协和诗歌研究会组织一次"侗乡行"文学采风活动，刚好要到省城跑一下项目资金，一就二便，安排好工作之后，便在周末来到了长沙。向南向南，过邵阳，至怀化，追赶秋天，追赶温暖，直抵心灵的通道。

一路同行的十二个人，除我之外，有姜贻斌、陈惠芳、何力柱、朱定、谢午恒、范亚湘、方雪梅、冯明德、黄曙辉、杨罗先、邓少珍，除我属乡下人之外全是省内文学界、新闻界的名流，能荣幸跻身之列，真是意外。另外还有刘宗林单独乘车过来，加上怀化本地作者，称得上一次文学的盛会。

实实在在的通道侗族自治县，可不是我嘴上所说的心灵通道。这个地方，演绎了中国工农红军的神话，1934年红军长征途中著名的"通道转兵"，就是在恭城书院决定的。这次命运转折，打下了毛泽东重新崛起的基础，实现了中央红军一次伟大的战略转移，某种意义上讲这个地方改写了中国革命历史。

来了这个地方，真的不后悔。这个23个乡镇、2239平方公里、23万人的少数民族县，有13个民族，其中侗族人口占78.3%。用官方的话说，走进了通道，就是走进休闲、走进欢乐、走进神秘、走进好运、走进和谐。除了领略少数民族风情之外，更多的是感受个中的善良、古朴、生态环保、宁静通幽。

描述此地的文人骚客和作品太多了，如果我再来一次形而上的复述，那就太OUT了，也不是说话的云的风格。

走进去看看，随手记录一些散漫的文字，抚慰倦怠的心情。

# （一）去侗文化长廊养眼

去号称百里侗文化长廊走过一回后，相信你对侗乡文化就有了一个初步轮廓。也只是一个初步轮廓，侗文化历史悠久，博大精深，非简单到此一游就能深入骨髓的。我也难脱其俗，只能浮光掠影，囫囵吞枣。

一天时间跑三个乡镇虽累，却乐在其中。因为有前面列举的大人物参加，对于迫切打造旅游文化名县的通道县县委、县政府来说，非常重视这次活动，一天的行程安排得异常满当。正因为有大人物们在前面，我自然乐得逍遥地以轻闲状态中去看、去吃、去思考，而少了应酬、灌酒和敷衍之苦。时而走在人前，时而落在人后，不停地拍，中午手机就拍得没电了。走了双江镇、坪坦乡、黄土乡，到了芋头村、横岭村、坪坦村、皇都村，上上下下、高高低低地看了。侗文化六个符号在我心目中留下印象：大歌、芦笙、舞蹈、侗锦、鼓楼、合拢宴。

以前对侗族大歌有所了解，只是没有今天如此直观。侗族大歌无指挥，无伴奏，多声部，声音圆润，韵律柔美，听后余音缭绕，不绝于耳。侗乡儿女不论老少张口即来，迎宾、喝茶、祭祀、聚会，甚至山野都可以听到和感应。在坪坦村尤其印象深刻，几十名侗族妇女唱着大歌送了一程又一程，一直送到村口，唱到我们的车辆离去。这些只在影视里见过的场面，亲临感受，心灵仿佛被熨烫了一回。这是一个路不拾遗、夜不闭户的民族，这里的人们善良温暖，所以他们的歌声质朴感人，让人平生感动。

可以无肉不可无竹。芦笙应该是侗族最主要的乐曲，所到之处都可以见到用竹子做成的吹拉击打的各种乐器。在坪坦村和皇都村，分别观赏了两场演出，一场民间的，一场相对专业的，芦笙都是主要乐器，有的高过人头，有的掌在手中。秤不离砣，妹不离哥。他们通过芦笙表达喜怒哀乐，传递男欢女爱的爱情。在横岭村吃午饭之前和坪坦村演出之后，谢午恒都分别试吹了几种，居然像模像样。

舞蹈是表达心情的最好方式。侗族是一个善舞的民族，男女老少都爱跳。坪坦村一群六七十岁老太太组织的几个舞蹈节日让我内心很触动。如果我能在七八十岁还能有她们的心境，该多好。热情好客的侗族人民，可以让任何一个外来客人吃免费午餐，同时，也不忘将优美的舞姿展示给你观赏。在所有表演类的节目中，和客人一起共舞的程序一定省不了。在坪坦村和皇都村，我们都十分愉快地参与其中，那一刻，所有的烦恼都不存在，歌中，舞中，人变得轻盈，心儿跌宕在欢乐的海洋中。最是有趣的事，在皇都村共舞之后，姜贻斌和陈惠芳居然当了一回侗家姑娘的"新郎"，让人捧腹。

灵巧的侗家妇女，能织出巧夺天工的锦绣。"鱼骨做梭织花锦，骨针用来缝衣裳。"每一块服饰都十分讲究，匠心独具。在皇都侗锦博物馆，我见识了各种锦绣和织机，想象她们千百年来那种自给自足的世外桃源生活，全凭一双勤劳和灵巧的双手创造。每一个从我面前走过的姑娘小伙，我都认真观察过，他们的服饰干净整洁，融会了浓厚的民族风格。

侗族建筑有"三宝"，鼓楼、寨门、风雨桥。163座鼓楼，61处寨门，68座风雨桥。三宝是百越文化的活化石，很多都是国宝。芋头村的门楼前拍了照。皇都村普修桥下寨门对联引得了我和谢午恒共鸣："上联：半岛依山三面水；下联：一楼新月万花村；横批：里仁如风。"鼓楼是侗族儿女聚会、议事、休闲的重要场所，也是神圣和神秘之地，我特别好奇。每到一处，总会对其反复观赏。鼓楼有大有小，风格迥异。在横岭村，有一个经历清代三朝的鼓楼。我们抵达时，里面坐着十多位老人，正在烤火扯谈。气温不是很冷，居然开始烤火。看到他们悠然自得的样子，似乎明白，烤火只是一个借口。在鼓楼的吃食是百家饭，烤火也是百家柴，都是村民自带的。同行的刘宗林是省农业主管部门主要负责人，自然对村民的生活冷暖十分关心。趁他在与村民座谈话桑麻之际，我用手机将鼓楼里里外外拍了个够。这些灵动的建筑，拍得了它的外形，拍不到它的内魂。

侗乡女儿的饮食十分考究，基本上原生态。我是平生第一次吃到合拢宴，中餐在横岭村的横岭桥上，晚餐在黄土乡都领略了合拢餐的风味。晚餐时，上百人围在四方条桌上，吃饭之前居然左手挽着同伴的右手，右手举着酒杯，回绕餐桌跳回龙舞，舞一半，喝半杯，回到座位再干杯。人是并排的两条长龙，菜是满桌的一条长龙。居然有野菜，有蚂蚱。敬酒更是有趣，几个侗族姑娘小伙唱着敬酒歌，非常隆重地将满满一碗米酒递到你的面前，如此盛情，实难拒绝。我在几位美丽的侗家姑娘的歌声里，也干了满满的一大碗米酒。饭饱酒酣之余，好客的侗家人把最尊贵的客人团团围住，边唱边把你不停地举起抛向空中。

一天的时间穿越百里千年，导游小吴不停地介绍侗族人的文化习俗，什么祭萨、款约，什么行歌坐夜、偷月亮菜，什么赶歌会、打三朝，还有婚庆习俗，听得新鲜古怪，听得一鳞半爪。如果要详熟一些，得在侗乡住他个十天半月，方能略解其中味。

虽然偶见少量的外国旅客来此观光游历，虽然"哆嘎多耶"的欢乐侗乡正在声名远播，但总的来说，这里的文化还养在深闺，还需要更好地传承、包装和发

扬。中午吃饭时，我和坪坦乡党委书记李世萍交流了几句，她很有自信地说，政府现在要做的事情是打好基础，做好文化引导和宣传，只要坚持，一定可以打造成精品，走向世界。

我当然信，如此"萨"和迷人的侗文化，一定可以擦亮全世界的目光。

2013-10-28

## （二）去万佛山养心

仁者乐山。仁就是仁厚、善良的意思。喜欢大山的人，宅心仁厚，让人安稳。是不是仁者？任何人都不可自诩，但任何人都可以回归森林，抛开尘世的俗物，让原生态的丛林，去洗刷和喂养劳顿的心灵。通道就有很多这样去处，光万佛山这处国家风景名胜区就有 168 平方公里，由万佛山、将军山、神仙河等六大景区组成，可以让你的心经由千山万壑梳理、过滤，得到灵魂的皈依。

想到通道县有 77% 以上的森林覆盖，你就可以知道生活其中人们的健康指数。车行万佛山腹地，你会被映入眼帘的各种植被吸引，进入景区，你会被鬼斧神工的大自然神奇所陶醉。这就是曾经的百越，南蛮之地，现在正越来越被人们视为养心的好去处。

开发较好的是万佛山景区。也许是老天特意垂青，难得的阴天，最适合爬山。走进万佛山寨门，一路都有石级牵引，漫溯而上，幽静而深远。你不必停留于万佛壁前，苦苦思索观世音的讲经说法，也不必留恋仙人居曾经的传奇和喧哗，你就那么一路散漫而上，任思绪回归到宁静和虚无。

随着经济的发展，越来越多的丛林被逼退到偏远和高处，有的行将消失；随着经济的发展，人们也越来越困扰在办公室和事务，有的人一年也很难出来几次，现在一群人，当然你也完全可以视为一个人行走在空灵的石级上，世界不存在了，或者世界就在你的脚下，你就是林间的一片叶、一缕风，或者一米阳光，融在自然，乐在自然。

登万佛山，你完全不会有疲乏感。海拔虽然有 600 多米，实际攀沿的高度不过 200 多米，对于从小生活在城市中的人不困难，对于一个习惯山村生活的人更不在话下。过万佛寺遗址，就有一段百米悬梯，人走在上面，仿佛被柔风托起，你可以听到脚下深渊的浑响，你可以幻想为一只飞翔的小鸟，正在云中穿行。你可以放声大叫，远处一定有呼应。我大叫了三声，回声不绝如缕，通向天边和远古。

走完悬梯，便可抵达一个歇台，站在歇台之上，极顶就在眼前，可以扶摇直及。而放眼西北和西南，你会被云雾缭绕的群山幻象的壮丽景色而惊呆。早一步抵达的朱定看到我，指着北方长在云深处竹笋的山柱说，快看，多美。我看这个中景色，有如万马在云雾之中奔腾，就连自己恍若置身其间，就是其中一匹。那刻，心儿仿佛被漂移。

随后大家相继上来，大家七嘴八舌赞叹，用尽形容词。又是谢午恒提出一个问题，这里的景象反映了母性崇拜，大家知道原因？朱定说，这些山柱，貌似男人的骄傲。谢总摇摇头。我看西南，两座山峰微微突出，恍若女人的双乳。便指着西南方问，你是指那里似女人的双峰？谢还是摇头。大家惊奇望着他，他指着双峰下面一处山洞，说了一句石破天惊的话，大家不觉得那是女人某处器官的截面？谢所指不言而喻，是女性的私处。等大家反应过来，谢便成了大家攻击的靶子，男的嗔，女的骂，笑骂声把整个万佛山颠覆了。男欢女爱自古是人们热衷的话题，我等尚未成仙，亦不能免俗。

秀水、丹山、赤壁是万佛山构成要素，云蒸霞蔚是眼前主要视点。到达山顶，大家小憩片刻，便纷纷拿出相机、手机抓拍镜头。我也不例外，恨不能把这一地山河全装进手机带回家去。

下山就轻盈得多了，典型丹霞地貌，一座山似乎一块巨石，向下走石阶更陡。大家的话题无所不在，国内国外，家长里短。我和范亚湘，导游小吴一组，话题亦杂，从过去的通道转兵，到当今反腐；从生态环保，到人们的信念理想，自山顶一直说到山下凉亭，意犹不尽，继续话题直到午后，直到大家陆续到来。

如果说上山是一次让人成仙的过程，登临忘川；那么下山就是一个让仙下凡的过程，回归现实。

或者，我们可不可以这样以为，登万佛山就是一次养心的过程，上山是让心儿飞翔，下山是让心儿着陆。

2013-10-29

## （三）去恭城书院养神

昨天上午和范亚湘探讨信仰问题以来，就一直思索，该用怎样的目标或者精神来支撑人生的动力？共产主义可以成国人的生命动力？到什么山上唱什么歌，到什么阶段说什么话，如此哲学的问题，在正值转型的当今时代，的确难以激发

普遍共鸣。为什么会难以激发？就是因为当今教育、传媒等公共宣传平台和各级组织，都把注意力吸引到经济建设这个中心，精神信仰问题虽然在抓，但始终处于次位置。

到恭城书院去，那里可以让你养神，让你感受一个伟大时代和伟大精神激发的一种伟大力量。可以让你重新思考人生，找到生命的动力。

恭城书院始建于 1105 年，位于通道县县溪镇罗蒙山下，通道县第三完全小学校园内。来到这所貌不惊人的小学门前，你难以想象，中国工农红军第一方面军在这里经过激烈争论，实现一次重大的战略转移，通道转兵，把毛泽东开始推到了军事指挥的核心，结成"朱毛"组合，从而改写了中国革命的命运。

行走在恭城书院幽深的长廊，你可以听到二十世纪滚滚的浪潮，仿佛听到毛泽东那口浓重的韶山话，与博古、李德激烈的争辩声。真是一条光明的通道，1934 年 12 月 12 日，就在这里，召开的一个六七个人的通道会议，让中国工农红军在透过四道封锁线后，绝处逢生，重新涅槃，重启了一条光明的长征之路。

我坐在周恩来曾经坐过的椅子上，依稀看见了几位伟人的目光，虽然有些许迷惘、怀疑或失落，但无一不是坚定的布尔什维克的眼神，即使观念争论不休，那种砸碎旧体制，建立新中国的理想信仰烙印在心底，丝毫也不能撼动。精神的力量可以支撑生命，同样可以引导人们改天换地。

行走在各展室，所见当年侗族儿女为支持红军所做出的奉献和牺牲，联想到这几天在通道侗乡所见所闻，我在思索，这是一个怎样的民族？路不拾遗、夜不闭户的安逸、安心，对生活的热情、感恩，对人们的友善、真诚，不正是我们这个时代所缺失的？我可不可以认为，"哆嘎哆耶"的欢乐侗乡儿女，热爱生活、崇尚自由、自强勇敢、与人为善，正是通道精神的集中体现？

当年的红军精神和现在的通道精神完美结合，支撑侗乡儿女营造美好生活的信念，传承民族血脉，发扬民族精神，才赢得了今天的和谐盛世。我们这些外来的客人，走进恭城书院、走进通道，寻找原生态、寻找共融点，养眼、养心，更要养神，把这些积极阳光的东西融进我们的精神世界，更好地爱家、爱集体、爱国、爱生活，让它们在我们的心底沉淀、提炼，在我们的生命中闪光。

走出恭城书院，我的内心开始强大。通道转兵，让红军转运，让中国革命转运，让侗乡儿女转运，也让说话的云转运。

2013-10-30

# 结束语

想想，今年以来，出门最远的是这次通道侗乡行，不虚此行，值。生活琐事的忧愁、工作头绪的烦恼统统抛诸脑后不论，过足了养眼、养心、养神的瘾不说，胃口大开了，心有底了，手脚灵活了，思想充实了，是因为来通道转运了。这个福地有洞天，这个通道可以透气、奔跑、飞翔，当然通体活络了，灵与肉的升华才是超值。

一路的散记，都是心事的浮云。少了理性，多了感性，博大精神的侗乡人文尚未涉猎皮毛。散记，散得真够可以，如同一朵山顶的白云，幻化为侗乡满天的星辰。说是不写雷同的文字，还是不能免俗，别怪我，虽是说话的云，也食人间烟火，也吃五谷杂粮，说到底，俗云一个。

临走了，还真不舍得。伟大的通道，神奇的通道，自由的通道，已经深深根植骨髓，融入了血脉。我想高声语，我想大声唱，呀罗耶，哦——呵！

**自由通道**

高贵的萨岁
播撒仁爱的目光
楚越的界河
生长着和美的侗乡
每一个鼓楼、寨门和花桥
每一处圣山、灵水和款坪
阳光能够触摸的地方
都是心灵的牧场

不用关门闭户
无须妒忌忧伤
廊桥行云流水
芦笙音短情长
绽放魂灵的花朵
敞开快乐的胸膛
且随侗舞起飞

驾驭侗歌翱翔

飞越万佛
飞越雪峰
飞扬芬芳
飞扬阳刚
俯瞰福地洞天
捞一方忘川印章
涂上侗锦色彩
覆盖自由梦想

2013-11-02于通道至长沙返程巴士上

注：萨，相传是人类的始祖，她无所不能，是侗族人们心目中最高贵的保护神；萨岁，侗族女神，每一个侗寨中都建有萨坛，用来供奉和祭祀她。

# 台湾某年的夏天

## （一）香港中转站

到台湾去旅行的动议其实很没由来。本来是决定组团去西藏看高原、新疆看沙漠，或者去内蒙古看大草原，行程差不多都定好了，临请假时就出了状况——党委换届，先是乡下，而后是城里，延期一个月，又延了一个月，便拥有了足够办好去台的各项手续的时间，于是决定干脆去台湾。

一次春游变成了夏游，把去台北看雨的梦想变成了现实。那首《冬季到台北来看雨》的歌可是唱了好多年，幻想也浸透梦里枕边好多年。"冬季到台北来看雨，别在异乡哭泣；冬季到台北来看雨，梦是唯一行李……"夏天的雨和冬季的雨一定是有分别的，要不，一定不会特别冠上"冬季"两个字。究竟是不是有区别？这个问题不复杂，去了自然知道。

对这次台湾行充满了期待。记得很小的时候就有很多革命化的语录，其中有一条记得很清楚："我们一定要解放台湾。"知道全中国大部分领土都得到了解放，只剩下台湾还在国民党的统治之中，似乎还在水深火热中。那时候热情很澎湃，几个小伙伴小脑袋挤在一起，任由牛儿在山坡上吃草，商议着解放台湾的大事，有的主张海上登陆，有的力荐空中行动，争吵得不亦乐乎。等抬起头来寻找牛儿时，发现早已不见踪迹。找到放牧的牛儿，不是在邻村生产队长的手中，就是被关进了别村的牛棚。照例狗血淋头的批评，还免不了扣工分，低着脑袋回到家里父母还有铺天盖地的责骂。于是，对台湾更是多了刻骨铭心的仇视，有时心头痒痒，恨不得用拳头砸碎了它。有了这样儿时的心理，自然对台湾少了不少挂牵。等长大了，对台湾就有了更多理性的认识，知道一衣带水，知道血浓于水，慢慢便不再有了仇恨心理。后来，两岸关系逐渐好转起来，可以通商通旅通邮，便有了去台湾一游的幻想。真没想到幻想即将得到实现，《大陆居民往来台湾通行证》办下来后，就等到旅程的临近。于是就有了《到台北去看雨》可能性梦境：

> 到台北去看雨
> 心中有微温升起
> 梦还留在昨夜
> 充满了飞向台北的飞机
>
> 一千年前或许认识你
> 思念是台湾海峡的潮汐
> 就当是一个游子
> 找寻落叶的记忆
>
> 立定在台北的街头
> 我深情地呼吸雨滴
> 看雨是一种掩饰
> 爱在酣畅淋漓中沐浴

这是我两天前写的诗，梦醒来还是梦，台湾即将呈现在我的眼前。我带领的这十七个团员，已经抵达香港，明天就可以到达台中。而现在，会展中心的紫荆花在夜色下金碧辉煌，映亮了我的眼睛。站在维多利亚港看夜香港是一种另类的美，海风吹到脸上，让心儿也止不住随星空、随霓虹斑斓。

想想最近来香港的时间已经有了十多年，再次进入香港的心境很平静，这是在母亲怀抱的香港，就如同在自己的家园，没有什么不自在。

回到宾馆房间，没有网络，问讯来到大堂，用宾馆的无线网络上来，记录一下心情，让台湾的前夜，让夜香港定格在我的日记中，定格在我的记忆里。

2011-07-12于香港

## （二）台中的天空

台中的天空一定和大陆有所不同，还在香港的时候我就思考这个问题。这个问题的由来很自然，我想起自己很早就得出的结论，风景的美不完全在于风景本身，更多的原因在于看风景的心境。台中的天空一样有美丽的云彩，挂在云彩之上的还有特别美丽的心情。

也许是因为自己叫"说话的云"的原因吧，对天空对云彩特别在意。就比如昨天从黄花国际机场飞香港，起飞时正好下雨，冲破雨云之后我突然看见了晚霞，红红的阳光照在云彩之上，给黑色的雨云镶上一层金边，一层一层的，特别好看。那一刻我感觉有说不出的冲动，想做点什么，比如拿起笔画下来，或者拿出相机拍下来。终究没有做，我怕惊扰了那份美丽。

没有想到今天天气和心情竟然大打折扣。一整天香港的天也没见晴过，尽管中午步上维多利亚港的星光大道，尽管在星光大道看到了好多美女摆造拍片，心情还是和天空一般阴霾，更夹杂着小雨。整个香港待的时间用两个字形容：不爽！当初要不是几个团员说没来过香港，说什么也不会在香港中转了。这里的导游服务据说是天下最差的，从一天来的经历判断，这个据说不无道理。就说我们走的购物团，也买了接近四五万元商品，人均也达到了两三千元，那个杨姓女导游恨不得把我们兜里的钱全掏光才开心，似乎脸上就像香港今天的天空，一直没晴朗过，在未购物之前尚有心情讲解，购物之后便拉长脸在车上看我们打瞌睡，百口不张。才一点多吃过午饭，三点多就催促我们吃晚餐，什么世道，晚餐也可以这样吃。大伙说吃不了，要求五点后吃，她就让咱签单放弃用晚餐，匆匆地把我们扔到香港机场扬长而去。此地导脸上的乌云让人倒胃口，她的不地道让所有的团员都窝了一肚子火。香港如此不重视规范导游行为是我始料未及的，难道真是地方保护？眼不见为净，虽然距离飞机起飞的时间还有五个多小时，在机场待比看她的脸色舒服。全陪导游小方兰说，台湾就好了，台湾的导游不会强迫游客购物。我相信小方兰的话，台北的天气以及导游脸上的云彩一定没有香港暗。

果然，登上去台中的飞机时，心情已经好得不得了了。一个夜航，还是雨夜飞行，心情咋就突然好了呢？因为要马上就要到台湾了，那个热情似火的夏季台湾，舒张双臂等待我去入怀，我们的目的地是台中清泉岗机场。

在香港机场候机时还在下雨，飞机起飞时的夜空一片黑暗，到达清泉岗机场时，夜空已经放晴，天上一轮满月如同银盘照得天空和云彩生辉，地上灯火辉煌如同星星点灯，明月和灯火交相辉映，照亮清亮的台中市。步出机场，刚刚新雨后的台中市空气透明写意，让人神清气爽。

走出闸口，地导黄煌期正举着牌热情地等着我们，我大叫一声："帅哥导游好！"台湾的台中市便真切地出现在视线。

　　或许，台中的前曲香港之行的不快是为了衬托接下来旅程的快乐？我想，上天要这样安排，就一定是。我对接下来的行程，对于台湾的夏天充满期待。请看，台湾地导黄导的脸上笑得异常开心，比过台中天上的那轮明月。

2011-07-13

## （三）相约日月潭

　　果然是一个艳阳天。七点就起了床，吃完早点，从企业家宾馆出来，看台中的天空和小巷，有阳光普照，心情无比舒畅。可能与昨天休息好的原因有关，台中的团队食宿又比香港好，有一种宾至如归的感觉。所以见了阳光，几天来的阴郁情绪便一扫而光了。

　　大门前有一安徽老兵，正被我们团员团团围着。他出生于1936年，1949年来到台湾，便一直住在台中。大陆旅客可以来台旅行后，企业家宾馆是旅行社定点宾馆，他几乎每天都会来这家宾馆看大陆老乡，有时可以见到安徽的团，但大部分时候是大陆其他省份的旅行团。他二十年前去过大陆，对大陆城市的脏乱差印象深刻。二十年前的大陆和今天的大陆已经有本质的区别，如果今天他再过去，印象一定会有所改变。我们只是静静地听他的叙说，没有过多的分辩，从他的叙叨中可以感觉到他内心世界的落寞。我可以想象每天的情境，每天的造访和每天的说话其实是一种落叶对根的思念，他的神情类似鲁迅笔下祥林嫂。

　　今天的主要旅行目标是日月潭，上午时间会去到中台山博物馆。台湾的佛堂寺庙比较多，据说有两千多处。中台山，还有日月潭文武庙都算比较有名气的寺庙。在行进去中台山的路上，路过草屯，黄导正不厌其烦地细数台湾文化、经贸和特产，对草屯的地名由来做了说明，好像是一个过山口，生产草鞋，人们换了新草鞋扔旧草鞋，扔着扔着就堆成了小山一样，于是就得了这个地名。我留意了一下沿途两边的稻田，有的已经收割，有的正在移栽。做草鞋的原材料倒是充足，不过这是多年以前的事情了，现在的台湾人不会再穿草鞋步行了。这里栽种着三季稻，农业生产发达，各种灌溉设施齐备，已是机械化。乡下的房子建得比城里漂亮，显然没有了城乡差别。

　　从中台山博物馆出来，吃过午饭，在亲手窑看了一会儿宾客自己制作的陶艺品之后，驱车前行，不一会儿，日月潭便如同明镜般呈现在我的面前。我想起早几天就开始期待的，并且曾留在QQ上的一句个性签名："七月流火，我们相约日

月潭。"

是我约会日月潭，还是日月潭约会我，或者我和谁在日月潭相约？这些都不重要，重要的是，我就如同久违的游子扑进母亲怀抱一样，一下子进入了日月潭温柔的波涛里。

日月潭处于台湾地区的中部，面积8.4平方公里，1.4亿方蓄水，为全台湾最大的天然湖泊，水源全仰赖雨水供应。潭中有拉鲁岛（旧名珠屿岛、光华岛），岛东北侧形圆如日，岛西南侧狭长微弯如月，故名"日月潭"。

很早就听说日月潭，在我的心目中日月潭就是台湾的标志。虽然这样说有些牵强，但至少说明它在我心目中的分量。来过日月潭的不少大陆游客形容日月潭就像大陆内的任何一座大型水库，我则不这样认为。日月潭不仅有着美丽的传说，还有着丰厚的历史文化，请不要把它简单视为一个天然或者人工的湖泊，某种意义上讲，它真是台湾的象征和骄傲。

坐上快艇，心情就飞起来。日月潭的讲解员是一位姓刘的男子，他指点周围的景象，如数家珍。而我则沉浸在周围神奇秀丽的山水风光之中，不停地拍照，不停地呐喊。正在从日潭驶进月潭的时候，天空突然下起雨来。这里的气候属于海洋气候，天空就像娃娃脸，说变就变。雨中的日月潭别有情趣，心情和雨水一并湿润起来。在这夏天，在这雨中游览日月潭，不是更具风味？

如何才能叙说清楚游览日月潭的心情？我想起同事曾经说过的一句话："旅游就是到此一游，点到为止。"风景只可意会，岂可言传？美丽的风景活在感受里，语言的诉说只会逊色。

相约日月潭，约会一种心情，是对台湾夏天之旅的一种期待。我觉得日月潭之行已达到了预期的效果。

2011-07-14

## （四）阿里山的姑娘

阿里山的姑娘有多美？提出这样的问题不幼稚，有一首歌唱了三四十年，自然对美如水的阿里山姑娘和壮如山的阿里山小伙充满好奇。黄导说，要有多美就有多美。他话锋一转，不过，这是多年以前的事情了，现在的年轻姑娘和小伙哪还会守在山上呢？黄导问随团导游小方：小方，你才二十出头，你会守在山上？小方没有回答，从她的神情琢磨，似乎是不屑于回答这样的问题。其实提这样的问题出来不用回答也可以揣测答案来，为什么？你想想大陆内地的中西部广大的山区，姑娘小伙谁还会留在家里，年轻的心早就随着这个年轻的时代飞到更高更远的地方去了。

和昨天不同，今天从嘉义的丽景酒店出来，天空中只见云彩，不见太阳，温度估计摄氏三十度左右，不冷不太热，这样的天气爬山最好。沿途植被还是以热带、亚热带植被为主，槟榔树印象最深，当然有红桧、台湾扁柏、柳杉，还有樱花、樟树、重阳木等，沿途配合旅游开发，伐了不少树，建了不少新民居。旅行大巴开始爬山，山路很弯很急，很快就将脑袋转晕，辨不清东南西北。没关系，只要知道是行进在阿里山腹地就行，只要是朝向心仪已久的地方就成。

七八个热情的阿里山姑娘围着我，跳起了欢快的舞蹈。兴高采烈的我脚步生风，牵着阿里山的姑娘在崎岖的山道健步如飞，突然一个趔趄，我脚步一滑，心儿随着身体跌入万丈深渊……原来是南柯一梦，巴士如同摇篮把我带入深沉的梦境。我睁开眼睛，眼前的景色立刻把我看呆了。以前观察云彩，要么向上，要么朝下，从来没有如此平行地看过。汽车在山腰蜿蜒盘旋，右边就是万丈深渊的峡谷，而对面山坡之上，是一团团轻若柳絮的白云。黄导忙招呼我们拍照，说，这样的景色我也少有见到。我这才醒悟似的取出相机，焦急地按着快门，恨不能将对面的又白又淡又轻又软的，有如棉花糖般的云朵吞进肚里来。与众不同的是，这些云彩或生长树梢上、山谷间，或悬浮在半空中，一动不动，有如动漫，又似乎是阿里山姑娘漫不经心抛撒的棉花，展示一种说不出的美感。

来到阿里山景区，温度下降了不少，有的游客还穿上了夹衣。走入景区，便进入了一座生态植物园，沿途树木以桧木为主，据说在1905年时有日本专家专门统计过，那时500年以上树龄的桧木有二十多万棵，而现在可能不到100棵，这些树去哪了？全是当年日本鬼子砍伐掠夺走了。在去到一棵2300多年的神木树途中有一姊妹潭，景色很漂亮。在湖旁边我见到了几位阿妹阿哥正在修剪树木，想必这该是歌声中的阿里山姑娘和少年吧？

穿行在密密麻麻的红桧中间是如织的游人，到哪里去找寻阿里山姑娘？那首传唱了几十年的台湾民歌描述的原来是海市蜃楼？我认为不是。我以为，阿里山的每一棵树都代表着一位阿里山的姑娘，只要你有心观察，都可以读出她们迷人的笑脸。她站在那里等着你，等啊等啊，一直等到心上的你出现。所以，你到阿里山后别着急，慢慢观察和感受，一定可以找到一位等你的阿妹。

当我站在了拥有二千三百多岁的神木树下时，我心问，她曾经也是一位阿里山姑娘吧？当然，不过，现在年纪大了，成阿里山姑奶奶了。

吃过午饭，我乘巴士离开阿里山，依依不舍。下山途中，我分明看到了美丽的阿里山姑娘在车窗外挤眉弄眼。打开车窗，我挥手道别，ADE，阿里山；ADE，阿里山姑娘！

2011-07-15

## （五）到太平洋去吹洋风

每天都可以看到台湾的电视，对台湾现任总统马英九也可以有清晰的了解。小马哥出现在田间地头，为瓜农利益奔走；小马哥和太太散步，看夕阳晚霞……小马哥如何从一名教师到当选国民党主席，乃至步上总统的神话都有介绍。小马哥可是咱湖南老乡，当然要了解。他的发迹与蒋经国密切相关，曾经追随经国先生步履，当过七年秘书。潜移默化，小马哥一举手一投足都有经国先生的影子。小马哥有意竞选连任下届总统，据说民调情况还不错，有百分之五十三的支持率。这个看起来一脸真诚的帅哥老乡，天生就是一个政治家，极有可能连任下届总统。

不是老乡我才懒得关心，关心一下以示礼貌。咱来台的任务是欣赏风景，对宝岛台湾的风情来一次粗线条、鲸吞式了解，以慰三四十年之相思，仅此而已。

今天的行程简单，目标明确，自西海岸城市高雄市向南出发，在垦丁公园转弯，观猫鼻头、鹅銮鼻灯塔，直奔东海岸太平洋去吹洋风。以前对大海充满眷恋，是因为大海的广阔和博大。比海更博大的水域自然是洋，海都见得少，洋就别说多见了。台湾的东海岸就临太平洋。从高雄市汉王洲际酒店出来，南台湾的风情尽收眼底。沿途建筑大多建于二十世纪七八九十年代，所以现在看起来相对没有大陆新兴城市建筑新颖和高大。二十世纪后几十年是台湾经济发展鼎盛时期，台湾发展速度较快，GDP 相当一段时期都保持在两位数增长，台湾被誉为"亚洲四小龙"之一。沿途还可以直观台湾农业生产状况，传统作物水稻为主，经济作物水果尤为丰富，芒果、荔枝、菠萝、火龙果、香蕉、槟榔、椰子、葡萄、西瓜等通过改良，四季都有生长和收获。据黄导介绍，台湾的工业以高科技电子产业和制造加工为主，因为没有参观工业企业的行程，所以了解不是很多。但沿途没有看到一家污染企业，可见台湾的环保做得深入。

还是看风景吧，公路两边除了稻田，就是槟榔树、芒果、菠萝等作物点缀，一片郁郁葱葱，视线所到之处皆可入画——美丽的热带田园风情画，人在画中，画在景中，美轮美奂。

终于行驶到海边。在屏东县吃过中饭，就去到垦丁国家公园，看了猫鼻头，接着看鹅銮鼻，来到台湾最南端看帆影灯塔。海就一直在身边温柔起伏着，或波涛不兴，或低语呢喃。在去到最南端之前身边的海都是台湾海峡，海的对面就是福建。在最南端处，我们刚照完合影，天空就下起雨，我想起来台湾之前就唱起的歌《冬季到台北来看雨》，才恍然大悟，这里近海，地处热带和亚热带，不多雨才怪，看雨，什么时候来台湾都有得看。从垦丁公园折转回来之后，再北上台东县，身边的海平面就是太平洋了。

我们怀着期待等待着太平洋的出现。太平洋终于出现在我们的视线里，宛如一面碧蓝的圆镜，平展地铺在我们的面前。司机仿佛看穿了我们的心思，特意找了一个地方停下来让我们欣赏太平洋，观察太平洋。太平洋有多大？台湾的对面就是美国，虽然门对门，却地处东西两个半球。从台湾过太平洋到纽约到旧金山虽无千重山却有万重水，宽有一万二千公里，时速一千公里的飞机得飞行十二个小时，才能飞越太平洋，抵达彼岸。

太平洋的海浪看起来微波不兴，其实暗潮汹涌，我使劲地看着大洋的尽头，肉眼是没法看到边。有风温和地吹，那来自太平洋深处的海风，是海风，也是洋风，带着广博和深厚的情谊，让我这个来自内地的游子止不住心生潮汐。我就在太平洋温暖的臂弯里，享受轻柔的爱抚，忘记了时间和空间。

这两天都会在太平洋的身边活动，都会享受到太平洋洋风的爱抚，就让我这个久仰太平洋的江南粉丝，把太平洋折腾个够吧！

2011-07-16

## （六）在台湾东海岸线上

今天的主要任务是折腾。在昨天的游记里扬言要把太平洋折腾个够，当然是开玩笑，怎么可能？不过今天的线路比较长，基本在台湾东部海岸线上行走，以花莲县为中心，台东、野柳县均有涉及，这三个县人口不足一百万，面积却排在全台前三，基本囊括东台湾。旅行主要的时间就是在路上，车上景中，每一个行程都是一次中长跑，是个极耗体力的活儿。就在东台湾海岸上折腾吧，不管是我折腾太平洋，还是太平洋折腾我。

第一站是台东县的台东市——张惠妹老家看珊瑚特产。很早就知道，台东是台湾歌后张惠妹的故乡。台湾原住民有十四个民族，最大的民族当数高山族。原

住民中最杰出的代表算是张惠妹，她是卑南族。卑南族不是很出名，却出了张惠妹这样一个大人物。她给台湾的原住民长了脸，获得全台歌唱冠军之后，出了不少专辑，声名大振，为土著人树立楷模。以前土著人羞于说出自己的身份，自从张惠妹出名后，当地人便不再以土著人为羞了。

作为一个粉丝，约会一下张惠妹不算过分吧？听说张惠妹住在台北的豪宅，我突然就有了见张惠妹的冲动。所以，从台东市一上车我就吩咐黄导：黄导，安排一下，到台北后见一下张惠妹。黄导为难地说，可以是可以，以什么理由联系她的经纪人？车上团员七嘴八舌，最有力的理由就是，大陆粉丝来了一个团，张惠妹不见，架子也忒大了吧？

玩笑，司机适时地打开了巴士内视频，团员们看电视，我看海。太平洋不离不弃跟随在我身边，这一刻有着说不出的温顺。太阳把大海照成蔚蓝色，天上没有云彩，水天一色，浑然一体。有微微的波浪从远方来到近处的沙滩，没有听到涛声。海水的颜色有的地段还分出层次，近处橙黄、中间碧绿、远处蔚蓝，泾渭分明。黄导说，太平洋海水的颜色最多可达七层，雨后更加分明。昨晚电视预告台东午后有雨，此刻还是万里晴空。

第二站"奇观"——水往高处走。从地势从参照物对比看似乎是水往高处流去了，其实应该有向下的落差。大伙探讨的时候，我没忘留意太平洋。说来奇怪，我心中一刻也放不下太平洋，昨晚就梦了一夜的太平洋。是不是担心把太平洋弄丢了？太平洋当然不会丢，透过椰子树梢看过去，正在静静地等待我。

第三站是"三仙台"——和大洋零距离。车停后，便急不可待地奔向太平洋，因为我早已不满足远观，我要近视，还要亲吻。太平洋，你的情郎来了，快快来入我的怀抱。三仙台景区游人如织，大多数是奔太平洋而来，我来不及欣赏广场台湾阿妹的民歌，便匆匆跑向沙滩。有潮涨潮落，海浪撞击礁石，激起浪花飞遏。我张开双臂，我知道抱不住海，但我可以拥抱思念，拥抱激情，拥抱思念大海的激情。这一刻，心儿随着海浪奔涌喧嚣。

第四站北回归线——太阳在这里转身。黄导说，北回归线的海最美。这话我信，无论从哪个角度来观察，这里的海都有一些与众不同，静若处子，动若脱兔。整个平面如同一个立体的胶塑，和谐与安静、轻柔与舒缓，就像一首诗。我不知道太平洋发脾气时是什么样子，能见到它平静的一面就已经足够。

第五站太鲁阁国家公园——走大峡谷垦道。看了多半天海，看一会儿山去，否则，真会晕海。太鲁阁国家公园占地920平方公里，中垦公路从中穿过，全是在峡谷壁上人工开凿出来的。当年蒋经国先生为了防共渡海攻台，决定不惜一切

代价在东部开出一条战略通道。从 1956 年开始，四五千死刑犯、重刑犯花了三年的时间才在大理石峡谷壁上打通这样一条天堑通途。

一天都在台湾的东海岸线往返。从台东县出来到花莲县，然后北上到太鲁阁，又从太鲁阁折返南回，到花莲县花莲市夜宿。太平洋，前后都是你，左右都是你啊！究竟是你在折腾我，还是我在折腾你呢？谁折腾谁有那么重要吗？是你在折腾我，也是我在折腾你。

2011-07-17

## （七）搭火车去台北

从花莲县新城车站上火车出发，北上苏澳新，可以体验一下在宝岛台湾乘火车的意境。台湾的交通发达，铁路、公路、海运在岛内都构建了环线，空运亦四通八达。

台湾火车线路不限于环岛这一条，阿里山就有，运行的是那种山地观光的小火车。阿里山火车站不久前出了安全事故，因树木折断障碍轨道，造成列车翻覆，致使大陆游客受伤而停运。记得在阿里山观光时，我还特意在车站前照了一张相片。

台湾导游比香港导游文明，对游客的强迫购物意识不是很强烈，几天下来，去到了几个购物点，比如日月潭的鹿茸、阿里山的茶叶、台东的珊瑚等，愿买就买，游客相对轻松一些。在花莲上火车之前，导游把我们带到敦煌宝石博物馆经国馆，里面全是优质大理石宝石。其中还见到了国民党前主席连战送给胡锦涛主席同质地的宝石瓶（赠品呈放于人民大会堂台湾厅）。我没有购物，在小马哥（台湾总统马英九昵称）曾照过相的敦煌石前留影，粉丝小马哥一下。我看大多数团员也不过是把这里当成列车候车室，少有购物冲动的，黄导似乎也不太在意。

今日旅程终点是台北，乘火车可以经过大部分路程。火车很平稳，座椅可以放倒来躺，两边窗户透亮，流动的窗外风光尽收眼底。左边是台湾的中央山脉，山势峻峭险拔；右边临海，水面广阔无垠。躺在这透明流动的车厢，如同睡在童年的摇篮。你可以闭上眼睛想心思，也可以睁大眼睛观景，舒适、自由、写意。四十五分钟车程，可以把人带入忘我境地。

因为是环线，任何一个环线车站上火车都可以抵达台北。所以，搭火车去台北是很轻易的事情。记得某个场景很熟悉：男主角上到火车，女主角在月台送

行，火车徐徐开动，女主角边追赶火车边挥手，眼泪像珍珠一样滑落，溅湿了开满樱花的站台……不知道是在影视还是在梦里经历或者见识过，脑海常常闪现这样的场景。台湾的任何一个车站都适合这样的拍片，海浪、沙滩、椰林、仙人掌，每一个站台都不缺少浪漫，每列火车都可以开出一列诗歌……所以，像台湾如此美的铁路沿线海洋风光，在其他地方一般少见。

下午主要景点是野柳地质公园。火车驶到苏澳新，我们下车用过午饭后，便进入地质公园。从地质公园出来，已是下午三点多钟，坐上旅游巴士，我们便向台湾行的主要目标也是终点站——台北进发。

台北，"说话的云"来了，你等着，别太激动！

2011-07-18

## （八）台北印象随笔

### 台北的雨

真是缘分，刚刚驶进台北市，天空下起雨，好像回应来台之前的念想。夏季的台北多雨，说来就来，可以在瞬间淋湿你的心情。台湾属亚热带海洋性气候，雨水充足，不仅夏天多下雨，冬天也不少降。那首《冬季到台北来看雨》并非没有由来，对大陆，对比其他地区，冬季到台北来看雨无疑是最佳的选择。

台北的雨下得很有个性，稀里哗啦下个三两分钟就停了。车到异恒昌免税商店门口停，我从巴士下来，用手特意接了接雨，三两滴，放到鼻孔闻了闻，带有海的腥味。再伸开手来触摸，雨就停了。看雨后的台北，空气清新透明，把街道清洗得异常精神抖擞。

我只在免税商店打个转，便匆匆从商店出来，站到街道上看雨。真有雨，不过下得稀疏和零星，就像天空的眼泪，稀里哗啦之后，不哭了，发一会呆，想到了伤心之处，又洒几滴猫尿一般。有趣，在这样的碎雨之中看台北，有雨趣，无淋漓之苦，是一种享受。

### 市景印象

昨晚住新北市华夏大饭店，新北市原来本属于台北市，从台北市分离出来成独

立的市，台湾有15个县、5个直管市。此次台湾环岛游经过了台湾多半个行政区，五个直管市到了台北、新北、台中、嘉义，只有台南没有到。对台湾城市的印象实际上前面有说到，感觉城市不大、不新，但功能齐全、小巧玲珑、卫生环保。

台湾寺庙很多，城里乡下随处可见。早起溜达之时，我留意观察，就在我们住宿的饭店旁边就有一座。电视的说佛讲道的好像有六七个频道。海峡两岸对峙，封闭多年，现在实现"三通"，我们这些普通民众才有机会登上宝岛，虽然是一种鲸吞式的观光，但感觉两岸文化一脉相承，虽有个体的差异，但骨髓里的东西是一致的，特别是儒道思想，在两岸都得以较好传承和发扬。

台北虽然是台湾的行政文化经济中心，城市景观和其他城市亦大同小异。站在台北101购物中心88楼看台北的市景最直观，基隆河很漂亮，从台北市穿城而过；街不宽，房子密密麻麻有如火柴盒，有山有水有绿化广场，整个城市看起来很漂亮。地铁和公交是城市主要交通工具，居民代步的主要工具是摩托车，大街小巷随处可见停靠的摩托车。

来台湾旅行的主要是大陆居民和日本人，也有韩国人和欧美人。台湾的旅游业很发达，行走在台北的街市，随时可以遇到来自各国的游客，感觉很国际化。

## 故宫博物院

来台北旅行不看故宫博物院是不完整的。我们吃过早餐便直奔主题。进入台北的故宫博物院，里面的珍藏让我看得目瞪口呆。老蒋介石先生真能耐，不仅运来大量黄金珠宝，还带过来近六十万件故宫精品文物，堂而皇之在台北建立所谓国立故宫博物院。现在整个院内珍藏已达六十八万件，是全球首屈一指的华夏文物典藏。

里面陈列科技含量较高，有恒温设施，多媒体演示和严格安保设备。黄导给我们每人配了一台收录机，讲解时便通过耳机传送，不会造成馆内喧哗。展品以青铜器、陶瓷件、家具、玉石、珠宝、书画等为主，很多物件都价值连城。

主要展室参观完后，黄导让我们自由活动。这个四十五分钟自由活动时间我基本花在了黄公望作品陈列室。黄公望是元代著名的四大书画家之一，没想到在台北的故宫博物馆还存有如此之多的真迹。欣赏他的书法和绘画，可以让人进入一种忘我的境地。我边看边用手指模拟，享受其艺术快感的同时，也尝试领略行云流水的书画真谛。我是无法探得皮毛的，但是我喜欢这样的忘我。其实黄公望的作品我只在外围看了几个散失的临摹或者复制件，真迹多在人头攒动处的入口

柜台中，而在那边排队需要四十五分钟，时间不容我守候。

从展室出来，意犹未尽，西藏馆没有去，其他展品大多走马观花，根本没有细细观赏玩味。要想琢磨个够，只有留在下次空余的时间里了。我在想，这些文物何时才可以回归到真正的故宫呢？这一天的到来或许不会太久。

### 国父纪念馆

从台北 101 购物中心（以前是世界第一高楼，目前排世界第二）出来，前往国父纪念馆。其实在 101 购物中心的第 88 楼就有看到和听到介绍。国父纪念馆当然是纪念孙中山先生的，似乎在中国的近代史上敢称国父的也怕只有他老先生才配。

也许是导游刻意安排，游客到来时，正值纪念馆内卫兵换岗。我进来时已经开始了一会儿，持枪卫兵换岗的仪式讲究且繁杂，大约持续了一刻钟时间。为大陆游客提供这样的场合，估计是台湾当局试图展示一下台湾军队形象。不错，的确展示了军人的威武之气。

国父纪念馆介绍了孙中山从出生到病逝的风雨历程，有陈列的文物真品，但大多是图文介绍。因为时间的关系，匆匆走了一遍，没有细细品味。

孙中山先生经历的这一段历史国人大多熟悉，勿忘历史，以史为鉴，可以知兴衰。进入国父纪念馆，更多的是对这位近代革命先驱表达景仰之情。

2011-07-19

## （九）记忆台湾

这个夏天热情似火，八天七夜，我在台湾度过。从台中向南按逆时针方向转了一个圈，从西海岸到东海岸，从台湾海峡到太平洋，再回到台中。对台湾的山水风光，对台湾的人情世故，对台湾的文化经济，对台湾一切感兴趣的东西，便有了一些生吞活剥的感受。

就好比是一本书，从 2011 年 7 月 13 日踏上台湾的土地开始，到 7 月 20 日离开台湾，八天厚度，扉页是台中，末页还是台中。打开这本书，虽然只是纲条式的浏览，但一样充满了新鲜和好奇；合上这本书，关不住记忆，放在手中沉甸甸的，装满了美好。

评价一下对台湾的整体印象，可以用十六个字概括：风光怡人、文化博深、人情友善、文明诚信。风光就不用说了，整个台湾就是一座大公园，常年青山绿水，四季花团锦簇，各地景色均有不同，从热带、亚热带风情到寒带景象，都可以在台湾清晰地分辨出轨迹，印象尤深的是大海，在宝岛四周，广博着无垠的阔海蓝天。文化充满了多样性，台湾的历史充满了争端，殖民统治占据了相当时期，其中近代日本五十年统治给台湾文化打上了深深烙印，当地土著文化和外来文化碰撞与交融，形成了台湾特色，另外，中国五千年传统思想在台湾一样拥有悠久的传承。台湾人非常礼貌和善，这一点感觉尤深，吃住行都免不了和台湾人打交道，他们的笑脸和问候亲切，让人难忘；在新北市那晚出来宵夜，问寻酒吧的位置，有两位台湾大妈热情地把我们送过两条街，直到酒吧门口。台湾的文明程度的确较高，对比香港毫不逊色，所到之处的消费，明码实价，童叟无欺；团队自由活动了两次，一次是新北宵夜，另一次是台中K歌，均未遭遇消费陷阱，其中在台中歌厅唱歌，说好了时间，歌厅服务员准时提醒。台湾经济经历快速发展期之后，一度相对滞缓，相信通过旅游等行业带动，更加诚信经营，一定可以再次进入新的快速发展周期。

清晨的阳光充满了台中的机场，阳光透过飞机舷窗照在我的脸上，感觉很明媚。台湾的夏天一直都是这样直接透亮，视线可以抵达任何想要达到的地方。即使有雨，也没关系，雨后的天空更干净。在这个明媚的早晨，我要离开台湾，离开台湾的夏天。飞机徐徐滑动，滑向天空，台中便慢慢地淡出了视线……

我闭上眼睛，八天来经历的美丽的画面如同映象，在脑海播放。也有稍许遗憾，比如约见小马哥，比如约会张惠妹，没得机缘。我想起了来台北之前的那首诗：到台北去看雨 / 心中有微温升起 / 梦还留在昨夜 / 充满了飞向台北的飞机。

梦已经圆了，新的梦幻正在发生，宝岛台湾又将以新的形象长久地留在我的梦里。

有一本书我读了八天，以后还要读，这本书的封面写着两个字——台湾。

2011-07-20于香港候机大厅

# 和小芳一起晒太阳的夏天

## 星期日

写下这个总标题，估计有人骂我脑子进水，如此高温季节，还晒太阳，简直另类嘛。这不是另类，是实实在在发生的故事。小芳带着行囊，风尘仆仆仆从星城赶来，把城市的喧嚣抛诸脑后，来到"将军打马去看花"的宋玉故里，来到乡下热火朝天的"双抢"第一现场，和我晒太阳。在明媚的阳光下，我和小芳并肩看山、看水、看草、看花，看桑麻……小芳的眼睛眯成了丹凤眼，灿烂的微笑映红了宋玉村的天空。

我实在太激动了，有些不知所措。估计是激动过头，一夜辗转反侧，不能成眠。结果像没头苍蝇在家中梦游之时，将浓眉深处撞开了一个鲜红的口子，像牡丹花一样鲜艳。小芳见到我后第一句话就说，怎么杠上开花了？此情只待成追忆，只是当时已惘然。我也不知道，我已找不着北，留作以后慢慢反刍吧。

上面是调侃，下面说正经的。刚刚进入三伏天的当口，小芳实实在在来了，在稻菽飘香的宋玉村头村尾，留下了动人足迹。这个小芳不是歌里唱的扎着羊角辫的小芳，而是湖南日报的资深记者，新乡土诗歌研究会的会长，大诗人加大作家陈惠芳，他来的目的当然不是晒太阳，而是带着"高温时节晒作风"的使命来到宋玉故里望城乡宋玉村的，让作风在盛夏的烈日下暴烤。他是要晒我的作风，晒基层干部的作风，同时也晒他自己的作风。

陪着晒，晒一个清清白白，晒一个健健康康。小芳要求一周时间吃住在宋玉村，这一周时间当然我作陪。于情于理，于公于私，我焉有不陪之理？

吃过早餐，从住地出发，到达村部已近九点，三个村支委成员都在，支书马显清如数家珍介绍宋玉村情况，恨不得把1500多人的小村全部放进小芳笔记中。老大就是老大，很快就确定了今天采访的主题，黄花鱼。黄花鱼是常德市最

近申报国家工商部门的四个地理商标之一，与宋玉文化相关，是县委非常重视的品牌项目，目前正在配套建设孵化基地、生产基地、加工基地、销售窗口。其孵化基地就在宋玉村，基地负责人是马云祖，距离村部不到一公里。

两个多小时，围绕马云祖及350亩养殖水面，小芳同志上上下下看了、里里外外看了、前前后后看了、左左右右看了，小芳的眼睛此刻睁得比太阳更大。看了不打紧，还打破砂锅问到底，把马云祖问得满头大汗，问得笑逐颜开，笔记本满满地用了好几大页。

我陪过诸多记者，还真没有见过比小芳更认真的了。以前有很多知名记者下乡，收集几本材料，然后让当地文秘人员整个初稿，带回去拿把剪刀剪切几下，就是一篇报道。小芳不同，他看得认真、听得认真、问得认真、记得认真，然后写得认真。这作风，比歌里唱的小芳更纯朴、更可爱。

这不，我在玩手机微信之际，小芳正趴在电脑下，用他那标准的宁乡拼音，整理采访报道《宋玉村日记》，中午不休息，这态度让我感叹、让我景仰。

正午闲着，我便在微信上录下了黄花鱼民谣。这民谣南朝就开始在坊间流传：
年年四月菜花黄，菜花鱼儿朝宋王。花开鱼儿来，花谢鱼儿去，只道朝宋王，谁知朝宋玉。

我觉得我做得不够，我也要转一下作风。不必天天熬夜写博文，中午也可以写嘛。记录一下这个特别有意义的日记，放进我的新浪博客里的《今日故事》，和博友们一起分享。

于是有了上面的文字。

2013-07-14午于宋玉城

附：湖南日报新闻专栏《高温时节晒作风》。

## 年年有"鱼"

——"宋玉村日记"之一

本报记者陈惠芳　7月14日，星期日，晴

今天是初伏的第二天。"双抢"已进入尾声。高温持续，白晃晃的阳光照射在宋玉村的田野上。

"走！我们看看黄花鱼养殖基地去。"临澧县望城乡党委书记刘金国说。对于乡村干部，没有节假日，也没有寒暑。

宋玉村是一个有名的村庄，以与屈原齐名的宋玉命名。宋玉曾在宋玉村一带居住了很长一段时间。1700余年前诞生的《黄花鱼儿歌》，还在临澧广为流传。歌曰："年年四月菜花黄，黄花鱼儿朝宋王。花开鱼儿来，花谢鱼儿去。只道朝宋王，谁知朝宋玉。"

宋玉是一大品牌，黄花鱼也是。刘金国说，宋玉村打的就是"黄花鱼品牌"。5月份，宋玉村挂起了黄花鱼养殖基地的牌子，带头的是养了30年的"鱼王"马云祖。

离养殖基地不远，是宋玉村村部。村支两委"交叉任职"，只有3个人，很精干。村支书马显清说："宋玉村的耕地主要是水田，种双季稻。还有一个特色，就是水产养殖。"

"半个月没有下雨了。这里缺水吗？农田灌溉与水产养殖，会不会出现争水的矛盾？"记者最关心这个问题。

马显清告诉记者，乡里有一座中型水库——同欢水库，可以保证灌溉。马云祖那边自己解决了水源。"马云祖刚开始养殖鱼苗时，经验不足，跟周边的村民发生过一些用水矛盾。我们都及时协调好了。"

走进黄花鱼养殖基地，一个乌黑、壮实的汉子出现在记者面前。他就是50岁的马云祖。

"跟村民不争水吧？"记者关心的还是这个。

"没问题。我们打了一口50米深的井，地下水多的是。"马云祖说。峪溪河与沙溪河就在宋玉村境内汇入澧水的一级支流道水。

"水井的水质化验了吗？"刘金国问。马云祖说没有。

"要化验啊。养鱼苗，水质要求高。"刘金国补充了一句。

其实，马云祖不光养黄花鱼，还养黄颡鱼。黄颡鱼一年孵化幼苗4亿尾。今年，黄花鱼刚开始养殖，已孵化幼苗30万尾，一年可以孵化2亿尾。

室内孵化鱼苗，技术含量高。养了30年的鱼，马云祖成了一方技术权威。鱼苗销往湖北、重庆、贵州、江西和本省大部分市州，还带动了周边一些养殖户。

刘金国坦言，马云祖养鱼，要乡里支持多少钱，一下子做不到。主要是服务。

350 亩堰塘涉及 3 个村、本村 8 个组，要协调好关系。有的村民提出，物价上涨，是不是当年合同上的租金也要调高一点？资金周转不过来，乡政府能否出面贷一点款？鱼苗销售市场的动态、价格如何？乡村干部围着马云祖转，帮他想办法。

"政策支持是最大的支持。精神鼓励是最大的鼓励。"马云祖说。1983 年开始养草鱼、青鱼这些"家鱼"的马云祖，1994 年养甲鱼。几年后遭遇市场下滑，亏了 60 万元。那段时间，他灰心丧气，发誓不再养鱼了。是马显清陪着他，半夜三更也陪。马云祖精神振作了。2005 年开始养黄颡鱼。

2012 年初，从佘市桥镇调任望城乡党委书记的刘金国，就选择宋玉村作为驻点村，马云祖这里来得最多。

"加大黄花鱼养殖规模，我支持。我要特别提醒，养殖户的技术很重要啊。县里、乡里要扎扎实实加强培训。技术不过关，孵化不出鱼苗。鱼苗体质差，卖不出去，就成大问题了。"马云祖对刘金国、马显清说。

穿行在堰塘之间，所有的人都汗湿了。"明年，我要设立 3 个技术专管，分工合作。养黄花鱼的，养黄颡鱼的，养甲鱼的，各显神通。我当技术总监。"马云祖说。

"要乡里出面的，找我。"刘金国右手握着马云祖的手，左手刮掉了脸上的汗。

# 星期一

小芳要变雷公，说话的云要变黑云，咋办？还用问吗？继续晒太阳，晒出健康的肌肤，晒出硬朗的作风。这老天也真够意思，晓得俺和小芳的心思，一连的大好晴天，高温天气，正适合过晒瘾。太阳更够意思，和老天配合得天衣无缝，把只眼睛睁得贼亮贼亮的，仿佛专为俺和小芳铆足精神，成全俺与小芳此个夏天的一地晒事。

星期一是一周最忙碌的一天，上午有三个会，例会、支部书记会、县乡工作队员进村入户会，分身乏术在其次，关键俺不可以把可爱的小芳一个人孤单地留在房间，这点恻隐之心咱还是有滴。早在昨晚，我们在澧水河畔的停弦复船小农家餐馆吃农家饭时，俺就在深刻地琢磨，应该三场麦子一场打，三会合一，如此才可以留点上午的时间与小芳晒初升的太阳。小芳直摆手，别管我，上午我在周边农户转转，一个人清静地思考一下夏天，整理整理一下此行的心得，你中午来

更好。小芳有此小九九，咱不能不成全，成全他，自然也就成全俺。

话题归正。吃过午饭后，小芳心急火燎地催促俺直奔主题。我知道小芳同志的作息，中午和下午的时间金贵，一般情况下要赶在下午下班之前发出稿子，好明天见报，所以特别能理解他的着急。我看看头顶的骄阳，简直悬浮在头顶，一伸手就可以抓出一把火来。尽管有点于心不忍，还是果断地带领小芳走进了阳光的深处——宋玉村马宗仁家。

如此快地确定采访主题，难道是上午小芳一个人在阳光下思考夏天的成果？显然不是，他是有备而来。早在长沙，他就将我去年写的十九篇下村日记《下村札记：我在宋玉驻村的日子》下载装进了自己的手提电脑，专门逐篇进行了研究，此行的主题在进入常德时就成竹在胸了，我自然围绕他探究的内容安排这几天的行程。

从主公路下车，支书马显清在路口等，陪同小芳采访的有乡党政办主任罗海明，驻村干部李章湘，还有一位来乡里参加暑假社会实践活动的大学生郭子豪。郭子豪挺优秀的，他是北京大学在读研究生、学生会副主席，下期开始在中国人民大学攻读博士学位，研究农业经济。他对小芳的采访同样充满好奇。在热情的阳光下，我们花了不到十分钟就进到了马宗仁的家。八十四岁的马宗仁在家等候，他七十八岁的老伴黄显翠和从广州回来的小女儿也在家等候。

有关马宗仁的文章我写过好几篇，他的中短篇小说《患难之交》是我写的序。陪同记者采访马伯应该是第二次，前一次是常德晚报记者姜鸿丽。小芳的问题很多，马伯有点耳背，我就给他当传声筒，把小芳的声音换成临澧话，然后扩大十倍的音量，再输送进马伯的耳膜。一叠叠手稿，一本本证书，一本本用稿书刊，小芳看得一丝不苟。

采访持续两三个小时，不用我记叙，小芳的日记很快就会晒出来。在返回的路上，小芳就确定了采访标题《看望农民"老作家"》。我打下这篇博文时间不长，估计小芳还在咬文嚼字，趁这当口，我得去驻点村永安村一趟，今天是"强服务，创满意，促和谐"主题实践活动的进村入户日，点村近期的工作要安排一下。

就此打住。

2013-07-15于宋玉城

附：湖南日报新闻专栏《高温时节晒作风》。

# 看望农民"老作家"

## ——"宋玉村日记"之二

本报记者陈惠芳　7月15日，星期一，晴

今天的气温比昨天还要热。高温时节，宋玉村的老人们情况如何？

中午，是一天气温最高的时段。上午开完乡干部"群众服务日"动员会，临澧县望城乡党委书记刘金国就带着乡党政办主任罗海明，驻村干部、财政所所长李章湘赶到了宋玉村。刘金国说："我们去看望一位老人，一位农民老作家。"

每个月的13日、14日是望城乡干部的"群众服务日"。因7月份的这两天是星期六、星期日，乡里根据县里安排，调到了15日、16日。

记者沿着一条小路，走到一处非常简陋的平房前。穿过屋前的禾场，走进里屋。戴着老花眼镜的老人，伏在一张堆满了杂七杂八东西的小桌子上勾勾画画。旁边站着的老人，正在给他扇蒲扇。

伏案的正是农民老作家马宗仁，84岁了。他正在修改他的中短篇小说集《患难之交》，大众文艺出版社准备出版。扇蒲扇的是他的老伴黄显翠，也有78岁了。

"天气这么热，您还在写作，要注意休息啊。"

刘金国跟马宗仁是老熟人了。《患难之交》还是刘金国写的序呢。刘金国的声音比平时起码提高了一倍。原来，马宗仁的耳朵有点"背"。

乡里的干部将水果、高温时节常用的药品送到了马宗仁手上，还有200元慰问金。

在宋玉村，马宗仁是名副其实的农民"老作家"。马老之"老"，是"资历"之老，是写作跨度之长，无人可比。1957年，他就创作发表了独幕话剧《无风不起浪》，至今已有56年。他最擅长的是小说创作，长篇、中篇、短篇小说都写。写在信纸上，写在学生作业本上，有空白纸都写。天寒地冻，写。酷暑天气，也写。

马宗仁说："周围的人都喊我作家，我不是作家。我坚持写作，只是证明我有这个爱好，老了还能写点东西。"

马宗仁的身体好，记性也好。他说："我也当过干部。"

1950 年，马宗仁参加"土改工作队"。1951 年到 1962 年，当过三区、县公安局的特派员。1962 年，在"能上能下"、"能官能民"的大背景下，他主动要求回乡当了农民。

这个当过干部的农民，跟别人不太一样。耕田之后，还要笔耕。其实，他只读过 4 年私塾，而且还是"半耕半读"。上半年读书，下半年干活。书只读了一、三、五、七册。文化程度偏低的马宗仁，又偏偏爱好读书、写作。2003 年，74 岁的他还报名参加了鲁迅文学院高级函授班学习。2011 年，82 岁动笔创作长篇小说《追捕小温侯》，还麻起胆子投稿给《当代》《十月》。

"我请乡里干部帮忙投稿。投的是邮箱，不知收到没有。几个月都没有音讯。"马宗仁说。

马宗仁的家境不好，3 间房子破破烂烂。生了 7 个孩子，其中一个 45 岁的儿子因患自闭症，去年失踪了。

"宋玉村有这么一个老作家，写了几十年。这是我们的一个宝。"刘金国说。望城乡的干部对马宗仁很关心。天寒了，天热了，马宗仁病了，乡里都要来慰问。马宗仁的手稿，不管修改多少次，每次都由乡政府免费打印。《患难之交》的出版，就是刘金国出面联系的。马宗仁要出门看看，也是乡里派车接送。

今天，乡村干部又来看他，他很高兴，把一大堆获奖证书和手稿摆了出来。《鸽子还巢》《红薯饭》《俏水》《启蒙香》……这些散发着浓郁乡土气息的获奖作品，赢得了素不相识的评委们的青睐。马宗仁说："我写作几十年，乡村干部帮了我很多忙。乡里成立了老年人诗词协会，搞得红红火火。我年纪太大了，出门参加活动不方便，就没有参加了。我就在家里写点东西。"

刘金国告诉记者，宋玉墓就在宋玉村旁边的看花村。2012 年初，他刚到望城乡任职时，探望的第一个人就是马宗仁。刘金国接马宗仁拜谒了宋玉墓。马宗仁站在宋玉墓，非常虔诚地三鞠躬。

下午 3 时，大地流淌着火焰。马宗仁站在禾场上向我们挥手告别。

一个 84 岁的老人，一个几十年对文学保持虔诚之心的农民，一个没有加入任何一级作家协会的作家，留在了宋玉村那处普通的平房里，留在了盛夏的热浪之中。

# 星期二

今天是一个难得的阴天，我和小芳都没睡早床。忙完单位的事，我来到宋玉城不到八点半，小芳正在电脑边浏览湖南日报电子版。催促好半天，小芳才姗姗来迟到餐桌旁边。

清晨的风透过窗户在你身上摩挲，有一种难以言状的清爽。而放眼窗外，是一片无边的绿，绿色的中间是辛苦进行"双抢"劳作的人们，就像一幅单纯的画、一首绿色的诗，劳动者就是画眼和诗眼。小芳说，今天不是晒太阳，吹太阳。偶说，今天不是晒偶和小芳的夏天，而是吹偶和小芳的夏天。

在吃早餐时，常德日报社资深记者，新浪湖南第一博周碧华期然而至，站在窗户外就握住了俺和小芳的手。感动和期待让俺激动了一下，又激动了一下。不待碧华兄坐定，俺就强烈要求二位在论坛和博客神交已久的网友加文友加朋友来张合影。我们来到宋玉的塑像前，让两千多年前的宋玉见证了我们今天的这次缘分。

三位新乡土诗歌研究会的正副会长真正在一起，这是第二次，上一次是在贺家山，那一次人多，交流的机会少，而这次人少，纯诗歌的就我们三个，可以好好切磋切磋诗歌。其实俺内心一直想找个机会靠近这两位名人，今天终于得偿所愿。我想起2010年出版第一本中短篇小说集《白娘》之跋《陈惠芳、周碧华和说话的云》里的一段话：

陈惠芳是《湖南日报》的名记，周碧华是《常德日报》的名记，都是文化人，靠近他们也就靠近了文化。说话的云虽然常常戏称自己是农民，却也特崇拜文化人，尤其是那些常常不自称但却有实力的文化人。走进网络，我没有理由不认识这两个我特别佩服的网络文化奇才。陈惠芳和周碧华都在新浪开博，他们俩可以说是新浪两道风景线。陈惠芳侧重玩论坛，周碧华侧重玩博客。陈惠芳在新浪杂谈论坛自称驴棚盟主，云集了数不清的驴友；周碧华博客排名新浪前一百名，是新浪湖南第一博，拥有无数粉丝。说话的云不同，既玩博客，也玩论坛，是新浪文化漫谈论坛的版主，也是草根名博，但是没有他俩玩得出火、玩得艺术。所以说话的云要靠近他们，靠近了他们就沾了名人的光，靠近他们也就沾了文化的光……

走，采访去。陈惠芳一挥手。我看了看表，九点不到，小芳的性格我知道，说一不二。

大家跟着走。陪同采访的多了周碧华，还有分管教育工作的副乡长杨阳，少了驻村干部李章湘。今日主题是暑期学生安全管理问题。最近网络中讨论的一个焦点问题就是学生溺亡的情况时有发生，基层组织是如何在这块着力防护的？小芳在昨天就给自己定下了采访报道的主题。那时，我们站在澧水一级支流道水龙潭大桥上，对着西天立在山头上火红的太阳，小芳淡定地说。所以有备无患，我们直奔宋玉小学，刘章平校长、马显清支书，还有六个孩子在正整修的教学大楼

里候着我们。

今天的采访小芳问得更加仔细，给家长的信要看原件，给学生播放的安全警示片要找到碟。乡里布置的警示牌是否安在了水库、池塘？把刘校长和教导主任忙得够呛，问得够呛。

宋玉小学管六个村的孩子读书问题，有近四百名小学生和幼儿。对于学生安全问题，各级党委政府重视，人大代表、政协委员重视，各个社会阶层重视，党报的记者更加重视。一位叫覃泷的十一岁女孩，正在读六年级，家里非常贫困，引起了陈惠芳特别注意。他说要去这家看看，我和周碧华欣然陪同。目的地在距离四公里处的鸣锣村吴家二组，一栋低矮的三间平房迎入我们的眼帘。这里居住着六十二岁的伍奎珍和覃泷祖孙俩。伍奎珍是石门皂市水库移民，老公早不在人世，儿子六年前病逝，媳妇改嫁多病。其家庭境况可想而知。孩子虽然乡政府给了低保，每年县慈善组织还给予部分助学救助，但不足以改善其捉襟见肘的家庭贫困现状。小芳说，回长沙后一定要设法找到一位热心人资助覃泷。碧华兄也表示要给她找个"1+1"助学对子，小芳一席话加上碧华兄的表态，把伍奎珍感动得手足无措。偶也手足无措。

没有太阳。今天是没有太阳的夏天，像今天一样的夏天真舒服。车行在广袤的田野，我打开车窗，任凉爽的风直往车内灌。

没想到吧，我一来，你们就少了日晒之苦。周碧华说。

你是夏日及时的风和景。偶说。

你是大救星。陈惠芳说。

会心的笑在车内洋溢，将采访时的沉重一扫而光。

2013-07-16于宋玉城

附：湖南日报新闻专栏《高温时节晒作风》。

## 暑假里的孩子们

——"宋玉村日记"之三

本报记者陈惠芳　7月16日，星期二，晴

雨是不会下的，但今天稍微凉快了一点。田野的风吹过来，感觉舒服。

临澧县望城乡宋玉小学空空如也，看不见一个学生。学生们放假了。

当然，宋玉小学还有一群人在忙乎。民工们趁着放假在修缮校舍，包括一个幼儿园。校长刘章平说："我们学校的学生不光是宋玉村的，还有乡里其他5个村的学生。1到6年级242名学生，还有幼儿园131人。"

这么多学生离开了学校，像一群鸽子，散落在村庄。安全问题成了最突出的问题。

天气炎热，放了假的学生到水库、河塘游泳的多了起来。全省一些地方，发生了好几起不幸的溺亡事故。警钟已经敲响。

临澧县望城乡党委书记刘金国说："7月2日学校放假前，我们已经明确要求乡村干部重视学生的安全问题。乡里的一座中型水库和3座小1型、小2型水库，都竖立了'警示牌'。各个村的骨干塘，由村支书负责，竖立警示标识，严禁学生、儿童下水。"

早在5月16日，临澧县望城中学就发出了《关于防溺水致家长的一封信》，宋玉小学也转发了。"请各位家长和我们一起共同来做好孩子的防溺水等安全防范和教育工作，加强孩子假期的安全监管。"刘章平告诉记者，放假前，学校还组织全体学生分批收看了湖南教育音像电子出版社出版的光盘《小学生安全教育》，还在网上搜集了一些"儿童溺亡"的新闻和视频，放给学生们看。

事先的"预警"发出，但工作难度还很大。走出宋玉小学的，很多都是"留守儿童"，父母亲在外面打工，根本照顾不到家里的孩子。"老带少"的现象很普遍。高温时节，老人本身的生活也遇到不少困难。乡村干部与校方的任务随之加重。

刘章平说："乡里的驻村干部与村干部，经常询问学生在家里的情况，特别嘱咐要注意安全。"望城乡把学生安全教育，列入驻村干部考核的重要内容。6月26日，乡里还组织县、乡人大代表和政协委员，到学校、水库检查安全防范工作。

"乡、村、校、家"联动，编织有效的"安全网"。至今，望城乡包括宋玉村，没有发生任何学生安全事故。

记者采访了宋玉小学的6位小学生，都是女孩子，父母没在身边的占一半。11岁的马锦娟、12岁的张湘林，分别读5年级、6年级，父母都在外面打工，由老人带着。她们都说，学校和村里都讲了好多次，要注意安全，我们不会玩水的。分管教育的副乡长杨阳说："这些孩子很听话。"

宋玉小学所有的"留守儿童"中，11岁的覃泷"最苦命"。她刚刚从宋玉小学毕业，马上要读初中。不满 6 岁时，父亲去世，后来，母亲改嫁到了广东惠州。爷爷比父亲去世得还早。覃泷跟 62 岁的奶奶伍奎珍住在本乡鸣锣村吴家二组，相依为命。

记者赶到覃泷的家。这也是普通的 3 间平房。屋前面，是一片广阔的稻田。看起来，覃泷很懂事。她说："我没有地方玩，也不会到处玩。我就在家做作业，帮奶奶择菜、洗碗。"

记者看到，堂屋的墙壁上贴了一些奖状。最新的一张是 7 月份宋玉小学颁发的"优秀干部"奖状。宋玉小学教导主任、覃泷所在班班主任唐耿雄说："覃泷家庭条件确实不好，但她懂事，也发狠，成绩中等偏上。好好培养，会有出息的。"

从常德日报社专程赶到宋玉村的周碧华，是新浪网很有影响的博主，被誉为"三湘第一博"。他表示，要找个机会"一对一"帮扶，帮助覃泷完成学业。

在覃泷家里，来望城乡参加暑假社会实践活动的郭子豪说："我长了见识。暑假期间，乡村孩子的安全是一个课题。留守儿童多，父母不在身边，靠老人照顾，靠乡村干部和学校关心，确实大意不得。"

郭子豪就是临澧人。他是北京大学在读研究生、学生会副主席，下期开始在中国人民大学攻读博士学位，研究农业经济。

望城乡是丘陵地带。田野青翠欲滴。禾苗需要阳光雨露，需要呵护。乡村孩子也是如此。

## 星期三

俺可没有小芳负担重，带着轻松晒，晒太阳的同时，晒与小芳在一起的快乐时光，偶尔还哼几歌谣：

村里有个姑娘叫小芳
长得好看又善良
一双美丽的大眼睛
辫子粗又长
在回城之前的那个晚上
你和我来到小河旁
从没流过的泪水

随着小河淌……

这歌俺哼起来，词不达词，曲难成曲，却也代表偶的闲适心境。小芳老是说基层干部辛苦，偶一点儿也不觉得，俺感觉自己的这份工作就是就业，坚守自己职业操守，把这份业就好，上对得起组织的重托，下对得起百姓信任。小芳说自己的到来给俺的工作增加压力，哪有？偶看是小芳多虑了，人生难得几个真心朋友，也难得几个知音，和自己欣赏的人在一起，再苦再累又算什么，几年、几十年后回味，那是一种多么珍贵的记忆。

最苦最累的还是小芳，顶着烈日走村串户，回来后还得马不停蹄地赶稿子，晚上还得审稿，还得浏览天下大事，一般睡觉都到了凌晨两三点。在与小芳相处的几天中，那份执着让俺钦佩和感动。以前，偶常常想，省城的干部工作状况一定十分的安逸和惬意，坐在办公室，看几份文件，批示几点意见，偶尔开开会或者下到基层秀几个镜头，不过如此而已。通过与小芳的朝夕相处，这种观念被彻底颠覆，某种意义上讲，他们的工作节奏和劳累程度比基层干部无不及而甚。

望城乡是农业乡，这几年双季稻种植是全乡的品牌，种植双季稻面积和普及率一直全县第一。我想如果写宋玉村驻村日记，除了宋玉文化，不涉及粮食生产，是不完整的。昨晚，在县城福兴楼小餐馆吃饭时，偶把建议说给小芳听，小芳初步定下了今天粮食生产的采访主题。

上午九点，刚刚准备出发时，鼎城区作家刘友善及时赶到，这位在区里当过副区长、区人大常委会副主任的农村工作专家，不仅官当得好，小说也写得棒，《黄土朝天》《田二要田记》等长篇小说像母鸡生蛋，一部接一部，让人好生羡慕。上半年新安镇"三人行文学社"成立之际，我就和他有过一次交流，那时我就承诺，只要小芳来宋玉村，俺就给他电话。昨天电话打过去，此君二话不说就爽快应允。今天果然守时，我们早餐未吃完，他就到了。这位长期在农村生活的作家，正在尝试和探索循环农业模式。他的到来，给今天采访增加了厚度。陪同采访的还有乡长怀素娟、乡党政办主任罗海明，新乡土诗歌研究会理事杨碧群（了无痕），北大学子郭子豪。周碧华因报社有事，吃过早餐后就匆匆离去。他说，小芳走之前，还来一次。

阳光很好，没有早几天热烈，但在阳光下晒一会儿，还是有灼烧感。两千年前就被楚王泽封的"云梦田"依然绿色和清爽，田野中是忙碌的人群和机器。"双抢"还在持续进行，估计要到 7 月 20 日左右才能完毕。

今天先看后访，支书马显清在宋玉村种粮大户向凤涛晚稻田间候着我们。不等我们下车，就反映同欢水库闸门放得不大，影响晚稻灌溉。怀乡长在处理大户向凤涛 1400 亩晚稻灌溉问题时，我和小芳走上耕整机正在翻耕早稻田的田埂，放眼望去，无数白鹤和土八哥跟在耕整机后，觅食飞虫和谷粒。小芳一下子兴奋起来，不断拍摄和探究这几种鸟，反复问询名称和习性。偶一知半解，大家也一知半解。生态好了，什么鸟儿都有，小芳，你下次专门来整个专题。偶只得搪塞。

繁忙的田野，都是给向凤涛打工的农民工。以前我在文字中表述过，若干年后，"农民"一词将逐渐模糊，农业产业工人将逐步替代。因为现在农村劳力转移到城镇后，种田得靠大户来带动，农庄经济或者农场经济模式将是中国未来农业的方向。小芳走向正在插秧的晚稻田，随机采访几位农民，都在 60 岁以上。在采访的几位大婶中，年龄最大的 66 岁。问到其中一个周秋桂，今天刚好是她 64 岁生日，去年夏天，她老伴马光彩给向凤涛从事田间管理时中毒死亡，今年，她仍给向凤涛打短工。小芳有心探讨她们的收入是否有减少。我当翻译和传声筒，在田坎地头来个接力采访。挑秧、插秧，每亩可以挣到 180 元，一个人一天可以插六七分田，一天能挣到 120—150 元。问及她们的田是不是都流转给了向凤涛，她们异口同声说是，每亩 400 元流转费。换句话说，她们流转给大户收入要比自己劳作更高，如果自己种，年成好的情况下，一亩可赚 400 元左右收入，而流转给大户，除 400 元流转收入外，还可挣三到五个工日工资，一个工日只算 120 元，有好几百元，另外，国家补贴资金 193.10 元仍由她们领取。如此算来，流转土地之后，每亩收入在 1000 元左右，比自己种收入更多、更可靠，何乐而不为？

郭子豪对农事不知不解，扯秧、插秧的环节从未亲历，他在感慨之余说什么也要体验一下田间活儿。我当然鼓励，社会实践，种田是最直接的实践。这孩子说干就干，脱下鞋袜，就下到秧田里，在一群奶奶中间笨手笨脚学起插秧。接受能力不错嘛，居然像模像样，居然插了两大把秧苗。

小芳的采访还在深度进行。来到村部，和大户向凤涛认真探讨其种植模式、发展思路，37 岁的向凤涛毕业于华中农大，放弃自己年薪二十万元的湖南亚华种业的舒适职位，专心来到宋玉村当农民，自然能引起小芳的采访兴趣。向凤涛在长沙工作过，不用偶翻译宁乡话，农村工作专家怀素娟和刘友善在、基层支书马显清在，所有问题都不是问题，小芳尽管放马过来问。

新乡土诗歌研究会另一名理事，农民女诗人、童话作家宋庆莲听说刘友善过来了，表示也要来一起吃午饭。小芳，你悠着些访，俺去安排午餐。

附：湖南日报新闻专栏《高温时节晒作风》。

# 粮食，粮食

## ——"宋玉村日记"之四

本报记者陈惠芳　7月17日，星期三，晴

一粒粮食，一滴汗水。

临澧县望城乡是一个以生产粮食为主的乡镇，宋玉村尤其突出。全村耕地2498亩，水田就占了2232亩。

今天上午，要看看"粮食大户"，看看正在翻耕稻田、插秧的农户，望城乡乡长怀素娟特别精神。她主管农业这一块。

望城乡党委书记刘金国继续奔走在高温之中。连日来的劳累，他有些感冒，嗓子也有些嘶哑。

书记、乡长"联袂"出行，就是为了粮食。

9时10分，刚刚走到村口，宋玉村的一位农民跑了过来，指着水渠对怀素娟说："怀乡长！这么一点水不够啊。田翻耕不了，秧也插不下。是不是要水库将水放大一点？"

怀素娟马上拨通了乡水利站站长江峰的电话，叫他通知同欢水库，调整水量。

水渠的不远处，3台翻耕机正在翻耕刚刚收割早稻的水田。一圈又一圈，禾桩被翻耕到了水里。

令人惊讶的是，翻耕机的前后左右竟然有成群结队的鸟在飞翔、在觅食，不为"突突突"的声音所惊动，悠闲自得。刘金国说，白色的鸟叫白鹤，灰色的鸟叫"土八哥"。当地人都是这么叫的。宋玉村支书马显清补充说，鸟儿正在找谷粒和虫子吃。

刘金国从村道跳上了田埂。两位妇女正在弯着腰插秧，还有两位妇女挑着秧，走进了田里。一问，都是宋玉村的。

很巧合的是，放舟组的周秋桂今天过生日，满64岁。刘金国说："祝你生日快乐。"周秋桂直起腰，没有吱声，只是抹了抹汗。站在她身边的雷久英，年纪比周秋桂还大，66岁了，永胜组的。雷久英说，去年这个时候，周秋桂的老公打农药中毒死了，61岁，叫马光彩。雷久英还指着挑秧的妇女说，她们都有50多岁了。

一丘水田里，4个五六十岁的妇女。她们都说，年轻伢子宁愿在城里打小工，不愿回家种田。

感慨之中，向凤涛沿着水渠走了过来。他就是宋玉村一带的"种粮大户"。土地流转，他租种了1400多亩。望城乡内300亩以上的"种粮大户"有7户。向凤涛就是其中一个。

向凤涛证实了马光彩打农药中毒而死的事。他说，马光彩就是他招聘的管理员。一共有9个管理员。每个人一年发2万多元工资。

向凤涛个子不高。37岁，石门人。他是1999年毕业于华中农业大学的大学生，曾在湖南亚华种业拿过20万的年薪。离开家乡，离开长沙，来到临澧望城乡这个地方，向凤涛图什么呢？

向凤涛说："自己做主，干点事情。望城乡是一个传统的种粮区，水利条件好，乡村干部合得来。"

2012年3月，向凤涛转包水田时，乡村干部跟他一起给农民算细账。一亩水田，流转给向凤涛，向凤涛每年给农户400元。国家给农民的粮食补贴还有一堆：每亩直补13.5元，综补90.6元，早、晚稻种子补贴各15元，双季稻补贴59元。算盘子一打，划算！流转一亩水田，一年稳拿593.1元。给"老板"打工，还有收入。农民自己种田，累死累活，也挣不了这么多。他们明白了，都愿意土地流转。

将承包的事情弄妥后，望城乡政府免费提供育秧软盘、粮食种子、绿肥种子、地膜。集中育秧，省、县、乡每亩还分别补贴80元、100元、40元。

向凤涛的产粮基地，种的都是双季稻，涉及4个村。有什么矛盾与问题，找乡村干部一个准。他想扩大规模，搞"生态农业"，书记乡长都表示支持。

"种粮大户"种出了甜头。向凤涛说："去年发大水，损失了。今年不错。七七八八加起来，每亩纯收入250元没有问题。一年就有40万元。"

当然，他也有他的"三大苦恼"。实际粮价还是不高；产粮多，没有地方晒谷；缺劳力，连县城的搬运工都喊不动。

"你攒劲儿搞，我们乡里能够支持的，不得保留半点儿。"怀素娟走过一片芝麻地时，对向凤涛说。

宋玉村的荷花在开花，芝麻也在开花。

## 星期四

偶和小芳在一起晒太阳的缘分原来那么长，也那么短。一直以为还有两天朝夕相处，所以尚未思考时间问题。小芳说明天就要走，这多少有点儿突然。

在宋玉村采访农村环境卫生状况时，小芳接到了报社的电话，说有个重大采访，明天得赶回去开会。这让偶深刻认识"突兀"这两个字。遗憾，小芳即便在这里再住个十天半月，也采访不完宋玉村的话题。你想，宋玉村虽然是个村，经济社会的方方面面无不涵盖，所谓麻雀虽小、肝胆俱全，光就围绕宋玉这个文化符号，做活宋玉文化旅游文章，十篇日记的容量也装不下。

说穿了也就是一天的问题，提前那么一下，就把离别推到了眼前。小芳说，那算什么？秋天再来不。也是，长沙距离宋玉村，不到三个小时车程，时空不是问题。晒了夏天的太阳，一样可以晒秋天、冬天和春天的太阳，只要心里有阳光，随时都可以晒。够了，知足者常乐，一个小小的宋玉村，别说全国，光在全省类似的最基层组织就有千千万万，一个村子的报道，在全省党的机关报上连续发了五期，且放在党报显著位置，在全国也是凤毛麟角的事情，足够光彩荣幸了。到明天，小芳刚好驻宋玉村七个工作日，一个星期，小芳抛开报社繁重的工作，潜心研究一个村的方方面面，别说敬业精神，凭能在乡下艰苦的环境中住上七天，就足以折射一个省城机关干部敢晒作风、敢耐寂寞、敢吃苦头的气节和勇气。

其实，工作上的事情都是浮云，关键是俺的不舍，那种情同手足的情谊，通过这几天的晾晒加热，又上升 N 个境界，岂能用言语表述？

不是明天才走吗？按下不表。今天采访的主题是农村清洁环境卫生，包括食品卫生管理情况。老天真是奇怪，好像知道小芳要走似的，炽热的情怀一下子发挥到了极致，一丝风也没有，光照特别充分，貌似要把接下来两天的高温打包补发给我们，好让我们晒得更加光彩照人。估计室外温度在 38 度以上。小芳也怪，没吃早餐，一出来就上正题，特别爱在太阳底下晒，室内采访几位村保洁员时间特别短，其余的时间几乎都在阳光底下，小芳看上去如同刚刚沐浴出来，毛孔的汗水如同管涌，脸上的肤色油光可鉴。我和郭子豪、罗海明、丁长征（乡农业站长），加上宋玉村的三位支村委成员，跟在后面，偶尔还借阴躲凉，小芳不，他看得分外仔细，问得分外仔细，听得分外仔细，拍得分外仔细，记得分外仔细，把宋玉村和陈家桥集镇踏了个遍。偶分析，小芳是不是因为明天要走，对

宋玉村这一地桑麻外加陈谷子事儿难舍难分？

在宋玉村，他特地深入位置偏远的徐雪琴家，看她的居家环境卫生状况。64岁的徐雪琴老公马显贵在外务工，家里就她一个人，房前屋后和家中环境特别整洁卫生。让小芳看得直点头，坐在屋前池塘边，掏出笔记本，不住地询问记录，久久不愿离去。面对晒场上三个用薄膜覆盖的塑料桶，他产生了浓厚兴趣。一问，才知道是用阳光晒洗澡水。书记马显清补充说，里面的水是井水，环保卫生，水温可达80度，晚上沐浴时还得加两倍的凉水。村妇女主任徐景菊说，在乡下，类似晒水洗浴的情况普遍。我可是头一次看见和听说，晒水洗澡，我深度孤陋寡闻啊。

在陈家桥集市上，小芳看了餐饮，看了商铺，看了一箭之地的大街小巷，看了穿集而过的小河流水。我说，你的家桥就在东头不远处。小芳说，走，去看看。偶和郭子豪陪同，在阳光下竞走。俺们一起站在陈家桥上玉树临风，合影留念，接受盛夏正午阳光的爱抚。

走吧，太热。偶反复催促。

没事。小芳说。又走进小巷深处尽头的朱家河，不停拍摄乡野阳光下的景象。

快近13：00，我们才进县城"宋玉酒家"吃午饭。昨晚在我原来工作的佘市桥镇长湖农庄吃过晚饭后，小芳一直未进食，一定饿坏了。他一上餐桌就叫了一碗米饭。中午偶特别加菜了，有专门从宋玉村打捞的黄花鱼和黄颡鱼。小芳吃得津津有味，我也是。

这餐饭吃得不急不缓，14：00，我们才从宋玉酒家出来，太阳比饭前更热乎。

2013-07-18于宋玉城

附：湖南日报新闻专栏《高温时节晒作风》。

# 美丽的村庄

## ——"宋玉村日记"之五

本报记者陈惠芳　7月18日，星期四，晴

今天是进驻宋玉村的第5天，也是最热的一天。天气闷热，动一下就是一身汗。

　　临澧县望城乡党委书记刘金国，咳嗽越来越厉害。这是"热感冒"。下村的，还有乡党政办主任罗海明、农业站站长丁长征。

　　酷暑季节，环境卫生与食品安全，是一大问题。几千年来，农民乱扔、乱丢垃圾，食用过期、变质的食品，成为习惯。刘金国带着乡村干部，随意走了走、看了看，对宋玉村表示非常满意。虽不是"明察暗访"，也是不打招呼的"抽样"。

　　从村部往里走，两边的农舍比较整洁，但大部分锁了门。左拐弯，一栋两层楼的房子前面，是一个很宽的水泥坪。一对妇女在浓密的树荫下歇凉。树丛中知了叫个不停，一口堰塘在太阳下闪着粼粼波光。

　　这是宋玉村新堰组的一家农户。64岁的徐雪琴与邻居徐冬英"扯白话"。最引人注目的是，水泥坪上摆着的3只桶子，上面还蒙上了塑料薄膜。

　　刘金国问："这是什么呀？"徐雪琴说："这是洗澡的。"

　　今天早晨八九点钟，徐雪琴从井里打了3桶水，放在太阳底下晒，叫"晒水"。傍晚用加温了的"桶装水"洗澡。"晒一天，桶子里的水温度太高。一桶水，还要加两桶井水才行。"宋玉村支书马显清熟门熟道。"既环保，又节能。"

　　"这就是'土太阳能'啊。零消耗。"刘金国说。

　　徐雪琴用"土太阳能"洗澡，也用木柴煮饭、炒菜。木柴码得整整齐齐的，不是东一堆、西一堆。屋里收拾得干干净净。

　　坐在树荫下，乡村干部也"扯白话"。

　　从去年开始，望城乡围绕"清洁田园，清洁家园，清洁水源"主题，每个村配备1—2名保洁员，在主干道和人口集中场所设置垃圾回收屋、垃圾焚烧池，每家每户配备垃圾桶；进行"环境卫生示范村"、"星级农户"的评比活动。每个月对所属的13个村检查一次、评比一次、排队一次、奖励一次。前3名奖1000元，4—6名奖800元，7—10名奖600元，排在最后的3个村不给奖。年终综合排名，给予奖罚。6月28日，望城乡还表彰了"十佳文明卫生户"。

　　大家在徐雪琴屋门口"扯白话"，宋玉村的保洁员欧高林来了，穿了一件黄背心，看上去像个交警。欧高林今年63岁，去年3月份当了保洁员。他说："每天就在村里转。不光是捡垃圾，还要搞宣传。"当保洁员，一年的误工补助是5000元。

　　欧高林说："上个月，我被罚了100元。"马显清笑了笑，马上纠正："你还得了5个月的奖金呢。"

望城乡有奖罚，宋玉村也有。村里以乡政府每月的"环境卫生公示栏"为准，奖罚分明。1—3名奖200元，4—7名奖100元，8—10名罚100元，11—13名罚200元。上半年，宋玉村在全乡的排名还不错。拿了两次第1，第4、第5、第7、第9各一次。欧高林被罚的这一次，就在村里划定的"8—10名"之内。

6月28日，临澧县农村环境整治工作领导小组办公室组织专人"明察暗访"，宋玉村被抽中。那天，马显清接到乡里的一个电话，说县里传真了一张打印了的照片纸样，认定宋玉村"环境不卫生"。照片上标明"宋玉村往楚城村转弯处周边农户屋前"字样，还有10时5分的时间显示。马显清马上到乡政府拿回照片纸样，带着欧高林找了半天。原来是一家偏远的农户家里办酒席，把一些塑料餐具扔在了房屋旁边的一片树林里，没有及时处理。

"宋玉村有500多家农户，光靠一个保洁员，是搞不好环境卫生的。奖罚也只是一种手段。主要靠自觉，改变一些不好的习惯。"刘金国说。

陈家桥是一个集市，处于宋玉村、鸣锣村、看花村的结合部。5天赶一次场，一次起码有1000人。陈家桥的保洁员王宏君，今年61岁，是乡里聘请的，一年的误工补助1万多元。

今天没有赶场，天气热，人也少。公路两边比较干净，几家小餐馆的餐厅和厨房看不见蚊虫乱飞。

炎热的5天，难忘的5天。走出宋玉村，回头望了一眼。美丽的村庄在阳光里，也在风雨中。

# 星期五

小芳回星城了，带着动人的微笑和甜美的回忆，从村子出发，恋恋不舍地回到了星城。我心里一直挂牵，小芳是否安全到家，刚刚上网，发现在"新乡土诗歌群"里留言，说要写俺，俺那颗忐忑不安的心才稍稍落地。

我要郑重申明，在宋玉村的一个星期相处，我给小芳陪吃陪聊陪走路陪写作，可没有陪睡。想到每天深夜，在小芳一个人忙碌写作审稿之时，竟偷偷溜回家，把小芳一个人留在村子里，我的心就深度内疚。怎么可以这样呢？太不义道不？应该说明的是，小芳不是歌里唱的小芳，而是一个大爷们儿，我只有同志情结，可没有同志倾向，所以不用陪睡。哈哈，玩笑。

写了几天的小芳，今天我要郑重检讨，我对不起小芳，称呼小芳就不对，对于一个省报资深领导加资深记者加资深作家加资深诗人，深入基层考验基层干部作风和磨砺自身作风，如此高尚的事情被自己调侃着说，太庸俗化了。所以，必须深刻检讨。

为表示诚意，我今天得郑重介绍一下小芳，用他自己的语言介绍。

陈惠芳。非女。血型 AB 型。

1963 年 1 月生于湖南省宁乡县流沙河。此为国宝"宁乡花猪"原产地。

1980 年考入湘潭大学中文系，开始文学创作，担任《旋梯》诗社社长。1984 年大学毕业。现任《湖南日报》科教卫新闻部主任。系中国作家协会会员、湖南省作家协会理事、新乡土诗歌研究会主席。

1987 年春，与江堤、彭国梁创立"新乡土诗派"，被称为"三驾马车"，并结集出版《文艺湘军百家文库·诗歌方阵·江堤彭国梁陈惠芳卷》（2000 年 9 月，湖南文艺出版社出版）。

1993 年参加《诗刊》第 11 届"青春诗会"，1996 年获第 12 届"湖南省青年文学奖"。

2011 年秋开始，复兴与发展新乡土诗派，与杨林、黄曙辉组成"新三驾马车"。

已出版《重返家园》《两栖人》等诗集，主编《新乡土诗派作品选》，并出版体育评论集《场外任意球》。拟出版《陈惠芳诗选》《伉俪诗选》《长沙诗歌地图》。

其口头禅是：宁乡人会读书，会养猪。

2007 年 6 月 26 日开博。

通过七天相处，我对这位仁兄有了更深刻的认知和了解：一是个性比"牛"更犟，认准的事不回头，类似倔驴，"芳倔驴"，这个被当年新浪杂谈论坛美誉的称呼，让我有了更深刻的感触；二是工作比"牛"更疯，像一头老黄牛，没日没夜地劳作，事不做完，决不收手；三是作风比"牛"更硬朗，说一不二，干活、喝酒如此，待人处世更是如此。我不用举例说明，在前面五天"晒"事中可以窥探。早在开始之篇，我就点题了："小芳他来的目的当然不是晒太阳，而是带着'高温时节晒作风'的使命来到宋玉故里望城乡宋玉村的，让作风在盛夏的烈日下暴烤。他是要晒我的作风，晒基层干部的作风，同时也晒他自己的作风。"

这几天，小芳常常说：我的脑海里只有"宋玉村、刘金国、粮食"，刘金国的脑海里只有"宋玉村、陈惠芳、粮食"。何尝不是？随着晒太阳的深入，这些关键词已经镶嵌在我们的脑髓。

小芳终于要走了，一起陪着下乡采访的罗海明和郭子豪早早就来到宋玉城守候，还有县作风办小周和小蓟闻讯赶来话别……一周时间的采访，小芳让宋玉村群了解，让全乡、全县乃至全省人民了解，作风是身体力行晒出来的，不是秀出来的。小芳，唉，怎么还称小芳？应该称陈主任或者陈会长嘛，做了检查还继续错，真是知错犯错啊。算了，还是小芳亲切，干脆一错到底。小芳说，我要以自己的行动说话，什么是真正的群众路线，基层农村就是实践最广阔的舞台。

上午九点半，我送小芳回家。今天不用晒太阳，可以坐在小车里看太阳。这两天的太阳很好，小芳在宋玉村的每一天，太阳都很好，今天的阳光更好，适合晒离情别恨。长亭之外是短亭，我怀着对小芳无比的敬爱，亲自驾车，送了一程又一程。送出宋玉村，送出望城乡，送出临澧县，不如干脆送过常德城。小芳有个心愿，想看一下常德老作家彭其芳，相约不如偶聚，择日不如撞日，干脆今天了此心愿。

七十九岁的彭其芳和我是忘年交朋友，最近几年，我一直沐浴他的教诲和期待。就在昨天，我收到他给我用毛笔写的亲笔信；一同寄来的有他七十八岁时写的长篇小说——爱国主义三部曲之一《山魂》，还有样报，年初他大病初愈后给我写的诗评《一位乡官高尚的农民情怀——评刘金国诗集〈说话的云〉有感》，被《作家报》6月10日登载。我想看完彭老师的小说之后，给他的小说认认真真写一篇文字。

在市文联下车之时，机会很好，刚好碰到《桃花源》何主编和《年轻时代》郑主编，他们给我们热心按响了彭其芳老师的门铃。进到四楼彭其芳老师的家，彭其芳和周阿姨喜出望外，热情端茶递水切西瓜，小芳和我在与彭老师热烈探讨文学话题时，都对常德市这位年近八旬的文学泰斗充满景仰。

午餐十二点半才吃，是在常德工作的一名望城老乡安排的。小芳喝了红酒，我也喝了，把一连七天的疲惫，一饮而尽。

14:00，在新天地酒店外马路上的阳光里，我和小芳握手道别，我们在盛夏太阳下相约，等收割金秋的阳光时，再举杯。

2013-07-19于瘦云斋

附：

# 刘金国兄弟，秋天再来"烤"验你

## ——《宋玉村日记》采访的前前后后

陈惠芳

时间定格在 2013 年 7 月 19 日下午 2 时。

常德新天地酒店外面。太阳炽热。我拉开车门，关上。再摇起车窗，向刘金国挥手。

这一刻，正式宣告为期 6 天的《宋玉村日记》采访活动结束。

《高温时节晒作风》，《湖南日报》的这一重头新闻专栏，聚焦了宋玉村，聚焦了湘北的普通村庄。高温之下，我与刘金国一起"晒作风"，一起"晒文风"，一起"晒友情"。这一晒，晒出了难舍难分的情感。

看着刘金国站在太阳底下，慢慢地消失在我的视野之内。我的眼眶居然湿润了。我知道这不是汗水。

我们流过太多的汗水，但没有流过泪水。我们的时间被《宋玉村日记》所挤占、所拉长。我的脑海里只有"宋玉村、刘金国、粮食"，刘金国的脑海里只有"宋玉村、陈惠芳、粮食"。盛夏的机缘，让我们兄弟的思维重叠在一起。

刘金国是一个好兄弟。好兄弟就要一起晒，一起行走，一起关注最底层的老百姓。那些无病呻吟，那些自命不凡，那些空中楼阁，那些急功近利，在太阳底下是多么的苍白无力。我骄傲，我与我的兄弟晒成了乡村铜像。

《宋玉村日记》源于刘金国 2012 年 3 月开始创作的《下乡札记：我在宋玉驻村的日子》。这一组日记，触发了我进驻宋玉村的念头。我要以新闻报道的形式，记录宋玉村的现状。2012 年 5 月中旬，新乡土诗派举办"宋玉故里行"，也是受到刘金国日记的启示。

我一直盼望着，有一个机会重返宋玉村。

当《湖南日报》开辟《高温时节晒作风》专栏，我第一反应就是，到宋玉村去，与刘金国一起晒个热火朝天。7 月上旬，我电告刘金国。刘金国就一个字"好"！

7 月 13 日上午，刘金国派来的司机接到了我。我们飞奔宋玉村。火热的阳光在窗外飞溅。中午，刘金国与一帮文朋诗友在宋玉城接风。与兄弟见面，我很兴奋。

下午，刘金国提出：白天采访，夜宿县城。我一口拒绝。我说，我要住农民家里。刘金国说，农民家里没有网线，发稿不方便，就住宋玉城吧。我想了想，答应了。宋玉城有网线，发稿方便。我当日采访，当日发稿，不能耽误。

自此，刘金国"全陪"，陪我比陪爱人的时间多出几倍。昨夜临行前的晚餐中，我见到了刘金国的爱人。那是一个温柔、美丽、贤惠的女子。

7月14日至18日，我与刘金国的行踪都在《宋玉城日记》里。脚印与汗水，都交织在一起。

曾经有段时间，网络将乡村干部"妖魔化"。我就要为乡村干部正名。他们跟农民一样，都是最苦、最累、最可敬、最可爱的人。他们没有假日、没有寒暑地工作着。我不记录他们，还记录谁呢？我本身就是一个农民的儿子。

时间不短，也不长。与刘金国相处的日子，不知不觉在高温中接近尾声。走出博客的"说话的云"，成了刘金国，成了刘书记，成了大汗淋漓的乡干部。天上的云也不说话了，整整6天没有下一滴雨。

今天上午，离开宋玉村时，刘金国执意要送我到常德。我们拜访了宋玉村84岁的老作家马宗仁，今天我们还要拜访79岁的老作家彭其芳。很有意思的是，两位老作家的年龄之差，正好是我与刘金国的年龄之差。

彭其芳住在常德市文联大院的4层楼上。一生笔耕不止，不图名利。彭老一头银发，精神还不错，只是跟马老一样，耳朵有点"背"。这让我想起了我87岁的父亲。耳朵"背"的人，是不是都长寿？

进入彭老简朴的居所，我们肃然起敬。在彭老的书房里，彭老找出了刚刚出版的一部小说《山魂》。这是"爱国主义三部曲"的最后一部，其他两部为《天晓》《血海》。彭老伏在桌子上，写下了"请高举乡土诗创作帅旗的著名诗人惠芳先生教正"。

彭老啊，我一个后辈岂敢"教正"？我汗颜！我刚刚晒完宋玉村的太阳，您不是更猛烈地晒我吗？

刘金国拿出诗集《撕夜》打印稿，请彭老"教正"。无论什么时候，无论达到什么地位，学无止境。

我们告别彭老，轮到我们自己告别了。我握着刘金国的手，不说一句话。

真正的兄弟，不需要只言片语。因为，我们相约在金黄的秋天。

2013年7月19日夜于长沙德润园

# 星德山，一个放牧心情的借口

出县城往西，四五十公里地处，有一座山，名星德山，它与五雷仙山遥相呼应。星德山应该存在了亿万年。亿万年前的星德山应该在海底，那些红砂页岩仿佛海底珊瑚，有海浪花的痕迹。亿万年之后，星德山从海洋之中脱颖而出，长成桃源深处的胜景，奇观、奇松、奇石、奇峰都是后来之物。这是自然。

到了公元 1370 年（明朝洪武三年），道教名师张道会慧眼独具，在此潜心修行，修筑了三元宫，并将星子山改名为星德山。后香火旺盛，信徒扩展至鄂西南、湘西北两省十八县。公元 1622 年（明朝天启二年），桃源、慈利两县官员奉诏修灵宵行宫，三元宫易名为灵宵宫，以后又经几代道人多次扩建，形成了现在以星子宫为主体的古建筑群。这是人文。

有了自然和人文的结合，便形成风景，星德山便成为方圆百里老百姓休闲养心的好去处。星子宫正门一副对联说出红尘芸芸众生的一般心情："石壁星辉，观其上，如近碧天尺五；佛宫月朗，到此间，顿忘尘世三千。"

往返车程两小时，一上一下两小时，四小时足够洗眼洗耳、洗心洗肺的了。特别是登山的过程，在正午阳光照射下，沿着简易的石阶迤逦而上，虽然有着冬天萧条，绿色还是群峦叠嶂的主基调，偶尔有养眼的植被，甚至有熟知的花朵，就会无比欣喜地拿出手机拍照。842 米的海拔，虽然不是很高，但也很消耗体力，爬着爬着，心便不胜重荷，仿佛蹦出胸口。停下来，喘一口气，顺手抓一把山风擦脸。冬天的风特凉，最能消化身体的燥热。每征服一个高度，放眼开阔的视野，近观远眺，祖国壮丽的山河就会让内心无比自豪。特别到了山顶，别说站在高处鸟瞰的豪迈，单是星子宫浑然天成的石头结构建筑和长在石头中的百年奇松会让你流连忘返。再加上结伴同行的几乎都是美女，更让人大开眼界。除了我、同学胡，还有一个小田三个兼职司机之外，都是胡的老婆单位同事，从事酒店管理的服务员，叽叽喳喳的，成为风景之中风景，或者成为风景之中的灵魂。可以理她们，也可以不理她们，我甚至不用记她们的名字。我知道，理不理她们，她们都在风景之中。

尘世的俗物太多，有时会让你找不着北，让你有疲惫感。特别是最近，区划调整改革涉及每个乡镇工作人员，大家都很忐忑，我理应不例外。不过，我很淡定，无论怎样调整或者调整到哪儿，对于我来说都是浮云。尽职尽责地干好每一份工作才是重要的，那是人生的主业。累证明充实，累了就去散心。散心的最好方式是娱乐和消遣，没有哪一项比亲近大自然更具力度，更能销魂摄魄、荡气回肠的。选择来登星德山散心太对了，比坐在电脑前好，比在茶馆消磨时光好，比打麻将好，去了比没去好，登了比没登强。一次登顶过程，其实也如同我们奔波的人生，一辈子都在朝向或者远离顶点的路途中行进。

爬山之后，你随便在山下找一个农家吃饭，味道都特别好。不担心食材质量，都是附近土产品，绝对原生态，绝对环保。养眼、养肺、养心之后，再养胃，保证胃口大开，风卷残云。

美景、美人加美食，够了，这个周末富得冒油，富可敌国。

车行驶在初冬的风里，如风一样的车带着我们疾行，星德山成为我们这个周末的一次偶然。不管我们去还是不去，星德山都在那里，正如星德山不管我们来或不来，都在那里等待一样。我们，或者星德山都成为彼此放牧心情的一个借口。

至少，星德山于我是如此。

2015-12-27

Part.

六

心 存 月 光
XINCUNYUEGUANG

　　孤独，字面理解是王者的唯一。孤独是一种状态，或者心灵寂寞的感觉。小时候呈现在脑海中的影像是，茫茫旷野中的一个人，天地很大，个人很渺小，是一种空间的苍茫感。成年之后，更多的是精神上的形单影只，有时即便身处闹市或者亲朋好友之中，也常常融不进，无法排解灵魂中的失落。

# 读书札记之村上春树的《挪威的森林》

　　写一本长篇小说比读一本长篇小说巨难。我开始写作以来，试图写成一部，却以没有好的出版渠道为借口，一直放在那里总是没有结局。不过 30 多万字，对于一个喜欢文字的人来说，不算什么。如果用功，两个月可以写完，如果不用功，半年或一年可以写完吧，我却用了大约十年时间，尚不知最终能否出世。所以，我特别佩服那些致力长篇小说创作的人，就像建筑一项巨大工程，却需要耗尽心血一砖一瓦垒成，非常不容易。比如村上春树，据我所知，他写的各类专著有 38 部，其中长篇小说有 10 多部。

　　相对而言，读比写要轻松。案头就有一本村上春树的《挪威的森林》，这是他 1987 年出版的长篇小说，在他 38 岁时创作完成的，可以说是他的代表作。我几乎是在闲适状态下读完这部作品。

　　先了解一下小说简要情节：渡边的第一个恋人直子原是他高中要好同学木月的女友，但后来木月自杀了，直子一人生活着。一年后，渡边同直子巧遇开始了交往，此时的直子已变得娴静腼腆，眸子里不时掠过一丝荫翳。直子 20 岁生日的晚上两人发生了性关系，不料第二天直子便不知去向。几个月后直子来信说她住进一家远在深山里的精神疗养院。渡边前去探望时发现直子开始带有成熟女性的丰腴与娇美，还认识了和直子同一宿舍的玲子，在离开前渡边表示永远等待直子。在一家小餐馆渡边结识了绿子，因为绿子问他借了《戏剧史 II》的课堂笔记，以后就渐渐熟络。这期间，在永泽的鼓动下渡边与永泽经常外出找陌生女孩喝酒和发生一夜情。并认识了永泽的女朋友初美，与初美交往后，她一度成为渡边心目中的少年憧憬。当绿子的父亲去世后，渡边开始与低年级的绿子交往。绿子同内向的直子截然相反，显得十分清纯活泼。渡边内心十分苦闷彷徨。一方面念念不忘直子缠绵的病情与柔情，另一方面又难以抗拒绿子大胆的表白和迷人的

活力。不久传来直子自杀的噩耗，渡边失魂落魄地四处徒步旅行。最后，在直子同房病友玲子的鼓励下，开始摸索此后的人生。

我认为，这是一部青春揭秘小说，把青春少年内心和现实中种种成长秘密一一道来，直播或者还原成长过程中的本来面貌。

这是我的观点。网上有一部分人倾向说《挪威的森林》是一部自我救赎小说或自传体小说；译者林少华说是一部现实主义爱情小说；作者村上春树有两个观点；一方面认为并大张旗鼓地宣传"百分之百的恋爱小说"，另一方面又私下定义为成长小说。我认为这些都对，都不对。都对，说中了小说的某些方面；都不对，概括得不够准确，没有提炼出共性的东西。我觉得说成一部青春揭秘小说比较确切，把 17 岁到 21 岁这段青春经历和心路历程，包括性和死，用直白语言描画出来，正是为了让人窥视主人翁诸多鲜为人知的隐私。

为什么我认为是一部青春揭秘小说？

第一，对性自由的描述大胆。也许是制度不同带来的观念不同，村上春树向我们展示日本青少年性的开放程度很高，且年龄从很小就开始。小说中的"我"即渡边高中时就和一个女孩保持了一段时间的同居关系。而渡边的大学同学永泽到大学时差不多与七八十个陌生女孩发生了性关系。小说把性与爱情分得很清，性不等同于爱情，即使渡边与多名女性甚至包括大他 19 岁的有满身皱纹的玲子发生性关系，都未影响到与直子和绿子的爱情，未影响到渡边的纯洁感情。

第二，对生理和心理的揭示直白。小说中多次描写直子的完美胴体，也描写了初美、绿子、玲子的身体，包括与直子和玲子的性爱，展示女性身体里的神秘。小说没有回避生理需求，包括男女。手淫似乎是成长期间不可或缺的需要。为了帮助渡边消除冲动，直子在疗养院郊外给他"打飞机"，绿子与他同床时，也用手帮他解决问题。而在这部小说中，通篇暗示的身体中的障碍恐怕还是心理，直子姐妹、直子的男友木月、玲子，恐怕还有初美，甚至还有作者本人，都没法解决青春期生理和心理困惑和迷惘。

第三，对死亡的判断冷静。"死并非生的对立面，而作为生的一部分永存。"这是木月死时渡边所作的感叹。当直子死时，更加剧了这种情绪，"死并非生的对立面，死潜伏在我们的生之中"。木月死了、直子死了、初美死了、直子的姐姐死了，幸运的是，渡边最后活过来了。《挪威的森林》本是一首歌，仿佛是死者的安魂曲，又是青春的墓志铭。所以作者在开篇的题词是："献给许许多多的祭日。"

"所谓成长恰恰如此。"青春如果是一座森林需要穿越，有很多的人能走出

来，有很多的人不能走出来。事实上，渡边即小说中的"我"最后穿越了那片无边的泥泞沼泽和阴暗森林，开始同现实接轨，摸索新的人生。每个人每分每秒都面临生死考验，坚强的人就能一直走下去，走出丛林，走向成熟。而一部分人会深陷沼泽或丛林，不能获得永生。

作者成书的年代刚好是我和小说中主人翁相仿的年岁，当年如果第一时间读到，一定能从中激起很多共鸣，现在读这本书，同样感悟更多、更冷静。青春本来是一部成人剧，从童话中走出来，走向尘世，被世俗社会这个大染缸漂洗，变白的变白、变红的变红、变黑的变黑，最后回归尘土。在这个漂洗的过程中，肉体和精神的欢悦与痛苦，构成青春时代的记忆。村上春树给我们展示的，正是这些记忆碎片。

感谢村上春树，读完这本青春期发蒙小说，或许让我更理性地思考或探索人生的本质。

2015-11-09

# 读书札记之麦克福尔的《摆渡人》

"如果命运是一条孤独的河流，谁会是你灵魂的摆渡人？"读完英国女作家克莱儿·麦克福尔的小说《摆渡人》，我有两句体会深刻的心得：人死亡之后，灵魂还活着；只要爱足够，生命是可以泅渡到死亡的彼岸的。

偶尔闲暇，放下烦琐的尘世俗务，静下心来，阅读一本对路的书，相当一次闲适旅行，欣赏风景之余，让心灵得到纯净。读高三的女儿柯熹 22:30 下晚自习回家后，通常习惯性地问我一句："爸爸，要我给你买什么书？"有时我会给她报书名，有时她会自作主张推荐她认为好看的小说，征得同意后，便在网上淘取，几分钟搞定。等两天就会问我，书到了吗？或者问，读完没？这本《摆渡人》就是女儿通过这种形式购买，然后进入我的阅读空间的。五项世界大奖、行销 30 多个国家的《摆渡人》正是一本让心灵纯净，或者说让心灵治愈的小说，让人不忍释卷。

这本书的内容简介很简练：

单亲女孩迪伦，15 岁的世界一片狼藉：与母亲总是无话可说，在学校里经常受到同学的捉弄，唯一谈得来的好友也因为转学离开了。这一切都让迪伦感到无比痛苦。

她决定去看望久未谋面的父亲，然而，路上突发交通事故。等她拼命爬出火车残骸之后，却惊恐地发现，自己是唯一的幸存者，而眼前，竟是一片荒原。

此时，迪伦看到不远处的山坡上一个男孩的身影。

男孩将她带离了事故现场。但是，迪伦很快意识到，男孩并不是偶然出现的路人，他似乎是特意在此等候。

命运，从他们相遇的那刻开始，发生了无法预料的转变……

　　我是利用工作的间隙，在一个工作日里读完了这本书。迪伦从车祸现场逃出来后，在山坡上等候他的男孩名叫崔斯坦。随着情节发展，仿佛有某种力量督促自己迅速看下去，读到最后结局。读这本小说，我基本上一气呵成地读完。

　　原来迪伦不是唯一的幸存者，恰恰是唯一的死亡人。男孩崔斯坦是一位灵魂摆渡人，他负责护送她，通过荒原，通过蓝天与大地交汇处，越过那条线就可以"回家"，在那里，可以和已故和将故的亲人团聚。经历种种磨难的迪伦终于来到了这条分界线，而此刻，相爱的种子已经在迪伦和崔斯坦心中生根发芽，长出了相思树。为了不违天命，善良的摆渡人善意地欺骗迪伦，让迪伦独自越过了分界线"回家"。可是，因与崔斯坦天各一方而万分痛苦的迪伦却并没有去找那些家族已经离世的亲人，而是通过迎接她回家的萨利找到乔纳斯，乔纳斯是崔斯坦曾经摆渡过的善良的年轻德国士兵，然后再由乔纳斯帮忙找到经历丰富的老妪伊莱扎，探听再回荒原寻找崔斯坦的可能性。为了爱情，恶魔不可怕，二次死亡不可怕。故事出现转折，迪伦真的再次回到荒原，没有摆渡人的护送，渡过了魔鬼之湖，在安全屋中再次等到了崔斯坦，并且用自己的胆识和自信说服崔斯坦克服千难万阻，重返死亡列车，重回人世。

　　麦克福尔虚构的小说真的说服了我，让我得出开头道出的两个结论。一是人死亡之后，灵魂还活着。记得很小的时候就听说，人死后去天堂或地狱，要经过奈何桥，在桥上喝了孟婆送的孟婆汤后就可以忘记人世间种种事情，之后升天入地，或转世投胎。《摆渡人》似乎由始至终地宣扬因果报应，善良真诚的灵魂，能够感天动地，达成心愿。人死亡之后，灵魂能脱离躯壳，可以活着，可以超度；灵魂也可能再次遭遇死亡，至万劫不复。二是只要爱足够，生命是可能泅渡到死亡的彼岸的。迪伦不怕灵魂死亡再次重返荒原，追寻爱情；崔斯坦，不怕违背天意，跟定迪伦逆向回转死亡火车，不也是在赴一场爱殇？小说渲染的正是这种至诚至善、生死与共的爱情观念，爱足够真、足够诚、足够果断决伐，就能无往而不能。

　　小说正面看，摆渡人崔斯坦仿佛是使者，由生至死，摆渡迪伦的灵魂，也摆渡爱情。反过来看，被摆渡人迪伦何尝不是天使，由死至生，摆渡自己和崔斯坦的生命和爱情？

　　生死轮回，不过意念之间。"如果我真的存在，也是因为你需要我。"感谢女儿，让我读到这本好书。

2015-10-12

# 读书札记之胡赛尼的《追风筝的人》

对于生长在和平年代的我们，特别是"80后"、"90后"、"00后"，常常为偶尔争执、偶尔的小摩擦，或者偶尔的纠结闷闷不乐；为一只没吃到的水果，一个没得到的礼物，一次没耐心的等待而郁郁寡欢；为遭遇的白眼、不经意的失宠或者错失的褒扬患得患失，可能根本不知道或者永远不知道，生活在同一地球上，还有一大批人，他们在经历战争、疾病、瘟疫、灾难，生活困顿不堪，饥饿缠身。更有一批人还在遭受种族的歧视，为他们所在国的所谓优等民族所不容。

比如阿富汗，至今是世界上最贫穷的国家，战争形成派别割据，饥饿、疾病、毒品流行，民众处于民不聊生境地。我这样说，其实相对肤浅，因为对一个没有去过的人来说，评价一个国家或地区，是不准确的。但卡勒德·胡赛尼是美籍阿富汗人，他去过，也经历过，他说的，准没错。我花了差不多五个小时读完了他的小说《追风筝的人》，对饱受战火蹂躏的、默默无闻的阿富汗民族有了一个粗略的了解。

合上卡勒德·胡赛尼所著的《追风筝的人》书本后，我的心情久久不能平静。我仿佛看见一个满目疮痍的国度里，两个放风筝的少年，正在撒开脚步，追逐亲情、友情、爱情，追逐正直、善良、诚实。有人评介："这部小说是一个人的心灵成长史，一个民族的灵魂史，一个国家的苦难史，人性的救赎是这部小说的核心价值。"我认为作者以自传的方式娓娓道来，是想告诉人们，人可能犯下错误，但都可以饶恕和拯救，只要想到克服自身的怯懦去做，就能洗涤浸染身心的原罪。

之所以能一口气读完这部作品，除了阿富汗、巴基斯坦地区苦难战争背景吸引之外，我觉得小说中主人翁阿米尔的某些地方与我貌似，也可能与大多数人貌似。一是容不得自己性格中的缺陷。造成一生都在对自己丑恶行径进行心灵反省和原罪救赎，看见从小一起长大的哈桑为保护追逐的风筝被阿塞夫性侵，因为怯懦或者种族等级歧视而懦弱地跑开了，成为他一生的愧疚。阿米尔只是表现出了人性中的本来面目。自此以后半生，他都被愧疚自责的阴影所萦绕。面对曾经的错误，心灵上的折磨已经使他在赎罪道路上跨出了一大半，而实质性的赎罪行为——回阿富汗救出哈桑的儿子索拉博，更是作出了极大的弥补。最后，阿米尔终于从自私懦弱的小孩子蜕变成正直勇敢的能够担当的男人。每日三省吾身，成人之后，我常常感觉自身中有很多毛病，或者说，一直在与自身中某些性格缺陷作斗争。这一点我感觉与阿米尔内心纠结有点相似。二是希望用自己的笔进行心灵倾诉。阿米尔写故事的能力突出，得到了阿米尔父亲的好友拉辛汗支持和鼓励，后来，阿辛汗成了阿米尔的忘年交朋友。正是阿米尔的写作才华，才得以让他在旧金山立足。以至于当拉辛汗提议阿米尔回阿富汗走上"再次成为好人的路"，才有了足够的本钱。我业余时间潜心文学创作，何尝不是心灵写作，很多的时候虚构描写的故事，是为了倾诉或填充心灵空虚。只不过，没有阿米尔写作那样成功而已。三是尽可能散发灵魂中的善。阿米尔与索拉雅的结婚，不在意索拉雅曾经的不贞史；拼命返回喀布尔，救助哈桑的儿子索拉博；为困苦出租车司机法里德床单下塞钞票、给乞讨流浪老人钱，等等，都散发阿米尔灵魂深处善良的光芒。人之初，性本善。我也会有类似的救助，比如捐助病人、结助学对子、资助困苦信访人，等等，虽然不是大善之人、但向善之心不敢不有。

　　卡勒德·胡赛尼塑造的人物形象饱满、真实。除了阿米尔和哈桑外，阿米尔的父亲，仆人哈桑的父亲阿里，拉辛汗、索拉雅及父母等人物鲜活，让人读过之后不能忘怀。描述的风筝隐喻深刻。以风筝这线索，用三十年时间跨度，横跨欧亚大陆，向我们展示了阿富汗人民不屈不挠的民族精神。追风筝的人表面上指的是哈桑，为阿米尔少爷追风筝，实际上也指阿米尔追逐象征着正直、勇敢、善良、忠诚的"风筝"。当阿米尔费尽周折，将同样饱受凌辱的侄子索拉博带回美国，告诉他："为你，千千万万遍。"为索拉博追风筝的时候，他已经追到了那只"风筝"。故事情节一波三折，引人入胜。当拉辛汗告诉阿米尔仆人儿子哈桑是他同父异母的兄弟时，带给贵族等级分明的阿米尔心灵震撼之时，也给读者带来措手不及。慈善、勇敢、正义的阿米尔父亲形象轰然倒塌，却依然可爱。

　　小说一前一后都在描述追风筝的人，前面是哈桑为阿米尔，后面是阿米尔为哈桑的儿子索拉博。

　　我在想，我其实也是一个追风筝的人，你也是一个追风筝的人，我们大家都是追风筝的人。

　　我、你、我们，都在追求和平、美好、幸福、快乐的生活。

2015-08-27

# 读书札记之马尔克斯的《百年孤独》

孤独，字面理解是王者的唯一。孤独是一种状态，或者心灵寂寞的感觉。小时候呈现在脑海中的影像是，茫茫旷野中的一个人，天地很大，个人很渺小，是一种空间的苍茫感。成年之后，更多的是精神上的形单影只，有时即便身处闹市或者亲朋好友之中，也常常融不进，无法排解灵魂中的失落。

很早就知道有一本书叫《百年孤独》，很奇怪，这是一种什么样的孤独，要加一百年的前缀。一直想读，一直没有机缘来读。没读的主要原因不是没时间，灵魂深处是害怕读过之后，更加加重内心的荒凉与沮丧。

随着年岁增长，一些渗透骨髓的沧桑的东西早已不能自己，如影随形，没有什么比经历更具说服力。对于一个成年人来说，孤独感如同日出日落，云卷云舒，随手可能抓一满把。听说，读《百年孤独》除了领略拉美文化的力量之外，更能升华孤独或者孤独背后的文化内涵。

今天，我终于安静地拜读这部作品，我觉得我已经融入了布恩迪亚家族，仿佛成为这个家族中的一员，似乎正在与这个家族共存亡。当我行将读完这本书时，我被其中一段话震惊了：

"这时，他（奥雷里亚诺，第六代）看见了孩子（第七代）。那孩子只剩下一张肿胀干瘪的皮，全世界的蚂蚁一齐出动，正沿着花园的石子路努力把他拖回去。奥雷里亚诺僵在原地，不仅仅因为惊恐而动弹不得，更因为在那神奇的一瞬，梅尔基亚德斯终极的密码向他显明了意义。他看到羊皮卷卷首的提要在尘世时空中完美显现：家族的第一个人被捆在树上，最后一个人正被蚂蚁吃掉。"

马孔多的天空似乎永远阴郁潮湿，马孔多的土地似乎盛产蚂蚁。布恩迪亚家族除了与孤独作战外，还在不停地与蚂蚁作战。从第一代到第七代，这种人与自然的战斗似乎从来就没有止息。有戏剧效果的是，这个家族第六代奥雷里亚诺与

第五代阿玛兰妲·乌尔苏拉疯狂的爱情之后，生下了一个有着猪尾巴的孩子。阿玛兰妲·乌尔苏拉产后大出血而死，奥雷里亚诺悲伤过度，无暇顾及这个长着猪尾巴的孩子，居然被蚂蚁噬空了身体。

梅尔基亚德斯是到马孔多传播新奇事物与思想的神秘吉普赛人，后来成为何塞·阿尔卡蒂奥·布恩迪亚（第一代）的好朋友，他死后留下梵文写的布恩迪亚家族史预言，成为布恩迪亚几代人研究和破译难题，直到第六代的奥雷里亚诺破译出来之时，也就是他死亡之时。预言他正在破解羊皮卷最后一页，宛如他正在会言语的镜中照影。小说用魔幻手法把这个家族最后一个人连同镜子之城或蜃景之城从飓风中抹去，"羊皮卷所载的一切从永远到永远不会再重复，因为注定经受百年孤独的家族不会有第二次机会在大地上出现"。

匠心独运的哥伦比亚作家加西亚·马尔克斯用魔幻现实主义手法，在加勒比海沿岸缔造了一个神奇的小镇马孔多，让它存活了一百年。而这一百年正是拉丁美洲历史社会缩影，描述布恩迪亚家族七代人的传奇故事，经历了种种屠杀、战争，音乐、舞会，情色、乱伦，疫病、灾难……作品融入神话传说、民间故事、宗教典故等神秘因素，呈现给读者一个瑰丽缤纷或者神气活现的想象世界。

《纽约时报》评论《百年孤独》："创世纪之后，首部值得全人类阅读的巨著。"韩素音说："加西亚·马尔克斯是诺贝尔文学奖得主中唯一没有争议的一位。"

我认为，《百年孤独》的伟大在于写出了人性中丑陋而真实的一面，孤独是永恒的，在满足欲望与好奇之后，将陷入更加孤独的轮回。

读这本书，要读两遍才明白个中端倪。读第一遍勉强可弄清人物关系和场景，读第二遍方能感悟孤独带给人的灵魂冲刷。我读第一遍时，差不多被又长又晦涩的姓名弄得头昏脑涨，但是，活了115岁的乌尔苏拉·伊瓜兰（第一代）、发动了32次起义的奥雷里亚诺·布恩迪亚上校（第二代）、当了一辈子老处女的阿玛兰妲（第二代）、与姑姑阿玛兰妲偷情的奥雷里亚诺·何塞（第三代）、随床单"升天"的美人儿蕾梅黛丝（第四代）、欧洲留学回来的阿玛兰妲·乌尔苏拉（第五代）、与姨妈乱伦生下有猪尾巴儿子的奥雷里亚诺（第六代），吉普赛预言家梅尔基亚德斯以及会用纸牌占卜的女巫庇拉尔·特尔内拉，等等，这些人物鲜活明亮，还是给我留下了深刻印象。

现在，我已经读完了第一遍，正在读第二遍。巨大的孤独或者说是一种巨大的文化魅力如同潮水快捷而又缓缓地撞击我的胸口……

心存月光
XIN CUN YUEGUANG

无处不在，无时不在
哪怕置身人潮
哪怕你攥在她的手中

你甚至参与到一场盛大歌舞
被万千人欢呼
或被万千人簇拥

却无法填充内心的空
广袤无垠的旷野
深刻无底的洞

2015-08-14